〔元〕方回 選評
李慶甲 集評校點

瀛奎律髓彙評

三

上海古籍出版社

瀛奎律髓彙評卷之二十　梅花類

虚谷曰：梅見於書、詩、周禮、禮記、大戴禮、左氏傳、管子、淮南子、山海經、爾雅、本草，取其實而已。曰「爾惟鹽梅」；曰「標有梅」；曰「籩人八梅䕩爲乾梅」；疏者謂：「梅皆有乾濕。」曰「獸用梅」；曰「五月煮梅，爲豆實」；曰「水火醯醢鹽梅，以亨魚肉」；曰「五沃之土，其梅其杏」；曰「一梅不足爲百人酸」；曰「雲山之上，其實乾腊」，郭璞注：「腊爲乾梅。」曰「梅柟似杏實酢」；曰「梅實明目，益氣不飢」，未以其花爲貴也。惟詩「山有嘉卉，侯栗侯梅」，大戴禮夏小正「正月，梅、杏、杝、桃始華」，一言卉，一言華。説苑：「越使諸發執一枝梅遺〔梁王〕，梁臣韓子，顧左右曰：『惡有一枝梅乃遺列國之君乎？』」由是考之，則梅以花貴自戰國始。西京雜記：「漢初修上林苑，羣臣各獻名果，有朱梅、紫花梅、同心梅、紫蔕梅。」則梅種之多。特以花書，又自西漢始。漢武帝元封三年，作柏梁臺，語羣臣有能爲七言者，乃得上座。太官令曰：「枇杷橘栗桃李梅。」梁簡文帝引此事爲梅花賦而曰：「七言表柏梁之詠。」則知漢武帝時始有七言詩及梅也，亦恐不專主花。荆州記曰：「陸凱與范曄相善，自江南寄梅一枝，詣長安與曄，併贈詩曰：『折梅逢驛使，寄與隴頭人。江南無所有，聊贈一枝春。』」詩家以爲晉人，非宋文時范曄。姑從其説。則梅花見於五言詩，自晉時始也。大槩梅花詩五、七言至梁、陳而大盛。梁簡文帝雪裏不見梅花詩有云：「絶訝梅花晚，争來雪裏窺。定須還剪綵，學作兩三枝。」梁元帝詩有云：「梅含今春樹，還臨先日池。人懷前歲憶，花發故年枝。」鮑泉詩有云：「可憐階下梅，飄蕩逐風回。度簾拂羅幌，縈窗落梳臺。」陰鏗詩有云：「春近寒雖薄，梅舒雪尚飄。從風還共落，照日不俱消。」庾肩吾詩有云：「窗梅朝始發，庭雪晚初消。道遠終難寄，馨香徒自饒。」庾信詩有云：「當年臘月半，已覺梅花闌。不信今春晚，俱來雪裏看。早知覓不見，真悔着衣單。」此雖非全篇，皆可膾炙。其全篇清雅者，如何遜云：「兔園標物序，驚時最是梅。御霜當路發，映雪凝寒開。枝横却月觀，花繞凌風臺。朝灑長門泣，夕駐臨邛杯。應知早飄落，故逐上春來。」其七言流麗者，如江總有云：「臘月正月早驚春，衆花未發梅花新。」「梅花芬芳臨玉臺，朝攀晚折還復開。」「滿酌金巵催玉柱，落梅樹下宜歌舞。」又有一句全聯可觀者：「釵臨曲池影，扇拂玉堂梅」，梁元帝也；「砌石披新錦〔一〕，梁花畫早梅」，陰鏗也；「草短猶通屧，梅香漸着人」，徐君倩也；「緑條初變柳，紫萼欲舒梅」，隋煬帝也。沿唐及宋，則梅花詩殆不止千首，而一聯一句之佳者無數矣。今摘其尤異者，尾於所賦着題詩之後。而雪也、月也、晴也、雨也，亦着題詩，又尾於後。紅梅、臘梅詩，亦附乎此。格物〔二〕在致知，玩物則喪志，在學者擇之。

馮舒：詠物詩前人多有寄託，宋人多作着題語，不惟格韻卑弱，而詩人之旨自此衰矣。○「詩緣情而綺靡，賦體物而瀏亮。」宋人作着題詩，亦緣情之旨也。

馮班：「枝横却月觀，花繞凌風臺。」絶作。「砌石披新錦，梁花畫早梅。」此非梅詩。

紀昀：「取其實」句可直接「未以其花」句，乃徧述諸書，不足炫博，徒增支蔓，殊乖著書之體。○「韓子顧左右曰：惡有一支梅，乃遺列國之君乎？」此三句亦可删。○「梁簡文帝引此事爲梅花賦，而曰七言表柏梁之詠。」此二句可删。○「則知漢武帝時始有七言詩及梅也，亦恐不專主花。」直是主實，文句甚明，「恐」字騎墻。○「大盛」句可直接「沿唐及宋」句。○「今摘其尤異者尾於所賦着題詩之後，而雪也、月也、晴也、雨也，亦着題詩，又尾於後，紅梅、臘梅詩亦附乎此。」觀此則今本卷次非虚谷之舊，或其後卷次改編，而此卷未及改。○「格物在致知，玩物則喪志，在學者擇之。」忽以此二語終，可謂不倫。

李光垣：序亦標名，與全書例不畫一。

五言 六十一首

和王司馬折梅寄京邑兄弟

張子壽

離別念同嬉，芳榮欲共持。獨攀南國樹，遥寄北風時。林惜迎春早，花愁去日遲。還聞折梅處，更有棣華詩。

方回：明皇宰相張九齡曲江集二十卷，賦一卷，詩五卷。此詩在第二卷。蜀本「芳榮」作「方榮」，「惜」字不可認，以近本所刊芮挺章國秀集正之。國秀「還聞」作「仍聞」。此詩在少陵、太白之前，陳子昂、杜審言、沈、宋之後。曲江公身爲一代正人，而詩亦字字清切云。芮挺章選唐天寶三年以前諸公，凡九十人，詩二百三十首，以李嶠爲第一，次宋之問、杜審言、沈佺期，又次張説、徐安貞、張敬忠、賀知章、王翰、董思恭、杜巖、崔滌、沈宇、劉希夷，而九齡爲第十五人云。時猶未數少陵同時諸公也。

紀昀：於題目亦細切，然無意味。

許印芳：張九齡，字子壽，韶州曲江人。玄宗朝爲相，卒謚文獻。感遇詩效阮公詠懷，與陳射洪齊名，律詩亦雅令。

庭梅詠

芳意何能早，孤榮亦自危。更憐花蒂弱，不受歲寒移。朝雪那相妒，陰風已屢吹。馨香雖尚爾，飄蕩復誰知。

方回：此見曲江集第五卷。詳味詩思，蓋爲李林甫所陷。先罷相，又坐舉周子諒爲御史，貶荆州長史，此荆州詩也。先有戲題春意云：「一作江南守，江林三四春。」在玉泉寺古塚詩後，然則詩豈無爲而徒作者哉？以置少陵之前可也。子壽未相之前，嘗爲洪州都督，徙桂州，兼嶺南按察選補使。所至詩必佳，洪州詩有云：「有趣逢樵客，忘懷狎野禽。」巡屬縣云：「途中却郡掾，林下招村民。」妙甚。

紀昀：曲江詩惟摘此四句，以近山林語耳。僻見不化如是！

馮班：如此寄託，比「江西派」諸公詠物詩何如？

紀昀：純是寓意。

許印芳：「那」，平聲。

江梅

杜工部

梅蘂臘前破，梅花年後多。絶知春意早〔三〕，最奈客愁何。雪樹元同色〔四〕，江風亦自波。故園不可見，巫岫鬱嵯峨。

方回：起句十字，已盡梅花次第。

馮班：力舉萬鈞。○起句老極。

何義門：破題二句，已非「江梅」不可。○首句「梅」起，七句「江」結。法好。

紀昀：平正妥帖，無出色處。

春雪間早梅

韓昌黎

梅將雪共春，彩豔不相因。逐吹能争密，排枝巧妬新。誰令香滿座，獨使浄無塵。芳意饒呈瑞，寒光助照人。玲瓏開已徧，點綴坐來頻。那是俱疑似，須知兩逼真。熒煌初亂眼，浩蕩忽迷神。未許瓊花比，從將玉樹親。先期迎獻歲，更伴占兹辰。願得長輝映，輕微敢自珍。

方回：汗血千里馬，必能折旋蟻封。昌黎，大才也。文與六經相表裏，史、漢並肩而驅者。其爲大篇詩，險韻長句，一筆百千字，而所賦一小着題詩，如雪，如笋，如牡丹、櫻桃、榴花、蒲萄，一句一字不輕下。此題必當時有同賦者。春雪早梅，中着一「間」字。只「彩豔不相因」一句五字已佳矣。「彩」言雪，「豔」言梅。本不相資，而成此美句，是非相爲得之意。「芳意饒呈瑞」，以言梅之芳，又饒以雪之祥瑞。「寒光助照人」，以言雪之光，足助乎梅之映照。錯綜用工，亦云密矣。

紀昀：此亦近是之言，其實大局面與小結構，究竟各自一種，非能巨者必能細。

方回：學者作詩，謂不思而得，喝咄叫怒即可成章，吾不信也。

紀昀：此説却是。

方回：惟「更伴占兹辰」一句，恐有誤。束大才於小詩之間，惟五言律爲最難。昌黎此詩，賦至十韻，較元微之春雪映早梅多四韻，題既甚難，非少放春容不可也。

紀昀：此説不確。○「先期」句指冬雪，「更伴」句清出春雪。語意本明，何言有誤？

方回：柳子厚有早梅詩，古體仄韻：「早梅發高樹，迥映楚天碧。朔吹飄夜香，繁霜滋曉日。欲爲萬里贈，杳杳山水隔。寒英坐銷落，何用慰遠客。」單賦早梅，不爲律，易鍛鍊也。譬如雪詩：「千山鳥飛絶，萬徑人蹤滅。孤舟簑笠翁，獨釣寒江雪。」爲古體則可，極天下之奇；爲律體則不可矣。昌黎「將策試」、「聽窗知」六字，爲荆公引用，亦是費若干思索，律體尤難，古體差易故也。

馮班：古體難，律體易，方君殊瞶瞶。古易於律，真小兒語。

紀昀：此一段全不中肯。視古體易而律體難，豈知詩者之論？平生底藴，畢露於此矣。

馮舒：此「着題」，體意是省試詩。

馮班：無一語少怯。○首句好破。○似省試詩。

紀昀：昌黎古體橫絶一代，律詩則非所長，試帖刻畫更非所長矣。此詩刻意斂才就法，反成淺俗，不爲佳作。○三句是韓本色，而非律詩當行。○「芳意」句太俗。○「熒煌」二字不似雪，「浩蕩」二字更不似，「忽迷神」三字不雅，「未許」二句亦俗。

江梅

鄭谷

江梅且緩飛，前輩有歌詞。莫惜黄金縷，難忘白雪枝。吟看歸不得，醉嗅立如癡。和雨和煙折，含情寄所思。

方回：五、六亦深造梅趣。

馮班：此詩非方君不知也，然大家不屑如此。

紀昀：六句豈復成語？

馮班：洒落，自是唐詩。○下半可，大略唐人氣味勝宋。○「江梅且緩飛，前輩有歌詞。」此破極費力，初看不覺。○第七句方用一舊語。

紀昀：二句、六句俱拙鄙，三、四尤俗，七句似柳不似梅。

賦得春雪映早梅

元微之

飛舞先春雪，因依上番梅。一枝方漸秀，六出已同開。積素光逾密，真花節暗催。摶風飄不散，見晛忽偏摧。郢曲琴空奏，羌音笛自哀。今朝兩成詠，翻挾昔人才。

方回：一句賦雪，一句賦梅，本不爲難。起句「上番梅」，不走了「早」字。三、四巧。「見晛忽偏摧」，此一句佳。謂日出則雪先消，梅如故也。

紀昀：亦常語，未見其巧。

馮班：省試體。

紀昀：此試帖體，不以詩論。○「摶風」句拙，且不妥。結自譽，非體。

梅

杜牧之

輕盈照溪水，掩斂下瑶臺。妬雪聊相比，欺春不逐來。偶同佳客見，似爲凍醪開。若在秦樓畔，堪爲弄玉媒。

方回：牧之詩才高，此小詩若不介意，五、六却淡靚有味。

馮舒：高雅奇峭。

馮班：唐人只平平做去，自然力大氣雄。

陸貽典：高雅。

查慎行：五、六二句，不必黏題，自成佳句。

何義門：落句自喻宜在天子左右也。○似齊、梁人小詩，氣力極大。

紀昀：四句不爽亮。

山路見梅感而作〔五〕

錢起

莫言山路僻，還被好風催。行客凄涼過，村籬冷落開。晚溪寒水照，晴日數蜂來。重憶江南酒，何因把一杯。

方回：刊本誤以「蜂」爲「峯」，必是「蜂」字無疑。梅發雖則尚寒，然晴日既暖，必有蜂採香，但不多耳，予每親見之。

紀昀：蜂可言來，峯如何言來？其爲「蜂」字，不待辨也。

馮班：神矣！妙矣！

紀昀：唐人梅詩，不似宋人作意。此首特有情韻。○五、六最佳。

許印芳：錢起，字仲文，吴興人，官尚書考功郎。

十一月中旬至扶風見梅花

李義山

匝路亭亭豔，非時裛裛香。素娥唯與月，青女不饒霜。贈遠虚盈手，傷離適斷腸。爲誰成早秀，不待作年芳。

方回：義山之詩，入宋流爲「崑體」。此謂梅花最宜月，不畏霜耳。添用「素娥」、「青女」四字，則謂月若私之而獨憐，霜若挫之而莫屈者。亦奇。末句又似有所指云。

馮班：知添字法，便解「西崑」用鍊法矣。

紀昀：意正如此，非借艷字爲色澤也。

馮班：大手。○次聯奇，腹聯用事巧。

查慎行：起五字爲梅傳神。

何義門：第三「中旬」，第四「十一月」。○其中有一義山在。

紀昀：「匝路」是至扶風，「非時」是十一月中旬。三、四愛之者虚而無益，妒之者實而有損。○結仍不脱「十一月中旬」。○純是自寓，與張曲江同意而加以婉約。

許印芳：「不」字複。

早梅

朱慶餘

天然根性異，萬物盡難陪。自古承春早，嚴冬鬬雪開。豔寒宜雨露，香冷隔塵埃。堪把依松竹，良圖一處栽。

方回：張洎序項斯詩，謂「元和中，張水部律格不涉舊體。惟朱慶餘一人，親授其旨。沿而下，則有任藩、陳標、章孝標、司空圖等及門。項斯，於寶曆、開成之際，尤爲水部所賞。」然則韓門諸人，詩派分異，此張籍之派也。姚合、李洞、方干而下，賈島之派也。慶餘此詩，亦有氣脈、有字眼，不可忽。荆公乃僅選其薔薇一篇。

馮班：方干學錢起，不近長江，曹松方學賈。

馮舒：第二句宋甚。荆公有眼。

紀昀：拙鄙不成語，非惟不稱梅花也。

早翫雪〔六〕梅有懷親屬

韓致堯〔七〕

北陸候纔變，南枝花已開。無人同悵望，把酒獨徘徊。凍白雪爲伴，寒香風是媒。何因逢越使，腸斷謫仙才。

方回：全篇有味，五、六灑落。

紀昀：不失格韻。

早梅

僧齊己

萬木凍欲折，孤根暖獨回。前村深雪裏，昨夜一枝開。風遞幽香去〔八〕，禽窺素豔來。明年猶應〔九〕律，先發映春臺〔一〇〕。

方回：尋常只將前四句作絶讀，其實二十字絶妙。五、六亦幽致。王荆公選唐百家詩，梅花僅有五首，五言律僅有韓致堯〔一一〕一首，五言絶句一首。王適云：「忽見寒梅樹，開花漢水濱。不知春色早，疑是弄珠人。」亦佳句也。七言絶句二首，戎昱云：「一樹寒梅白玉條，迥臨村落傍溪橋。應緣近水花先發，疑是經春雪未消。」劉言史云：「竹與梅花相並枝，梅花正發竹枝垂。風吹總向竹枝上，真一作「直」。似王家雪下時。」崔魯七言律一首，見此卷後。今以予所選五言律增廣之。楊誠齋喜唐人崔道融十字云：「香中別有韻，清極不知寒。」未見全篇。以荆公之精於詩，梅花五言律無，七言律亦無之，止有五言絶句五首，有云：「牆角數株梅，凌寒獨自開。遥知不是雪，時有暗香來。」李雁湖注引古樂府「庭前一樹梅，寒多未覺開。祇言花是雪，不悟有香來。」謂介甫略轉換耳，或偶同也。予攷楊誠齋所言，則謂「祇言花似雪，不悟有香來」，爲蘇子卿作。雖未必然，而「花是雪」與「花似雪」，一字之間，大有逕庭。知花之似雪，而云不悟香來，則拙矣；不知其爲花，而視以爲雪，所以香來而不知悟也。荆公詩似更高妙。然則盡唐二百九十年，僅選得梅花五言律十二首，其誠難題也哉。

馮班：方君云「二十字絶妙」，然氣格未完，住不得。○崔詩見丹鉛録。○介甫點金成鐵。○此子卿是梁人，非蘇武也。見樂府詩集。

查慎行：方虚谷云：「尋常只將前四句作絶讀，其實二十字絶妙。」評好。○虚谷又云：「以荆公之精於詩，梅花五言律無，七言律亦無之。」七言律六首俱已登選，何得言無？

紀昀：崔詩全篇現存。○此誤認爲漢蘇子卿，故疑未確，不知乃陳蘇子卿梅花作也。虚谷惟熟於唐、宋律詩耳。

馮班：出色。

查慎行：造意、造語俱佳。

紀昀：起四句極有神力，五、六亦可，七、八則辭意并竭矣。

許印芳：全唐詩話：此詩「一枝」本作「數枝」，鄭谷謂不切早梅，改作「一」字，齊己下拜，呼爲一字師也。○虚谷見聞雖陋，辨「是」「似」二字卻精細。按崔道融，荆州人，官右補闕，其梅花詩云：「素萼初含雪，孤標畫本難。香中别有韻，清極不知寒。横笛和愁聽，斜枝倚病看。朔風如解意，容易莫摧殘。」通體無病，三、四傳爲名句，五、六亦佳。○僧齊己，本姓胡，名得生，潭州人。

馬上見梅花初發

宋莒公

瞥見江南樹，繁英照苑牆。無雙春外色，第一臘前香。雲葉遥驚目，瓊枝昔斷腸。莫吹羌塢笛，容易損孤芳。

方回：三、四極工，「春外」之「外」，「臘前」之「前」，似乎閒而非閒字也，乃最緊最切最實之字。「雲葉」、「瓊枝」，乃「崑體」常例。

紀昀：三、四在初作自好，後世則爲習語矣。神奇朽腐，轉變何常，詩所以貴變化也。

馮班：不及温、李多矣。

查慎行：「無雙」、「第一」，用得板實無味。

梅花

王禹玉

冷香疑到骨，瓊豔幾堪餐。半醉臨風折，清吟拂曉觀。贈春無限意，和雪不勝寒。桃李有慚色，枯枝試並欄。

方回：其香「到骨」，其豔「堪餐」。起句十字已不苟。中二聯皆清爽，不可以「至寶丹」忽之也。

馮舒：此宋之沈、宋，莫輕易。
馮班：莊麗有風格。〇此首惟一「瓊」字不爲「至寶丹」也。
紀昀：前六句自好，惟一結太盡。

馬處厚席上探得早梅　晁君成

嶺梅何處早，雪裏看芳菲。北陸寒猶在，南枝春已歸。曉粧初見妬，殘角未成飛。引我江頭夢，清香憶滿衣。

方回：晁無咎乃翁端友詩，不減唐人。
馮舒：三、四直用韓致堯。
陸貽典：三、四重致堯。
紀昀：亦習徑，「北陸」、「南枝」太襲致堯。

紅　梅　梅聖俞

家住寒溪曲，梅先雜暖春。學粧如小女，聚笑發丹脣。野杏堪同舍？山櫻莫與隣。休吹江上笛，留伴庾園人。

方回：「野杏堪同舍」，此「堪」字乃是不堪也。善詩者多如此用虚字。西清詩話：「紅梅昔獨盛於姑蘇，晏元獻始移植西園第中。貴游賂園吏，得一枝分接，都下始有二本。元獻嘗賦詩曰：『若更遲開三二月，北人應作杏花看。』客曰：『公詩固佳，待北俗何淺也？』元獻笑曰：『顧傖父安得不然？』王君玉時以詩寄元獻云：『館娃宫北舊精神，粉瘦瓊寒露蕋新。園吏無端偷折去，鳳城從此有雙身。』王荆公小絶云：『春半花纔發，多應不奈寒。北人初未識，渾作杏花看。』」胡元任叢話以爲介甫詩與元獻暗合，然介甫句意爲工。

馮班：西清詩話云云，故事。

馮班：次聯妙。

查慎行：「野杏」二句入長律則可，八句中着此殊欠力量，不意都官亦復爲之。

紀昀：三、四極意刻畫，適成其拙。

梅花

似畏羣芳妬，先春發故林。曾無鶯蝶戀，空被雪霜侵。不道東風遠，應悲上苑深。南枝已零落，羌笛寄餘音。

馮班：似唐。

紀昀：此便有情韻。

依韻答僧圓覺早梅

江南自寒苦，花不與時同。清向三冬足，香傳一國中。雲湖藏舊市，雪樹認新豐。未有虧冰素，隨粧入漢宮。

紀昀：牽掣成篇，殊不自在，七句尤不成語。

九月見梅花

江南風土暖，九月見梅花。遠客思邊草，孤根暗磧砂〔三〕。何曾逢寄驛，空自聽吹笳。今日樽前勝，其如秋鬢華。

方回：聖俞詩不見着力之迹，而風韻自然不同。

馮班：不著題。○「寄驛」、「吹笳」，陳言也。若是唐人，虛谷不知如何排擊？正以都官，遂不論耳。

紀昀：中四句不省所云。○「寄驛」二字不妥。

偶折梅數枝置案上盎中芬然遂開

張宛丘

偶别霜林陋，來蒙玉案登。清香侵硯水，寒影伴書燈。見我粲初笑，贈人慵未能。將何伴高潔，清曉誦黄庭。

方回：「見我粲初笑，贈人慵未能。」更有味。以誦黄庭爲梅伴，則兩俱高潔矣。

馮班：落句殊劣。

查慎行：「陋」、「登」二字落得輕率。

紀昀：「陋」字不佳，次句倒押「登」字尤不妥。後四句極佳。〇此用陸凱事，懶於酬應，故曰「慵未能」。結案上密。

感梅憶王立之

晁叔用

王子已仙去，梅花空自新。江山餘此物，海岱失斯人。賓客他鄉老，園林幾度春。城南載酒地，生死一沾巾。

方回：晁叔用名冲之，自號具茨，有集。入「江西派」。晁氏自文元公迥至補之無咎五世，世有文人。無咎之父端友，字君成，詩逼唐人，有新城集。無咎有濟北集。從弟説之字以道，號景迂，有景迂集〔三〕。以道親弟詠之字之道，有崇福集。補之、詠之，四朝國史已入文藝傳。叔用此詩蓋學陳後山也。其兄無斁載之見知于後山，因是亦知叔用。叔用有子曰公武，著讀書志者，可謂盛矣。王立之名直方，居汴南。父棫，字才元，高貲。元祐中延致名士唱和，爲蘇、黄作頓有亭。呂居仁亦以其詩入派。此詩才學後山，便有老杜遺風。

陸貽典：以後山接老杜，終身不解也。

馮舒：亦清挺。

紀昀：似平易而極深穩，斯爲老筆。

許印芳：此評的當。此種詩斷非初學所能到，虚谷之言不足信也。

梅

素月清溪上，臨風不自勝。影寒垂積雪，枝薄帶春冰。香近行猶遠，人來折未曾。江山正蕭瑟，玉色照松藤。

方回：此詩未及前篇。按集：俞汝礪因公武請爲作序，諸弟有二十弟賁之飾道，二十二弟允之息道，二十三弟豫之虞道，二十八弟夬之決道。而叔用初字用道，與説之皆從「道」字聯表也。以道爲四兄，之道爲十二兄，又有三十三弟頌之。

紀昀：羅列諸晁，與詩無涉。

梅

南雪看未穩，北風吹已殘。才堪十年夢，不稱一生酸。日月方回首，風霜與凭欄。遲明出謝客，頓覺帽圍寬。

方回：居仁小絶蠟梅詩云：「學得漢宫粧，偷傳半額黄。不將供俗鼻，愈更覺清香。」早梅云：「獨自不争春，都無一點塵。忍將冰雪面，所至媚游人。」凡賦梅，盛稱其美，不若以自況而自超於物外可也。

紀昀：亦不如此説定。

馮班：腹聯好。

紀昀：落句不可解。

嶺梅

曾茶山

蠻烟無處洗，梅蕊不勝清。顧我已頭白，見渠猶眼明。折來知韻勝，落去得愁生。坐入江南夢，園林雪正晴。

方回：此茶山將詣桂林時詩，有二絶連此詩後，云「桂林梅花盛開有懷信守程伯禹」，故知之。

紀昀：自然高雅。○無一字切梅，而神味恰似，覺他花不足以當之。

許印芳：凡詠物詩太切則黏滯，不切則浮泛。傳神寫意在離合間，方是高手。此詩雖未造極，已得不切而切之妙矣。

高郵無梅求之於揚帥鄧直閣

送臘臘垂盡，迎春春欲回。如何萬家縣，不見一枝梅？有客幽尋去，無人遠寄來。揚州何遜在，政用小詩催。

紀昀：二詩俱淺率。

鄧帥寄梅併山堂酒

甓社湖邊路，詩筒得報回。舊時雲液酒，元注：「揚州上尊名也。」新歲雨肥梅。不是園官送，真成驛使來。鬢毛都白盡，更着此花催。

方回：此晚年使淮南詩。但觀其句律，何乃瘦健鏗鏘至此！雖平正中有奇古也。

紀昀：推許太過。

查慎行：氣格超妙。

次韻張守梅詩

劉屏山

破雪梅初動，南枝更北枝。傍牆應折盡，背日較開遲。曉角驚殘夢，春愁占兩眉。狂夫將落蕊，故入畫樓吹。

方回：梅詩難賦，不必句句新，得如此圓熟亦可也。

紀昀：紫陽乃屏山之門人。此欲依附紫陽，因而媚及屏山。梅花詩欲取圓熟，非其本心之論也。

觀梅花開盡不及吟賞感歎成詩聊貽同好二首

朱文公

憶昔身無事，尋梅只怕遲。沉吟窺老樹，取次折横枝。絶豔驚衰鬢，餘芳入小詩。今年何草草？政爾負幽期。

棐几冰壺在，梅梢雪蕊空。不堪三弄咽，誰與一樽同？鼻觀殘香裹，心期昨夢中。那知北枝北，猶有未開叢。

方回：文公詩似陳後山，勁瘦清絶，而世人不識。此兩詩皆八句一串，又何必晚唐家前頷聯後景聯堆塞景物，求工於一字二字而實則無味耶？

紀昀：文公火候，不及後山之深，而涵養和平，亦無後山硬語盤空之力。蓋兼習之與專門，固自有别。虚谷此評，欲借文公以重「江西」，復援「江西」以重文公，未爲篤論。

查慎行：脱落凡近，胸次有别。

紀昀：二詩皆不失雅意。

宋丈示及紅梅蠟梅借韻兩詩復和呈以發一笑

聞説寒梅盡，尋芳去已遲。冷香無宿蕊，穠豔有繁枝。正復非同調，何妨續舊詩。廣平偏斌媚，鐵石悞心期。元注：「宋丈前篇乃用施朱粉事。」

風雪催殘臘，南枝一夜空。誰知荒草裏，却有暗香同。質瑩輕黄外，芳勝淺絳中。不遭岑寂侶，何以媚孤叢？

方回：此二詩，前屬紅梅，後屬蠟梅。

馮舒：第二篇「輕黃」對「淺絳」，知合詠紅、黄二色，非有前後之分也。前篇亦係合詠。

紀昀：二首牽率成篇，無甚深致。

清江道中見梅

今日清江路，寒梅第一枝。不愁風嫋嫋，正奈雪垂垂。暖熱惟須酒，平章却要詩。他年千里夢，誰與寄相思？

方回：朱文公乾道三年丁亥訪南軒歸，十二月江西詩也。書坊刊全芳備祖〔一四〕，節去首尾，以中四句爲庾信詩，悮甚。

馮舒：第六句宋。

馮班：「嫋嫋」是秋風，不可亂用。文公未解唐人用事法也。○第六句俗。

與弟姪飲梅花下分得香字

張南軒

日夕色愈正，春和天與香。提攜一樽酒，問訊滿園芳。嗣歲詩多思，懷人心甚長。更須多秉燭，玉立勝紅粧。

方回：前輩鉅公，有不可專以詩人目之者。至於難題，高致下筆便自不同，以胸中天趣勝也。

此詩前二句有力，而又有味。中四句平淡。末二句用東坡海棠詩「高燒銀燭照紅粧」，不必説破，只説秉燭以照玉立者，其勝艷麗多矣。

紀昀：起句及五、六殊不成語，三、四平平。末二句自佳，虚谷亦説得好。

王長沙約飲縣圃梅花下分韻得梅字

平生佳絶處，心事付江梅。縣圃經年見，芳樽薄暮開。朗吟空激烈，燒燭且徘徊。未逐徵書去，窮冬尚一來。

方回：王長沙名師愈，婺州人。早登楊龜山之門，後與朱、張、吕三先生交，仕至中奉大夫直焕章閣，乾、淳名卿也。其爲長沙宰，先一年嘗招南軒賞梅，南軒分得「林」字。此第二年再會，故云「縣圃經年見」。師愈生瀞，從吕東萊及朱文公游，仕至朝奉郎。瀞生柏，號魯齋，著可言集，亦載南軒「林」字韻及此詩，其祖古詩亦附焉。

紀昀：論詩何必牽及師友淵源？

紀昀：「激烈」二字與詠梅不配色。

蠟梅

楊誠齋

粟玉圓雕蕾，金鈿細着行。來從真蠟國，自號小黄香。夕吹撩寒馥，晨曦透暖光。南枝本同姓，喚我作他楊。

方回：范石湖梅譜謂蠟本非梅類，以其與梅同時，香又相近，色酷似蜜脾，故名蠟梅。凡三種，檀香梅爲上，磬口梅次之。花小香淡，以子種出，不經接者爲下。又謂最難題詠，乃誠然也。山谷、後山、簡齋三鉅公，但爲五言小絶句。而東坡倡，後山和，亦有七言長篇。簡齋又有「智瓊額黄且勿誇」之句，大率不過言黄、言香而已。高子勉一絶云：「少鎔蠟淚裝應似，多爇龍涎嗅不如。只恐春風有機事，夜來開破幾丸書。」此爲至佳，而律詩全篇，則亦罕見云。

馮舒：惡詩。

馮班：次聯惡境。

查慎行：起句雕刻無跡。◯結句不解。

許印芳：「他楊」出漢書揚雄傳：「雄無它揚於蜀。」顔師古注曰：「蜀諸姓楊者皆非雄族，故曰雄無它揚。」

紀昀：粗鄙之至。宜二馮以爲惡詩。

無名氏（甲）：楊氏望出華陰，非此族者，謂之「他楊」。

梅

尤延之

不奈雪埋照，可堪風漏香。天寒無瘮粟，日暮有嚴粧。桃李真肥婢，松筠共老蒼。合教居第一，獨自占年芳。

方回：二首取一。「桃李真肥婢」已是佳句，却用「老蒼」爲對，似乎借蒼頭之「蒼」以對「婢」也。全篇俱有味。

馮班：何必爾！如此説便不韻。

紀昀：此語鑿甚。

許印芳：評是。然與前六句相配，姑以清穩取之。

紀昀：只尾句淺近。

許印芳：尤袤，字延之，號遂初，又號梁溪。

和渭叟梅花

不避風霜苦，自甘丘壑潛。未禁沾額角，信好插梳尖。春意已張本，寒威今解嚴。殷勤留客意，尚許隔牆覘。

紀昀：險韻以鄙語押之，不足見巧。五、六尤「江西」習氣語。

梅　花

冷豔天然白，寒香分外清。稍驚春色早，又唤客愁生。待索巡簷笑，嫌聞出塞聲。園林多少樹，見爾眼偏明。

方回：此八句詩，却如渾脱鑄成。本只是爛熟説話，而無手段者，自不能撮虚空也。

紀昀：此評最允。

紀昀：結與茶山同意。

許印芳：以上二詩皆老成。惟中二聯皆是五句承三句，六句承四句，章法尚少變化。

蠟梅

破臘驚春意，凌寒試曉粧。應嫌脂粉白，故染麴塵黄。綴樹蜂懸室，排箏雁着行。團酥與凝蠟，難學是生香。

方回：五、六亦能寫蠟梅形狀。尾句雖説破香，只得亦可謂善賦矣。

紀昀：但寫得拙惡耳。

道上人房老梅

翁續古

孤高不受埃，老怪昔誰栽。仙魄乘槎去，龍身帶雪來。數枝寒照水，一點浄沾苔。頭白狂詩客，花時屢往回。

方回：此所謂「永嘉四靈」之一也。翁卷字續古，一字靈舒，詩曰西巖集。徐璣字文淵，一字致中，號靈淵，詩曰泉山集。徐照字道暉，號靈暉，詩曰山民集。趙師秀字紫芝，號靈秀，詩曰天樂堂集。乾、淳以來，尤、楊、范、陸爲四大詩家，自是始降而爲「江湖」之詩。葉水心適以文爲一時宗，自不工詩。而「永嘉四靈」從其説，改學晚唐，詩宗賈島、姚合。凡島、合同時漸染者，皆陰撏取摘用，驟名於時，而學之者不能有所加，日益下矣。名曰厭傍「江西」籬落，而盛唐一步不能少進。天下皆知「四靈」之爲晚唐，而鉅公亦或學之。趙昌父、韓仲止、趙蹈中、趙南塘兄弟，此四人不爲晚唐，而詩未嘗不佳。劉潛夫初亦學「四靈」，後乃少變，務爲放翁體，用近人事，組織太巧，亦傷太冗。同時有趙庚仲白，亦可出入「四靈」小器。此近人詩之源流本末如此。

馮班：「四靈」詩薄弱，其鍛鍊處露斧鑿痕。所取者氣味清純，不害詩品耳。

馮舒：逃「江西」而爲「四靈」，厭「四靈」而爲「九巖」，總未窺正法眼藏也。「四靈」氣味似詩，然用思太苦，而首尾多餒弱。當「江西」盛行之日，能特立如此，亦可取也。要如真盛唐，方是高手，然真高手又不專學唐也。

馮班：不及唐人遠矣。○凡清詩有山人氣、僧家氣，皆是俗。「四靈」雖苦寒，却無此病。

紀昀：粗野乃爾，宜爲虚谷所詆。

嚴先輩詩送紅梅次韻

趙昌父

盡道梅花白，能紅又一奇。渾疑丹换骨，不是酒侵肌。看此敷腴色，思儂少壯時。盛年雖不再，猶擬歲寒知。

馮班：下半惡道。

紀昀：撇手遊行，脱盡窠臼。○後四句不即不離，玲瓏巧妙。而馮氏一概塗抹之，未喻其意。

許印芳：「不」字複。○趙蕃，字昌父，號章泉。

分界鋪愛直驛張安道因杉製名而驛之前有老梅一株不知安道何爲捨彼而取此也

杉自誰人種？梅從何代栽？腹空雷有擊，根古土無培。要是百年物，曾經幾客來。直哉雖見録，清矣可遺材。

馮班：頷聯二句有病，結尾二句惡句。此豈能勝「四靈」？

查慎行：此句法學之，便墮惡道。

紀昀：此尤惡狀。而虛谷乃推之，故知純是門户之見。

憶梅

縱乏幽人宅，猶餘大樹祠。帶山仍帶水，宜飲亦宜詩。勿待全開後，當乘半放時。昏昏郭陰霧，皎皎上朝曦。

方回：趙章泉日作梅課。盡乾道、淳熙詩，得此五言律三首妙。絶句六言，極多佳者。

馮舒：落句有舊人遺意。然學其格，亦不佳。

馮班：落句住不得。

紀昀：三、四俚甚。

梅花

劉後村

造化生尤物，居然冠衆芳。東家傅粉面，西域返魂香。真可婿芍藥，未妨妃海棠。平生恨歐九，極口説姚黄。元注：「孟郊詩：『芍藥真堪婿。』」

方回：潛夫後集此詩乃寶祐四年丙辰作，年七十矣。詩太富艷，以梅爲丈夫，而芍藥、海棠以爲妻、妾，亦不過一巧耳，乏自得趣味也。蓋梅詩不貴流麗。後村詩，細味之極俗，亦頗冗。

紀昀：掊擊後村却公。

馮舒：一翻便可惡，覺東野詩亦不好。三句陳而悞。
馮班：有何佳處？頷聯陳而悞。
陸貽典：結聯不韻。
紀昀：粗野太甚。

梅花

張澤民

朔風吹石裂，寒谷自春生。根老香全古，花疏格轉清。園林千樹禿，籬落一枝橫。佩芷兼懷玉，悠然見此兄。

查慎行：山谷水仙詩：「仙礬是弟梅是兄。」

苔封鶴膝枝，流水繞疏籬。一白雪相似，獨清春不知。風流無俗韻，恬澹出天姿。霜月娟娟夜，吾今見所思。

馮班：五、六率句。
紀昀：四句自好。五句馮云率句。

半枯頑鐵石，特地數花生。迴立風塵表，長含水月清。屋頭寒嶺瘦，門外小溪橫。萬里今爲客，相看如弟兄。

紀昀：此首無大疵累，而淺弱特甚。

疎疎竹外枝，短短水邊籬。南雪若相避，東風殊不知。蘭荃皆弱植，桃杏總凡姿。坐歎逋仙遠，清宵費夢思。

查慎行：五、六雖尊題，格終屬卑下。

紀昀：三、四複第二首。

不帶吟詩癖，緣何太瘦生？肌膚姑射白，風骨伯夷清。格外宮粧別，天然畫軸橫。涪翁太多可，唤作水仙兄。

查慎行：三、四造語尖新。

紀昀：三句用荆公語，四句用放翁語，不免蹈襲。○「宮粧」可以梅比，梅不宜以「宮粧」比；況壽陽點額，已是爛熟典故矣。

蒼虬百歲枝，殘雪數家籬。點俗那能染，孤芳只自知。肯回桃李面，要是雪霜姿。不見紫芝久，悠悠使我思。

紀昀：三句「點俗」二字生，五句粗野。

不與百花競，春風驀地生。故將天下白，獨向雪中清。我輩詩仍要，誰家笛自橫？歲寒堪共老，髯叟十年兄。

紀昀：次句粗野，五句更粗野，結句不通。

何處出斜枝，茅簷自竹籬。首回春一盼，最與月相知。嚴冷冰霜面，清癯山澤姿。幾番將鶴去，倚樹説相思。

紀昀：三句不妥。

有月色逾淡，無風香自生。霜崖和樹瘦，冰壑養花清。政爾疎還冷，忽然斜又橫。千林成獨韻，難弟又難兄。

查慎行：三、四生造，有風骨。

紀昀：五、六兩句自好，結「兄」字强押。

雪後半横枝，溪邊一帶籬。春從窮臘透，香報老夫知。淡月弄疎影，嫩寒含令姿。天涯值西子，牢落慰吾思。

紀昀：第四句亦可。

慇勤天女供，那復一塵生。質淡全身白，香寒到骨清。常留雪中看，遮莫鬢邊横。萬古月宫桂，猶吾異姓兄。

紀昀：結句鄙甚。

古蘚護踈枝，幽花發短籬。唯宜霜月照，莫遣雪風知。數點玲瓏玉，三生灑落姿。自從窗外見，風味至今思。

玉肌元不粟，未怕夜寒生。雪裏孤花發，山中一段清。幾回和月看，獨立到參横。不傍人籬落，誰呼石作兄？

查慎行：三、四佳，惜「一段」二字率而俗。

紀昀：「一段」二字不妥。結亦强押。

春脚到寒枝，詩情滿雪籬。每留孤鶴伴，不遣一蜂知。風漏臘前信，月描塵外姿。憶從歸閬苑，終歲祇君思。

紀昀：有脚陽春，可説人，不可説春。三、四兩句亦常語，然尚未惡狀。六句「描」字俚。

萬壑寒皆沍，孤根暖自生。不隨千卉豔，獨負一身清。水際寒香迥，窗間夜影横。輿臺桃李輩，誰弟又誰兄？

紀昀：第四句陋甚，結不成語。

突出一清枝，孤村雪擁籬。韻無凡眼識，香有自心知。不是神仙骨，何緣冰玉姿？看看金鼎實，此味幾人思？

方回：實齋張公道洽，字澤民，衢州開化人。端平二年乙未進士，真西山所取也。老矣，始爲池州簽判。平生梅花詩三百餘首，此池州和同官韻五言十六首也。或喜其「一白雪相似，獨清春不知」。殊不知篇篇有味，雖不過古人已言之意，然縱説、横説，信口、信手，皆脱灑清楚。他人學詩三五十年，未易及也。前是嘗爲廣州司理，里中新貴馬天驥爲帥，劉朔齋震孫爲倉使。天驥怒其作越王臺詩若譏己者，朔齋將舉改官，奪以他畀，澤民不屑也。予後至池陽爲倉幕，白使長拉留之，爲足舉員，改辟襄陽府推官，赴任所，再改〔一五〕。一夕醉卧客舍，明早弗興，視之，卒，年六十四，今又十六年矣。其詩格爲「江湖」，不務太高，而圓熟混淪。與人色笑和易，而遠俗子如仇〔一六〕。今亦無復斯人。此二韻和二十首，删其四。餘七言律百餘韻，亦選十餘首也。

紀昀：此純是標榜之習，顛倒是非，不爲公論。

馮班：少做幾首何如？

紀昀：第三句粗獷，結尤俗惡。○時有數句可觀。然語既重複，才又淺薄，强作連章、疊韻之難題，可謂不度德、不量力矣。

早梅

李和父

草木盡凋殘，孤標獨奈寒。瘦成唐杜甫，高抵漢袁安。雪裏開春國，花中立將壇。年年笑紅紫，翻作背時看。

方回：雪林李龏，字和父。近年始卒於霅上，年近八十。有漱石吟行於世。晚節更進。此篇惟演「漢」、「唐」二字爲剩，五、六佳。

馮班：讀此卷畢而不唾罵宋詩，非惟無目，且無鼻也。

紀昀：粗俗，殊不足譏，三、四意好而句格凡近。

七言　一百四十八首

和裴迪發蜀州〔一七〕東亭送客逢早梅相憶見寄　杜工部

東閣官梅動詩興，還如何遜在揚州。此時對雪遥相憶，送客逢春可自由。幸不折來傷歲暮，若爲看去亂鄉愁。江邊一樹垂垂發，朝夕催人自白頭。

方回：老杜詩，自入蜀後又別，至夔州又別，後至湖南又別。此詩脱去體貼，於不甚對偶之中，寓無窮婉曲之意，惟陳後山得其法。老杜詩凡有梅字者皆可喜。「巡簷索共梅花笑，冷蘂疎枝半不禁。」「索」、「笑」二字遂爲千古詩人張本。「岸容待臘將舒柳，山意衝寒欲放梅。」「未將梅蘂驚愁眼，要取椒花媚遠天。」「梅花欲開不自覺，棣蕚一別永相望。」「繡衣屢許移家醖，皂蓋能忘折野梅。」此七言律之及梅者。「市橋官柳細，江路野梅香。」「雪岸叢梅發，春泥百草生。」「雪籬梅可折，風榭柳微舒。」「緑垂風折笋，紅綻雨肥梅。」「梅花萬里外，雪片一冬深。」「秋風楚竹冷，夜雪鞏梅香。」「去年梅柳意，還欲攬春心。」「何當看花蕊，欲發照江梅。」此五言律之及梅者，皆響人牙頰。且不特老杜，凡唐人、宋人詩中有梅字者，即便清雅標致，但全篇專賦，則爲至難題，而强揠者實爲可憾云。

紀昀：虚谷云：「杜詩凡有梅字者皆可喜」。諸詩亦各有工拙，此真膠柱之説。虚谷又云：「凡唐人、宋人詩中有梅字者，即便清雅標致。」偏僻至此，殊不足論。

馮舒：自唐以後，只得林和靖兩句。餘人瑣瑣，徒贅卷帙。

查慎行：看老手賦物，何曾屑屑求工？通體是風神骨力，舉此壓卷，難乎爲繼矣。

何義門：淡然初不着題，的是早梅。後人何由可到？

紀昀：第四句暗用陸凱事。

許印芳：「自」字複。

岸梅

崔　魯

含情含態〔一八〕一枝枝，斜壓漁家短短籬。惹袖尚憐香半日，向人如訴雨多時。初開偏稱雕梁畫，未落先愁玉笛吹。行客見來無去意，解帆烟浦爲題詩。

方回：五、六善用事。「雕梁畫早梅」，陰鏗詩。樂府有落梅曲。「黄鶴樓中吹玉笛，江城五月落梅花」，李白詩。

查慎行：詩句故取有來歷，然用古人句而無韻致，亦不能佳。如第五句雖本陰鏗，然唐突梅花太甚。

馮班：亦恨格卑。

何義門：第二句隱「岸」字。第三句情。第四句怨。第五句對「漁家」，第六句起「無去意」，落句是「岸」字。

紀昀：第六句自然，勝出句。

梅花

韓致堯〔一九〕

梅花不肯傍春光，自向深冬着豔陽。龍笛遠吹胡地月，燕釵初試漢宫粧。風雖强暴翻添思，雪欲侵凌更助香。應笑暫時桃李樹，盗天和氣作年芳。

方回：五、六善評梅心事者，併起句豈自喻耶！

馮班：全自喻也。

紀昀：五、六粗野特甚。

馮舒：此託喻，非詠梅也。

馮班：有諷刺。

查慎行：末句有諷刺。

紀昀：極有意而著語未佳。○三、四俗格，結亦套。「盜天」本莊子，然不雅。

酬崔八早梅有贈兼示之作

李義山

知訪寒梅過野塘，久留金勒爲迴腸。謝郎衣袖初翻錦[二〇]，荀令爐薰[二一]更換香。何處拂胸資蝶粉，幾時塗額藉蜂黃。維摩一室雖多病，亦要天花作道場。

方回：「蝶粉」以言梅花之片，「蜂黃」以言梅花之鬚，似乎借梅以詠婦人之胸、之額矣。起句平淡，却好。

紀昀：意在「何處」、「幾時」四字，言白與黃皆天然姿色，非由塗飾耳。所解謬甚。

許印芳：方虛谷謂「蝶粉」以言梅花之片，「蜂黃」以言梅花之鬚。良是。蓋早梅時，實未嘗有蜂蝶耳。又云似乎借梅以詠婦人之胸、之額矣。余謂詩意正合爾爾，以題中明言有贈也。然上句又暗用姑射仙人肌膚若冰雪意，下句則暗用壽陽公主梅花落額上意。雖格調未高，而鎔鑄之妙，千古殆無其匹。「初翻」、「更换」、「何處」、「幾時」，俱影切「早」字意。結用天女散花故事。題中兩層一齊照應，一齊收拾，天工人巧，吾無以名之。

馮班：較宋人紛紛比擬，何啻鶴鳴之於蟲吟耶？讀此知後村之拙矣。

查慎行：此題無處着艷語。非義山所長。

何義門：五、六極透「早」字，「拂胸」、「塗額」夾寫「有贈」，第三句「崔八」，尾聯恰有三層。

紀昀：三、四俗極。二馮欲以此壓宋人。宋人可壓，此詩不能壓也。

梅花寄所親

李建勳

一氣纔新物未知，每慚青律與先吹。雪霜迷素猶嫌早，桃杏雖紅且後時。雲鬢自粘飄處粉，玉鞭誰指出牆枝？老夫多病無風味，只向樽前詠舊詩。

方回：第六句「玉鞭誰指出牆枝」有風味。建勳别有一詩，次聯云：「北客見皆驚節氣，郡寮癡欲望杯盤。」不佳。

馮班：第六句，故事。○意亦與宋人相近，而下語藴藉可愛。

紀昀：起二句腐，三、四太淺近，後四句自可。

憶杭州梅花因敍舊游寄蕭協律

白樂天

二年閒悶在餘杭，曾爲梅花醉幾場。伍相廟前繁似雪，孤山園裏麗如粧。蹋隨游騎心長惜，折贈佳人手亦香。賞自初開直至落，歡因小飲便成狂。薛劉相次埋新隴，沈謝雙飛出故鄉。歌伴酒徒零散盡，惟殘頭白老蕭郎。

方回：元注：「薛、劉二客，沈、謝二妓，皆是當時歌酒之侶也。」「賞自初開直至落」一句最佳。

紀昀：五、六二句自可，然亦不必定是梅花。

胡中丞早梅

方玄英

不獨閒花不共時，一株寒豔尚參差。凌晨未噴含霜朵，應候先開亞水枝。芬郁合將蘭並茂，凝明應與雪相期〔三〕。謝公詠賞愁飄落，可得更拈長笛吹？

方回：「凝明」二字似生而實佳。首句亦有味，不獨與閒花異，雖獨開亦不忙也。

馮舒：據余意，偏不喜「凝明」二字。

紀昀：但見其生，不見其佳。

何義門：「早」字獨有兩層，移他花不得。○「蘭」以比其香，「雪」以比其色。

紀昀：第三句「噴」字不雅，五句俗。

梅花

林和靖

吟懷長恨負芳時，爲見梅花輒入詩。雪後園林纔半樹，水邊籬落忽横枝。人憐紅豔多應俗，天與清香似有私。堪笑胡雛亦風味，解將聲調角中吹。

方回：和靖梅花七言律凡八首，前輩以爲孤山八梅。胡澹菴嘗兩和之，成十六首。山谷謂「水邊籬落忽横枝」，此一聯勝「疎影」、「暗香」一聯。歐公疑未然，蓋山谷專論格，歐公專取意味精神耳。

馮班：山谷專喜硬語。山谷論未精。

紀昀：此論平允，然終當以山谷爲然。

查晚晴：歐、黄各賞一聯，由其性之所近，而出於中心之好。非比後人人黑我白，人甲我乙也。近來强作解事，多祖涪翁。余謂二聯神韻意趣具足，今人無二公之才識，不得妄爲軒輊。

馮舒：次聯即玄英語意。腹聯不佳。

馮班：次聯却勝。

查慎行：三、四兩句，不但格高，正以意味勝耳。

紀昀：起句率，三、四實好，後四句不成詩。

山園小梅

衆芳搖落獨暄妍，占盡風情向小園。疏影横斜水清淺，暗香浮動月黄昏。霜禽欲下先偷眼，粉蝶如知合斷魂。幸有微吟可相狎，不須檀板共金樽。

馮舒：「暄妍」二字不穩，次聯真精妙。

馮班：首句非梅。次聯絶妙。

查慎行：再三玩味次聯，終遜「雪後」一聯。

紀昀：馮云首句非梅，不知次句「占盡風情」四字亦不似梅。三、四及前一聯皆名句，然全篇俱不稱，前人已言之。五、六淺近，結亦滑調。

剪綃零碎點酥乾〔二三〕，向背稀稠畫亦難。日薄縱甘春至晚，霜深應怯夜來寒。澄鮮祇共隣僧惜，冷落猶嫌俗客看。憶着江南舊行路，酒旗斜拂墮吟鞍。

方回：「疎影」、「暗香」之聯，初以歐陽文忠公極賞之，天下無異辭。王晉卿嘗謂此兩句杳與桃、李皆可用也，蘇東坡云：「可則可，但恐杏、桃、李不敢承當耳。」予謂彼杏、桃、李者，影能疎乎？香能暗乎？繁穠之花，又與「月黄昏」、「水清淺」有何交涉？且「横斜」、「浮動」四字，牢不可移。

馮班：「王晉卿嘗謂此兩句杏與桃、李皆可用」，然安得疎、香？今之言詩者皆晉卿也。方批是，是！

紀昀：此論亦允。

查慎行：第六句中有骨。

紀昀：首句纖而俗。

山園小梅

數年閒作園林主，未有新詩到小梅。摘索又開三兩朵，團欒空繞百千迴。荒隣獨映山初盡，晚景相禁雪欲來。寄語清香少愁結，爲君吟罷一銜杯。

方回：三、四眼前所可道，亦有味。

查慎行：五、六是孤山梅。

紀昀：三、四自有神。

梅花

幾回山脚又江頭，繞着瑶芳看不休。一味清新無我愛，十分孤静與伊愁。任教月老須微見，却爲春寒得少留。終共公言數來者，海棠端的免包羞。

紀昀：此詩卑鄙之甚。○次句俗。

小園煙景正凄迷，陣陣寒香壓麝臍。池水倒窺疏影動，屋簷斜入一枝低。畫工空向閒時看，詩客休徵故事題。慚愧黄鸝與蝴蝶，衹知春色在桃蹊。

方回：「屋簷斜入一枝低」，王直方以爲可與歐、黄二公所喜之聯相伯仲，胡元任漁隱叢話猶不然直方之説。「終共公言數來者」，此一句當考。

紀昀：王説是。

查慎行：第六句題外着想，極高。

紀昀：三、四高唱，全篇亦不稱。

梅花

宿靄相黏凍雪殘，一枝深映竹叢寒。不辭日日旁邊立，長願年年末上看。蕊訝粉綃裁太碎，蒂疑紅蠟綴初乾。香篘獨酌聊爲壽，從此羣芳興亦闌。

查慎行：「末上看」未詳。五、六墮入惡俗一派。

紀昀：俗陋之極。和靖何至於此！

孤根何事此「此」一作「在」。柴荊，村色〔二四〕仍將臘候并。橫隔片煙爭向靜，半黏殘雪不勝清。等閒題詠誰爲媿，子細相看似有情。搔首壽陽千載後，可堪青草雜芳英。

方回：「半黏殘雪不勝清」，亦佳句也。李雁湖注荊公梅花詩謂「粉綃」、「紅蠟」之聯爲魏野詩，恐不然也。

紀昀：三句費解，四句好。結拙。

梅花

晁君成

皎皎仙姿脈脈情，絳羅纖萼裹瑤英。色侔姑射無雙白，香比酴醾一倍清。臘後春前芳信密，水邊林下曉粧明。故應不屬東君管，冷豔孤芳取次成。

方回：晁無咎乃翁詩，遠逼唐人，近勝宋人。東坡所作新城集敍，論已見於前也。

紀昀：他詩未及備論。就此一詩，殊不足當此八字。

馮班：第三句俚下，第四句尚可。

依韻和叔治晚見梅花　梅聖俞

楚人住處將爲援，越使傳時合有詩。常是臘前混雪色，却驚春半見瓊姿。笛吹遠曲還多怨，風送清香似可期。我欲細看持在手，誰能爲折向南枝？

馮班：梅援可用。

紀昀：全篇亦庸下。起二句拙，三句「混」字鄙。

梅　花

江南臘月前溪上，照水野梅多少株。豔薄自將同鵠羽，粉寒曾不逐蜂鬚。桃根有妹猶含凍，杏樹爲隣尚帶枯。楚客且休吹玉笛，清香飄盡更應無。

紀昀：三、四笨甚，五、六夾雜之至。

梅　花

已先羣卉得春色，不與杏花爲比紅。薄薄遠香來澗谷，疎疎寒影近房櫳。全枝惡折憎隣女，短笛横吹怨楚童。墜蕚誰將呵在鬢，蘂殘金粟上眉蟲。

紀昀：次句拙。

和梅花

特特不甘春着力，年年能占臘前芳。水邊攀折此中女，馬上嗅尋何處郎？山舍更清裁作援，鳳樓偏巧學成粧。團枝密葉都如雪，野雀飛來翅合香。

方回：聖俞此四詩猶少作。前一詩見第十卷，湖州後作。後三詩見第十二卷。所點皆有味之句。或謂老杜「負鹽出井此溪女，打鼓發船何郡郎」，下六字可全用乎？曰：用之而切于題，亦何不可？

馮班：此亦未見切題，但無不可耳。

查慎行：亦不脱依傍。

紀昀：四詩疵累至重。虚谷所點只「薄薄遠香」尚可，餘悉惡札耳。○末是强爲之詞。

紀昀：三、四全套杜詩，殊陋。

次韻道隱〔二五〕憶太平州宅早梅

王半山

大梁春費寶刀催，不似湖陰有早梅。今日盤中看剪綵，當時花下就傳杯。紛紛自向江城落，杳杳難隨驛使來。知憶舊遊還想見，一作「在」。西南枝上月徘徊。

方回：李雁湖元注：「次道隱宋敏求韻也，參知政事綬之子，嘗知太平州。」此詩無格律，平正而已。能言汴京憶當塗梅之意，在他人爲之必費力。

馮班：諸篇不避舊句，自然豐贍。

次韻徐仲元詠梅

溪杏山桃欲占新，亭梅放蘂尚嬌春。額黄映日明飛燕，肌粉含風冷太真。玉笛凄涼吹易徹，冰紈生澀畫難親。争妍喜有君詩在，老我翛然敢效顰。

紀昀：三、四俗筆，詩話乃盛推之。「明」、「冷」二字尤不妥，末句上四字、下三字不連。

舊挽青條冉冉新，花遲亦度柳前春。肌冰綽約如姑射，膚雪參差是太真。搖落會應傷歲晚，攀翻剩欲寄情親。終無驛使傳消息，寂寞誰知笑與顰？

方回：或問：半山此詩方之和靖，高下如何？予謂荆公不過鬬飣工緻而已，君復之韻，不可及也。和靖飄然欲仙，半山規行矩步。如用太真事，凡兩聯，誠無一字苟率，然不如「搖落」、「攀翻」之聯有滋味。

查慎行：作詩以韻爲上。若涉色相，便落第二義。

紀昀：此論是。

紀昀：三、四淺俗，後四句神味自佳。

與微之同賦梅花得香字三首

漢宫嬌額半塗黄，粉色凌寒透薄粧。好借月魂來映燭〔二六〕，恐隨春夢去飛揚。風亭把盞酬孤豔，雪徑迴輿認暗香。不爲調羹貪結子，直須留取占年芳。

方回：李雁湖注：「此句亦兆公相業也。」予謂不然。世稱王沂公絕句云：「雪中未問和羹事，且向百花頭上開。」以爲宰相狀元之兆俱見於此矣，蓋亦偶然也。但荆公命意自佳。

紀昀：通人之論。

紀昀：結太着迹。

結子非貪鼎鼐嘗，偶先紅杏占年芳。從教臘雪埋藏得，却怕春風漏泄香。不御鉛華知國色，祇裁雲縷想仙裝。少陵爲爾牽詩興，可是無心賦海棠。

方回：少陵在西川，不賦海棠詩。初自薛能拈出，此語事見薛能、鄭谷詩集。鄭谷海棠詩云：「浣花溪上堪惆悵，子美無心爲發揚。」今半山却引而歸於梅，奇矣〔二七〕。「東閣官梅動詩興」，老杜本以稱裴迪，今指爲老杜亦可也。詩話或云：「子美母名海棠，故集中無海棠詩。」或云：「『曉看紅濕處，花重錦官城』，非海棠不能當也。」惟陸放翁六言詩云：「廣平作梅花賦，子美無海棠詩。政自一時偶爾，俗人平地生疑。」此說得之。

紀昀：詩興乃統言之，不定指此句。此爲字面所拘。

馮班：第三何必是梅？

查慎行：三、四有別致。

紀昀：起句複前落句。第四句「香」字不對「得」字。末句弄筆有致。

淺淺池塘短短牆，年年爲爾惜流芳。向人自有無言意，傾國天教抵死香。鬢裊黄金危欲墮，蒂團紅蠟巧能粧。嬋娟一種如冰雪，依倚春風笑野棠。

方回：遯齋閒覽云：「凡詠梅多詠白，而荆公獨云『鬚裊黄金』、『蒂團紅蠟』，不惟造語巧麗，可謂能道人不到處矣。」予謂亦〔二八〕褒許太過。「蒂凝紅蠟綴初乾」，林和靖已嘗道來。此篇惟「向人自有無言意」一句爲近自然。要之，自況殊覺急迫，無和靖水邊林下自得之味也。

紀昀：此論是。

馮班：尚有唐人意。

紀昀：第四句字太粗。

黄梅花〔二九〕

庾嶺開時媚雪霜，梁園春色占中央。未容鶯過毛無纇，已覺蜂歸蠟有香。弄月似浮金屑水，飄風如舞麴塵場。何人剩着栽培力，太液池邊想菊裳。

方回：熙寧五年壬子館中作。是時但題曰黄梅花，未有「蠟梅」之號。至元祐蘇、黄在朝，始定名曰「蠟梅」，蓋王才元園中花也。直方之父作頓有亭時，則蠟梅詩開山祖，似當以平甫詩爲首也。歐陽公、梅聖俞、南豐、東坡、山谷、後山盛稱王平甫詩，讀其集，佳者良多，視其兄介甫頗豪富，高於元、白多矣。比張文潛則風味不及，比蘇子美則骨骼不及，殆不下坡門秦、晁也。燈花詩云：「夜光迷蝶夢，朝爐拂蛾眉。」春夏云：「過牆紅杏留窗隙，着壁青苔上履綦。」如「春從鶗鴂聲中盡，人向酴醾影裏閒」，「三神山閉蒼龍闕，九道江涵白鷺洲」，「老悟天機思抱甕，静諳人事戒垂堂」，「三伏塵埃火雲外，八灘風月石樓中」，皆壬子年詩。其文曰校理集，六十卷。而詩占二十九卷，壬子、癸丑兩年詩乃占十四卷，似乎太多，未經删擇也。東坡謂「異時長怪謫仙人，舌有風雷筆有神」，稱許如此。平甫所可取者，不以兄介甫行新法、用小人爲然，宜諸公尤多之也。

馮班：亦無醜相。○次句亦妥。

紀昀：刻畫「黄」字，黏皮帶骨。三句尤拙俚。

憶梅花

禁街人語絶喧譁，庭下沉吟斗柄斜。萬里雲容含霰雪，一陽泉脈動萌芽。頓忘人世蓬心累，已任天年葆鬢加。早晚翩然青雀舫，滿江春色看梅花。

紀昀：憶梅只末句一點，運局絶高。惜五、六句措語太笨耳。

梅　花

醉筆題詩紫界牆，梅花零落撲衣裳。天香又雜杯中渌，春色還驚鬢上蒼。涉世何妨爲白璧，流年未抵熟黄粱〔三〇〕。一吟起我平生志，今古冥冥出處忘。

方回：二詩俱豪。

紀昀：以辭氣論則然。

紀昀：後四句太無着落，便嫌遊騎無歸。咏物欲善離善脱者，非此之謂。

雪中梅

鄭毅夫

臘雪欺寒飄玉塵，早梅鬬巧雪中春。更無俗豔能相雜，惟有清香可辨真。姑射仙人冰作體，秦家公主粉爲身。素娥已自稱佳麗，更作廣寒宫裏人。

方回：鄭獬字毅夫，安陸人。皇祐五年進士第一。有湨溪集行世。其詩壯麗。此篇三、四最佳。梅在雪中，故别無可雜者，「雜」字好。「惟有清香可辨真」，尤見雪不藏香之意。「公主粉爲身」，雖引婦人爲譬，却正而不邪，雅而不淫也。

紀昀：此句猥褻之極，乃曲爲之詞。如此論議，殊誤後人。

紀昀：第四句不及出句之醒豁。

岐亭道上見梅花戲贈季常

元注：「陳慥，字季常。」

蘇東坡

蕙死蘭枯菊亦摧，返魂香入隴頭梅。數枝殘緑風吹盡，一點芳心雀啅開。野店初嘗竹葉酒，江雲欲落豆稭灰。行當更向釵頭見，病起烏雲正作堆。

方回：「一點芳心雀啅開」，此句最佳。坡，天人也。作詩不拘法度，而自有生意。雀之爲物，嘗凍啅。梅開本無情，於梅下此語，乃若不勝情者。尾句蓋謂季常侍兒病起新粧，行當於釵頭見此花，欲其出以侑樽也。「豆稭灰」出文酒清話王勉雪詩：「上天燒下豆稭灰，烏李從教作白梅。」亦俚語，世傳以爲戲者。東坡作詩，初學劉夢得，頗涉譏刺。第以荆公新法，天下不便，故勇於排之，而又不能忘情於詩。間有所斥，非敢怨君。元豐中李定、何正臣、舒亶彈劾之，下獄，欲置之死。至於今，此三人姓名，士君子望而惡之。亶有和石尉早梅二首曰：「霜林盡處碧溪傍，小露檀心媚夕陽。天下三春無正色，人間一味有真香。相思誰向風前寄？更晚那辭雪後芳。朝夕催人頭欲白，故園正在水雲鄉。」又：「依然想見故山傍，半倚垣陰半向陽。短笛樓頭三弄夜，前村雪裏一枝香。可能明月來同色，不待東風已自芳。幸免杜郎傷歲暮，莫辭吟對釣漁鄉。」此兩詩亦頗可觀，但以少陵爲杜郎，則稱謂不當。亶眼不識東坡，而謂其能識梅花耶？兼亦格卑句巧，似乎湊合而成。惟東坡詩語意天然自出，高妙懸絶不同。其人品不堪與東坡作奴，故附其詩於坡詩之下，不以入正選云。

馮班：「依然想見故山旁」，皆凡語。「幸免杜郎傷歲暮」，可笑。虚谷云「以少陵爲杜郎，則稱謂不當」，何不云杜公？

紀昀：「豆稭灰」，終是粗俚。或以東坡而曲爲之詞，則謬甚矣。○似待雀啅而始開，寫出清高自貴，不肯輕開之意。非寫雀之有情，此評近是而未的。○「間有所斥，非敢怨君。」八字定評，所謂皇天后土，表一生忠義之心。

馮班：大乎。○落句氣力。

紅梅 三首取一

怕愁貪睡獨開遲，自恐冰容不入時。故作小紅桃杏色，尚餘孤瘦雪霜姿。寒心未肯隨春態，酒暈無端上玉肌。詩老不知梅格在，更看緑葉與青枝。

方回：石曼卿紅梅詩：「認桃無緑葉，辨杏有青枝。」坡嘗謂此兩語村學堂中體也。范石湖著梅譜，因「詩老」二字誤以爲聖俞詩，非矣。第二首尾句云：「不應便雜夭桃杏，半點微酸已着枝。」第三首前聯云：「丹鼎奪胎那是寶，玉人頩頰更多姿。」俱佳。坡梅詩古句佳者有「江頭千樹春欲暗，竹外一枝斜更好」，及惠州村字韻三首絶奇，如次韻楊公濟二十絶：「冰盤未薦含酸子，雪嶺先看耐凍枝。應笑春風木芍藥，豐肌弱骨要人醫。」「洗盡鉛華見雪肌，要將真色鬭生枝。檀心已作龍涎吐，玉頰何勞獺髓醫。」又如「明日酒醒應滿地，空令饑鶴啄莓苔。憑仗幽人收艾納，國香和雨入蒼苔」，前「醫」字韻二首尤妙，後「苔」字韻亦苦思爲之矣。

馮班：「認桃無緑葉，辨杏有青枝」，惡詩。虛谷云「第二首尾句」、「第三首前聯」「俱佳」。

俱不佳。

許印芳：紀批律髓此詩不着圈點，亦無評語。而批本集却深取之，後六句皆密圈，今從本集。

〇紀批本集云：細意鈎剔，却不入纖巧，以其中有寄託，不同刻畫形似故也。

梅花寄汝陰蘇太守　參寥子

湖山摇落歲方悲，又見梅花破玉蕤。一樹輕明侵曉岸，數枝清瘦炯疎籬。良辰易失空回首，習氣難忘尚有詩。所向皆公舊題墨，肯辜魚鳥却來期。

方回：東坡元祐六年辛未三月去杭，入朝爲翰長侍讀。道潛師在西湖智果。八月坡爲賈易等所彈，出爲龍學潁州，此詩乃其年冬所寄也，蓋猶有望於坡之復來。紹聖元年甲戌，坡南行而師亦下平江獄，屈其服，編管邕州，謂之何哉？

查慎行：「龍學」，龍圖閣學士，宋人稱謂如此。

紀昀：「炯」字未渾老，亦複上「輕明」。結二句率易。

次韻賞梅　黄山谷

要知宋玉在隣牆，笑立春晴照粉光。淡薄自能知我意，幽閒元不爲人芳。微風拂掠生春思，小雨廉纖洗暗粧。只恐濃葩委泥土，誰令解合返魂香？

方回：外集有此詩。恐少作，然一字不苟。

馮班：首聯殆不能捉筆。○少氣力，全不似山谷，何也？

查慎行：「暗香」則可，「暗粧」費解。

紀昀：氣味甜熟。雖山谷少作，亦不如此，恐是竄入。以爲一字不苟，尤非。

和和叟梅花

陳後山

百卉前頭第一芳，低臨粉水浸寒光。卷簾初認雲猶凍，逆鼻渾疑雪亦香。鼎實自期終有待，天真不假更勻粧。江南望斷無來使，且伴詩翁入醉鄉。元註：「漢房陵有粉水。」

方回：此詩見後山外集。任淵所不注者，恐非後山作，以五、六太露。不然，則是少作，嘗自刪去者也。

紀昀：此評最是。

馮班：凡筆，不稱大名。

查慎行：三、四亦低派。

梅花

張宛丘

北風萬木正蒼蒼，獨占新春第一芳。調鼎自期終有實，論花天下更無香。月娥服馭無非素，玉女精神不尚粧。洛岸苦寒相見晚，曉來魂夢到江鄉。

方回：宛丘詩大率自然。「調鼎自期終有實」，此句亦不能兆文潛爲相。故前評謂王沂公、王荆公詩兆，皆偶然耳。「論花天下更無香」，此句乃士大夫當以自任者。

紀昀：四句自好，餘皆窠臼語耳。

次韻李秬梅花

晁無咎

寒巖幽霧不曾開，殘雪猶封宿草荄。一萼故應先臘破，百花渾未覺春來。慚非上苑青房比，誤作唐昌碎月猜。常恨清谿照疏影，横斜還許落金杯。「碎月」一作「玉蕊」。

方回：蘇門諸公以魯直、少游、無咎、文潛爲四學士，併陳無己、李方叔文集傳世，號六君子。文名下無虛士，讀其詩則知之。三、四佳。五、六似近「崑體」，以用事故也。尾句婉而妙，謂清溪照影，雖若可恨，然移此影落富貴家酒杯中，亦似未肯也。

馮班：末句反説了，正是要落金杯。

紀昀：詩語乃惜其如許高潔。而影落金杯，非言其不肯，此解未合。

紀昀：亦是習徑。五、六尤不佳。

和補之梅花

廖明略

蕙蘭芳草久睽離，偶洩春光此一枝。自許輕盈羞粉白，何人閒麗得隣窺。寒欺薄酒魂消夜，月入重簾夢破時。幸有暗香襟袖暖，江南歸信不應遲。

方回：廖正一字明略，安陸人。元祐中召試館職。見知東坡，自號竹林居士。有白雲集。名亞四學士。

馮班：腹聯好。

紀昀：亦是窠臼。

普明寺見梅

楊誠齋

城中忙失探梅期，初見僧窗一兩枝。猶喜相看那恨晚，故應更好半開時。今冬不雪何關事，作伴孤芳却欠伊。月落空山正幽獨，慰存無酒且新詩。

紀昀：誠齋詩多患粗率。此詩順筆掃下，貌似老而實非。

梅花下小飲

今年春在臘前回，怪底空山見早梅。數點有情吹面過，一花無賴背人開。爲携竹葉澆瓊樹，旋折冰葩浸玉杯。近節雨晴誰料得，明朝無興也重來。

方回：二詩見江湖集，猶少作也。誠齋詩晚乃一變。江湖、荆溪二集，猶步步繩墨。

紀昀：起二句欠通，立春不在臘前，便無早梅耶？第三句是落梅，非早梅。

懷古堂前小梅漸開

梅邊春意未全回，淡月微風暗裏催。近水數株殊小在，一梢雙朵忽齊開。生愁落去輕輕折，不怕清寒得得來。腸斷故園千樹雪，大江西去〔三〕亂雲堆。

紀昀：此首便渾成圓足，格意俱高。

隨意行穿翠篠林，暗香撩我獨關心。遥看小朵不勝好，走近寒梢無處尋。未吐誰知膚底雪，半開猶護蘂頭金。老來懶去渾無緒，奈此南枝索苦吟。

紀昀：三、四真景，第五句「底」字不妥。

絶豔元非着粉團，真香亦不在鬟端。何曾天上冰玉質，却怕人間霜雪寒。枝似去年仍轉瘦，花於來歲定誰看？老夫官滿梅應熟，齒軟猶禁半點酸。

紀昀：起二句鄙俗，三、四亦熟，後四句自有情致。

揀得疏花折得回，銀瓶冰水養教開。忽然燈下數枝影，喚作窗前一樹梅。歲律又殘還見此，我頭自白不須催。相看姑置人間事，嚼玉餐香噍一杯。

方回：此見荆溪集。知常州時作。梅詩難矣，瘦健清洒如此，亦不易得。

紀昀：惜多不完美。

紀昀：三、四淺率，五、六有格。

克信弟坐上賦梅花二首

對酒初驚髮半華，折梅還覺興殊佳。如何屋角西南月，只隔一作「照」。稍頭一兩花。自是向來香寂寞，不須更道影横斜。北枝别有春無價，和靖何曾覓得些。

紀昀：結句粗鄙。

月波成露露成霜，借與南枝作淡粧。寒入玉衣燈下薄，春撩雪骨酒邊香。却於老樹半枯處，忽見一梢如許長。道是疏花不解語，伴人醒醉替人狂。

方回：此見西歸集。在知常州之後。

紀昀：起四句凡近。五、六稍可，亦未緊老。結句欠妥。

立春後一日和張功父園梅未開韻

前夕三更月落時，東風已動萬花知。江梅端合先交割，春色如何未探支？只欠梁溪冰柱句，追懷和靖暗香詩。張家剩有葱根指，不把瓊酥滴一枝。

方回：此見朝天集。梁溪謂尤延之，時同朝。張功父名鎡，南湖集傒檢。末句甚佳。

馮班：第三句俚。

紀昀：粗鄙至極。讀者以宋詩爲戒，正緣此種惡調耳。

至日後十日雪中觀梅

小樹梅花徹夜開，侵晨雪片趁花回。即非雪片催梅發，却是梅花喚雪來。琪樹横枝吹腦子，玉妃乘月上瑶臺。世間除却梅梢雪，便是冰霜也帶埃。

方回：此退休集詩。最爲老筆。千變萬化，横説直説。學者未至乎此，不可便以爲率。

紀昀：直是打諢，以爲老筆，謬極。「學者」二句，故爲大言以欺人，尤可嗤鄙。

梅花

陸放翁

家是江南友是蘭，水邊月底怯新寒。畫圖省識驚春早，玉笛孤吹怨夜殘。冷淡合教閒處着，清癯難遣俗人看。相逢剩作樽前恨，索笑情懷老漸闌。

方回：放翁詩至萬篇。七言律梅花詩三十餘首，今選取中半，凡十五首。總評於後。

紀昀：此種又恨甜熟。

十一月八夜燈下對梅獨酌累日勞甚頗自慰也

奔走人間無已時，夜窗喜對出塵姿。移燈看影憐渠瘦，掩户留香笑我癡。冷豔照杯欺麴蘖，孤標逼硯結冰澌。本來難入繁華社，莫向春風怨不知。

紀昀：第五句費解，六句真不可解。

十二月初一日得梅一枝絶奇戲作長句今年於是四賦此花矣

高標已壓萬花羣，尚恐驕春習氣存。月兔擣霜供换骨，湘娥鼓瑟爲招魂。孤城小驛初飛雪，斷角殘鐘半掩門。盡意端相終有恨，夜寒皴玉倩誰温？

查慎行：五、六妙不可言，惜前後不稱。○明高青丘梅花詩翻出新奇，皆從此二語脱化。

陸庠齋：五、六迥出林氏之上。

紀昀：第一句未能免俗。第二句太獷。三、四極用力。後四句太甜熟，便有俗韻。

荀秀才送蠟梅十枝奇甚爲賦此詩

與梅同譜又同時，我爲評香似更奇。痛飲便拚千日醉，清狂頓減十年衰。色疑初割蜂脾蜜，影欲平欺鶴膝枝。插向寶壺猶未稱，合將金屋貯幽姿。

馮班：好在不黏。

紀昀：淺而率，五、六尤不成語。

樊江觀梅

樊江，越中地名。

莫笑山翁老據鞍，探梅今夕到江干。半灘流水浸殘月，一夜清霜催曉寒。倚醉更教重秉燭，怕愁元自怯憑欄。誰知携客芳華日，曾費纏頭錦百端。

馮班：不刻畫，所以好。

紀昀：前四句平平。結拓開，却好。然細味乃似海棠，此在神思間，不在字句間也。

梅花四首

老厭紛紛漸鮮歡，愛花聊復客江干。月中欲與人争瘦，雪後休憑笛訴寒。野艇幽尋驚歲晚，紗巾亂插醉更闌。猶憐心事凄涼甚，結子青青亦帶酸。

紀昀：結入俗調。

月地雲堦暗斷腸，知心誰解賞孤芳？相逢只怪影亦好，歸去始知身染香。渡口耐寒窺浄緑，橋邊凝怨立昏黄。與卿俱是江南客，剩欲樽前説故鄉。

馮班：妙。○首句四字用得切。○句句妙。

紀昀：起二句太卑靡，餘自可觀，結亦别致。馮氏激賞「月地雲階」四字，不可解。此四字見牛僧孺周秦行記，與梅何涉？

玄冥行令肅冰霜，牆角疏梅特地芳。屑玉定煩修月户，堆金難買破天荒。了知一氣環無盡，坐笑千林凍欲僵。力量世間難得似，挽回歲律放春陽。

馮班：第三句新。

紀昀：此二詩俱粗淺。

折得名花伴此翁，詩情却在醉魂中。高標不合塵凡有，尤物真窮造化功。霧雨更知仙骨别，鉛丹那悟色塵空。前身姑射疑君是，問道端須順下風。

漣漪亭賞梅

判爲梅花倒玉巵，故山幽夢憶疏籬。寫真妙絶横窗影，徹骨清寒蘸水枝。苦節雪中逢漢使，高標澤畔見湘累。詩情怯爲花拈出，萬斛塵襟我自知。

紀昀：通體平平。五、六刻意擺落色香套語，而「苦節」、「高標」四字露出，轉欠渾融。再加鎔煉，當更佳。○結不成語。

射的山觀梅

射的山前雨墊巾，籬邊初見一枝新。照溪盡洗驕春意，倚竹真成絶代人。餐玉元知非火食，化衣應笑走京塵。即今畫史無名手，試把清詩當寫真。

查慎行：第四名句，難對。

紀昀：第四句好，六句「化衣」字無着，結二句宋氣亦重。

凌厲冰霜節愈堅，人間乃有此癯仙。坐收國士無雙價，獨出東皇太一前。此去幽尋應盡日，向來别恨動經年。花中竟是誰流輩，欲許芳蘭恐未然。

紀昀：三、四湊，對不佳，餘亦濫調。

園中賞梅

閲盡千葩萬卉春，此花風味獨清真。江邊曉雪愁欲語，馬上夕陽香趁人。熨眼〔三〕紅苞初報信，回頭青子又生仁。羈游偏覺年華速，徙倚闌干一愴神。

馮班：起劣。

紀昀：五、六凡近。

行遍茫茫禹畫州，尋梅到處得閒游。春前春後百回醉，江北江南千里愁。未愛繁枝壓紗帽，最憐亂點糝貂裘。一寒可賀君知否？又得幽香數日留。

馮班：首句太重。

紀昀：「行遍茫茫禹畫州」，此種腐字，不稱此題發端。第五句太著迹，不及對句。末亦好。

梅

若耶溪頭春意慳，梅花獨秀愁空山。逢時決非桃李輩，得道自保冰雪顔。仙去要令天下惜，折來聊伴放翁閒。人中商略誰堪比？千載夷齊伯仲間。

方回：和靖八梅未出，猶爲易題。「疎影」、「暗香」，一經此老之後，人難措手矣。近世諸人爲梅詩，一切蹈襲，殊無佳語。甚者搜奇抉隱，組織千百，去梅愈遠。

紀昀：此論精核。

方回：放翁七言律三十餘首，其在蜀中所賦尤多，似若寓意於所愛者。詠梅當以神仙、隱逸、古賢士君子比之，不然則以自況。若專以指婦人，過矣。此所選十五首，又似苦肉多於骨，與同時尤、楊、范體格不同云。

紀昀：不必如此説定法。即比婦人，亦不妨。「倚竹」句，何嘗不佳？

馮班：落句亦是楊花語。

紀昀：純是傖父面目。結太腐氣。

紅梅

毛澤民

何處曾臨阿母池，渾將絳雪點寒枝。東牆羞頰逢誰笑，南國酡顔强自持。幾過風霜仍好色，半呼桃杏聽羣兒。青春獨養和羹味，不爲黄蜂飽蜜脾。

方回：毛滂，字澤民。爲杭州法曹，任滿已去。抵富陽，有惜分飛詞，爲東坡所賞。追還，久之，以此知名。後乃出京、卞之門。詞佳於詩。東堂集亦惟此紅梅花詩爲最。所至庖饌奢侈，有王武子之風味。其事見鄭景望集中。

紀昀：查初白補注蘇詩，不知此段公案，遂於澤民有過許之詞。信乎考古之難也。

紀昀：五、六好，餘平平。

和草堂吕君玉梅花

崔德符

綽約冰肌絶可憐，雪中飛燕自媥妍。迎春不負千金諾，占上常贏一着先。斜倚野橋愁脈脈，獨窺冰水浄涓涓。着人自有奇香在，不是偷將與少年。

方回：崔鶠字德符，雍丘人，徙陽翟住。坐元符上書言邪人章惇，下廢三十年。政和中爲績溪宰，後召殿院不就。靖康初右正言，請斬蔡京者。有婆娑集。此詩善用事。末句謂着人奇香，非偷與韓壽之比。其不苟如此，他詩可覘。

紀昀：詩家固貴寄託，然非此之謂。

紀昀：三、四粗鄙，不稱梅花。結尤佻薄。

江　梅

田元邈

千林含凍鬱蒼蒼，只有江梅獨自芳。暗吐幽香穿別院，半欹斜影入寒塘。冰膚宛是姑仙女，粉面端疑騎省郎。若是蜜奴曾拂掠，肯收紅豔貯蜂房？

方回：田亘字元邈，陽翟人。與陳叔易、崔德符善，建炎以察官召，卒。嘗有飛鳶詩詆相國寺前資寮僧出：「涎涎晴空作鶻盤，仰空誰不羨高閒？豈知盡日勞心眼，只在塵寰腐鼠閒。」其爲人可知也。梅詩三首，前二首云：「趁暖不隨千卉折，凌寒先伴六花開。」「臨溪照影爲誰好？映竹無人空自憐。」皆工。惟用索笑事乃云「巡簷一笑屑瓊瑰」，韻與事不叶，次亦可略。惟此尾句謂蜜蜂若知此花，又豈肯收他花爲用？亦足以諷夫人之不察者。「姑仙女」、「騎省郎」尚可議也。

馮班：「姑仙女」成何語？姑仙豈是女？此人不識字。

查慎行：五、六句，一落比擬，便是第二義。

紀昀：第四句有致。五、六陋甚，「姑仙女」尤不通。

窗外梅花

盧贊元

已消殘雪豆稭灰，斜壓疏籬一半開。雖我故園無分看，問渠春色幾時來？冷香漸欲薰詩夢，落蕊猶能韻砌臺。定復水邊多屐齒，試令長鬣視蒼苔。

方回：三衢盧襄字贊元。詩見曾慥百家選。句律盡健。南渡前侍從。

紀昀：「豆稭灰」本非雅字，如此用來更不妥。三、四淺拙，五、六猥鄙，結二句亦笨。通首無一可取。虛谷以爲句律盡健，不可曉。

和田南仲梅

壽陽粧額太矜持，不待宫貂賜口脂。惜妙風姿令雪妬，定真消息有春知。試看呵手攀條處，何似成陰着子時。莫遣王孫三弄絶，早尋疏影對江湄。

方回：起句、尾句類「崑體」。

馮舒：不類。觀此，知虛谷全不曉「崑體」。

紀昀：「崑體」之不佳者。

紀昀：起太堆垛而無味，中四句俗弱，結亦習徑。

同曾户部吴縣尉張秀才北山僧房尋梅令客對棋

徐師川

處處已收南畝稻，閒閒還看北山梅。累觴聊爾酡顔在，對局怡然笑口開。掃徑似知佳客至，杖藜惟可數君來。移松種樹鄱陽老，章甫風帆歲一回。

方回：第六句可人。

庭中梅花正開用舊韻貽端伯

羌笛何勞塞北吹，江南何處不寒梅。千林寂寂無人看，獨樹亭亭對客開。偏爲咨嗟惟爾念，是誰移種待君來？縱留一曲安能唱，恰似朝歌墨子迴。

方回：師川詩律疏闊。其説甚傲，其詩頗拙。只雪詩二首可取。此以予愛梅，故及之。惟第四句可人耳。

紀昀：此八字寫盡習氣。○第四句亦平平。

查慎行：後半滯氣。

紀昀：結不了了。

和和靖八梅

胡澹庵

用汝南故事，禁用體物字。

感時濺淚幾時乾，顧影伶俜獨立難。自恐迹孤無與對，誰憐族冷不勝寒。未應一世供愁斷，長願三更秉燭看。雨過花邊行更好，猶嫌子美借銀鞍。

紀昀：人品自高，意思自好，詩却不佳。○「族冷」二字生。

風亭小立夢初殘，步步凌空對廣寒。照眼雙明清可掬，閒情一味淡相看。曉縈瑞霧黏初潤，晴映高雲薄未乾。三嗅臨風思無限，蕊宮遥夜酒初闌。

紀昀：「曉縈瑞霧」四字俗。

暗裏尋香自不迷，照空焉用夜燃臍。欲危疏朵風吹老，太瘦長條雨颭低。孤豔幾時同把盞，野香猶記助看題。唐人未識高標在，浪自紛紛説李蹊。

馮舒：用董卓事，不妥。

馮班：「夜燃臍」，豈佳事？「李蹊」出史記，非唐人。

紀昀：次句用事不稱。

瘦吟幽翫有餘妍，更向高人獨樂園。無垢未應經露沐，不緇寧信受塵昏。春風自識明妃面，夜雨能清吏部魂。插向膽瓶看更好，凜如明水薦罍樽。

紀昀：結句腐甚。

當年曾見鳳城頭，入骨貪看興未休。小摘欲論千種恨，微吟還喚一番愁。每嫌俗物一作「客」。薰心醉，長願清馨滿世留。穠李倚風梨帶雨，比方應合面騂羞。

紀昀：五、六太野，結句不成語。

縞裙練帨照釵荆，霜竹寒松秀色并。八詠格高凌太白，千林地迥切西清。着枝有味知深意，歆屋無言似薄情。日暮水邊空悵望，渾如湘浦見皇英。

紀昀：三、四雜凑。

一年佳處早梅時，勾引風情巧趵詩。未分霜凌禁瘦朵，漸看春入奈愁枝。晚尤奇特憐無伴，夜更分明不可私。冷落便須憑酒煖，從今鄒律未消吹。

紀昀：次句俗甚，六句鄙陋之極。

紛紛紅紫匆相猜，自古騷人酷嗜梅。皂蓋折花憐老杜，黄梅時雨憶方回。一生耐凍天憐惜，滿世趨炎我獨來。桃李争春身老大，急須吟醉莫停杯。

方回：和靖八梅，非一日而成，有思亦且有力。澹菴和之，欲一舉而成，則不容不竭思而加力。此中大有佳語。又和八篇，用東坡雪詩聲、色、氣、味、富、貴、勢、力賦之，以多不取。

紀昀：此欲攀附正人，故曲存其詩。其實選詩只論詩，不得以其人可重而遷就其詩，致後來誤效。

紀昀：楚騷無「梅」字，此句欠考，句法亦俚。「時」字不對「折」字，六句更鄙，七句亦不成語。

李光垣：八首中凡用「風」、「雨」、「李蹊」、「穠李」、「踈朵」、「瘦朵」、「一世」、「滿世」、「酒初闌」、「把盞酒」、「煖」、「薰」、「心醉」、「吟醉」俱複。

無名氏（甲）：賀方回名鑄。

返魂梅

曾茶山

徑菊庭蘭日夜摧，禪房未合有江梅。香今政作依稀似，花乃能令頃刻開。笑説巫陽真浪下，寄聲驛使未須來。爲君浮動黄昏月，挽取林逋句法回。

方回：此非梅花也。乃製香者，合諸香，令氣味如梅花，號之曰返魂梅。予選詩無「燒香類」。蓋香癖詩人有之，而律詩少也。茶山此詩可謂善游戲矣，不惟切於題，而亦句律森然聳峭。

陸貽典：用殷七七開花事。

紀昀：前四句小巧，後半拙俚。五句言不待招魂，語意尤不分曉。虛谷極力推尊，不爲定論。

諸人見和再次韻

蠟炬高花半欲摧，班班小雨學黃梅。有時燕寢香中坐，如夢前村雪裏開。披拂故令携袖滿，横斜便欲映窗來。重簾幽户深深閉，亦恐風飄不得回。

方回：此只是燒香似梅花香，詩中四句善形容。「前村雪裏」、「横斜映窗」等語，挽而歸之於所聞之香，既雅潔，又標致。

查慎行：勝前作。〇三、四用事脱化。中四句不着迹，故佳。

紀昀：此亦未佳，然尚不惡。〇四句與六句只是一意。

瓶中梅

小窗冰水青琉璃，梅花横斜三四枝。若非風日不到處，何得〔三〕色香如許時。神情蕭散林下氣，玉雪清映閨中姿。陶泓毛穎果安用，疏影寫出無聲詩。

方回：此詩「吴體」也，可謂神情蕭散。

幽興」。

許印芳：陶泓，硯也。毛穎，筆也。蓋以襯題中瓶字。「果安用」語欠圓到，故爲易作「助

紀昀：此有别趣。

雪後梅花盛開折置燈下

滿城桃李望東君，破臘江梅未上春。窗几數枝逾静好，園林一雪倍清新。已無

妙語形容汝，不用幽香觸撥人。迨此暇時當舉酒，明朝風雨恐傷神。

方回：「静好」二字佳，「園林一雪倍清新」尤爲佳句。

紀昀：此便情韻俱佳，虚谷所評亦允。○「燈下」二字竟脱，然作折枝梅看自佳。

許印芳：此詩三、四絶佳。○前後亦有病：次句「未上」，於上下文不甚融貫，易爲「已報」；五

句「已無」易作「愧無」；六句「不用」，出語太直、太板，易作「叵耐」；七句「迨此暇時當舉酒」，

用經語太腐，亦太呆鈍，易作「燈下相逢宜痛飲」。○紀批云：「通篇脱却燈下意，然作折枝梅

看，自佳。」曉嵐雖爲之寬解，究竟「燈下」二字不能照應，亦須點出，方合詩法。有此數病，故爲

易之。○「飲」，去聲。

喻子才提舉招昌源觀梅倦不克往蘇仁仲有詩次韻

問公何許看花回？牘説郊坰十里梅。樹雜古今他處少，枝分南北一齊開。昌源已辨行廚去，離渚猶須使節來。況復蘭亭公所葺，清流九曲要傳杯。

方回：元注：「離渚梅花亦盛。昌源、離渚，皆越上地名。」

紀昀：後半牽綴無味。

奉和姚仲美臘梅

趙乂若

陽和都未見芳菲，初喜寒苞發故枝。絶色夐無朱粉態，真香寧許燕鶯知。凝愁金谷登樓日，斂黛温泉賜浴時。寫作新聲傳玉笛，誰人持向月中吹？

方回：「夐無朱粉態」，不朱不粉，可見其爲黄梅。此句佳，餘亦只賦得梅花耳。趙暘字乂若。其先本杭人，徙鄭州及汴。畢漸榜甲科，靖康初左正言。過江寓信州玉山，章泉之曾祖也。

馮班：首句破，未見清切。腹聯全無臘梅意。以下都不是題目。

紀昀：五、六俗格。

正月七日初見梅花

方元修

雪浄冰融溪作鱗，梅花經眼日當人。北枝風力顚不早，東閣詩情聊一新。煙並博山薰莫亂，色同衰鬢插宜親。一年好處得全盡，紅綻雨肥猶弄春。

方回：桐廬處士玄英先生之後。元修少有詩名。政和初審察監大觀庫，後通判濬州。弟元若靖康右史秘少，元矩亦典郡。詩三、四亦佳。嘗同吕居仁、趙才仲入大名幕。

紀昀：通體淺拙。

梅花

潘子賤

天與孤高花獨新，世間草木信非倫。影涵水月不受采，氣傲冰霜何待春。冷淡自能驅俗客，風騷端合付幽人。往來百匝堦除裏，頓使心無一點塵。

紀昀：「花獨新」三字費解，三句「不受采」三字食古不化。「江西」詩多有此病。

氣律峥嶸歲入新，寒梅芳信冠羣倫。直能平地淩大雪，可是回根迎小春。九畹蕙蘭真上客，千山桃李盡庸人。即今携酒江郊去，弄蕊攀條一拂塵。

方回：中書舍人潘子賤名良貴，一字義榮，金華人，號默成居士。宣和初博士，建炎初司諫，紹興初都司左史。屢以忤時相去。爲西掖，叱向子恭奏事無益不切，坐去；又惡秦檜，遂不起。朱文公序其集。時字德久，其兄子也。

紀昀：二首野氣太重。○此首三、四俚陋。「客」字有典，「人」字無典。

探梅呈汪信民

呂居仁

縞帶銀杯欲着塵，小園幽樹已含春。風流王謝佳公子，臭味曹劉入幕賓。細朵定無塵土涴，暗香猶帶雪霜新。剩摩枵腹搜奇句，去惱城南得定人。

方回：拈出細朵無涴處，亦新。末句活動。

紀昀：韓詩以「縞帶」「銀杯」咏雪，乃因車蹤馬跡而肖其形。今竟以「縞帶」「銀杯」爲雪，謬甚。三、四雜湊，且不接起二句。

無名氏（甲）：韓文公雪詩：「隨車翻縞帶，逐馬散銀杯。」

謝勝一作「亭」尉〔三四〕送梅

破帷冷落不禁風，疾病深藏稱懶慵。忽有梅花來陋巷，喜聞春信出初冬。未須趁雪争先覩，尚恐銜寒不滿容。會約君家好兄弟，他年樽酒更相從。

方回：三、四亦活。

紀昀：語殊無味，亦黨附之詞。

紀昀：次句「懶慵」二字字複。○「不滿容」笨。

江梅

江梅消息未真傳，微露芳心几杖前。不信冰霜能作惡，要令桃李便争先。斜枝似帶千峯雪，冷豔偷回二月天。准擬從君出城去，竹輿仍勝百花韉。

方回：尋梅則竹輿可矣，尋春則可百花韉也。此語極新。居仁詩專主乎活。曾茶山與之同年，生於元豐七年甲子，過江時各年未五十。居仁先有詩名，茶山倡和求印可，而居仁教以詩法，故茶山以傳陸放翁，其説曰：「最忌參死句。」今人看居仁詩，多不領會。蓋專以工求，則不得其門而入也。以活求，則此梅詩亦可參矣。

紀昀：「最忌參死句」，此説最是，但其詩不足副此言。

紀昀：凡庸之筆，兼有疵累。以爲活句，是所未喻。第三句「能作惡」三字不雅，六句太纖。

和周楚望紅梅用韻

方子通

清香皓質世稱奇，試作輕紅更自宜。紫府與丹來換骨，春風吹酒上凝脂。直教臘雪無藏處，只恐朝雲有去時。溪上野桃何足種，秦人應獨未相知。

方回：范石湖梅譜稱此「换骨」、「凝脂」之聯。曾季貍裘甫著艇齋詩話，以爲徐師川十三歲時詩，見知東坡。蓋妄也。慶元中陳剛刊板，已著爲方子通。子通名惟深，有莆田小集行於世。他詩亦佳。裘甫詩話多謏師川，恐非作家。子通，王荆公同時人。「半出岸沙楓欲死，繫舟時有去年痕。」乃子通詩也。荆公愛之，書於座右，乃誤刊入荆公集。曾慥詩選不收此詩，謂爲姑蘇人，其實莆田人也。

馮班：亦通。

紀昀：起句俗，五句拙，六句無著，結意膚淺。三、四差可，究亦凡語。未爲佳作。

次韻張守梅詩

劉屏山

草棘蕭蕭野岸隈，暗香消息已傳梅。雪欺籬落遥難認，暖入枝條併欲開。愁向天涯今度見，老隨春色暗中來。似聞詩社多何遜，盍試招魂共一杯？

方回：五、六「天涯」、「春色」有思致。

紀昀：五、六淡而有味，餘皆平平。

次韻劉秀野前村梅　朱文公

玉立寒烟寂寞濱，仙姿瀟灑净無塵。千林摇落今如許，一樹横斜絶可人。真與雪霜娱晚景，任從桃李殿殘春。緑陰青子明年事，衆口矜嗟鼎味新。

馮班：無惡氣味。

紀昀：三、四佳，餘皆凡語，尾句尤俗。

次韻劉秀野早梅

可愛〔三五〕紅芳愛素芳，多情珍重老劉郎。疏英的皪尊中影，微月黄昏句裏香。胸次自憐真玉雪，人間何處有冰霜。巡簷説盡心期事，肯醉佳人錦瑟傍。

方回：此皆寄意於梅，猶孔子所言「歲寒然後知松柏之後彫」也。無上文，無下文，只此十箇字，足見士君子之爲人也。

查慎行：六句，高潔無偶。

紀昀：此首亦凡語。

次韻秀野雪後書事

惆悵江頭幾樹梅，杖藜行繞去還來。前時雪壓無尋處，昨夜月明依舊開。折寄遥憐人似玉，相思應恨劫成灰。沉吟落日寒鴉起，却望柴荆獨自回。

方回：詩有興、有比、有賦。如風、雅、頌，古體與今固殊，而稱人之美即頌也。實書其事曰賦。要説得形狀出，微寓其辭，則比興皆託於斯。如此詩首尾四句，實書其事也。中兩聯賦〔三六〕則微寓其辭，言尋梅、見梅、寄梅，有比、有興，而味無窮矣。

紀昀：此論好。

紀昀：此不高而頗饒情致。○「劫成灰」三字無着。

不見梅再用來字韻

舊歲將除新歲來，梅花長是雪皚堆。如何此日三州路，不見寒葩一樹開。野水風煙迷慘淡，故園霜月想徘徊。夜窗却恐勞幽夢，速把新詩取次裁。

方回：文公以乾道三年丁亥八月如長沙訪南軒，十一月同游衡嶽，十二月公歸建陽道中抵新喻西境，賦詩曰：「北嶺蒼茫雨欲來，南山騰路翠成堆。稚松繞麓千旗卷，野水涵空一鑑開。客路情懷無倥偬，今晨游眺且徘徊。自然觸目成佳句，雲錦無勞更剪裁。」故不見梅詩有此篇韻。「三州路」，謂潭、衡、袁也。

查慎行：五、六描寫「不見」，又非梅不足以當之。却只空際傳神，超妙獨絶。

紀昀：三、四近率，結句尤非雅音。

叔通老友探梅得句垂示且有領客携壺之約

迎霜破雪是寒梅，何事今年獨晚開？應爲花神無意管，故煩我輩着詩催。繁英未怕隨清角，疏影誰憐蘸緑杯。珍重南隣諸酒伴，又尋江路探香一作「春」。來。

方回：夫仁亦在乎熟之而已矣。此詩當以熟觀。

紀昀：是薄，非俗。

紀昀：起句鄙俗，三、四野調。

和宇文正甫探梅　張南軒

天與孤清迥莫隣，祗應空谷伴幽人。千林掃迹愁無奈，一點横梢眼便親。顧影莫驚身易老，哦詩尚覺句能新。幾多生意冰霜裏，説與夭桃自在春。

方回：此詩瀟然出塵，其惓惓於當世之君子至矣。得見此人焉，不得而疎之也。

紀昀：道學詩，不腐最難。

紀昀：此便清遒。

許印芳：三、四即失於「千林摇落」二句意，而不及其雋永。曉嵐以清遒取之，蓋欲救世俗塵腐之病耳。○「莫」字「與」字俱複。○張栻，字敬夫，學稱南軒先生。

紅梅

韓無咎

不隨羣豔競年芳，獨自施朱對雪霜。越女謾誇天下白，壽陽還作醉時粧。半依修竹餘真態，錯認夭桃有暗香。月底瑶臺清夢到，霓裳新换舞衣長。

方回：韓尚書南澗，本「桐木〔三七〕派」，有甲、乙集。淳熙七年庚子詩。當是時，鉅儒文士，甚盛稱無咎與茶山。先是俱寓信州。茶山之甥吕成公即無咎之婿。無咎詩亦與尤、楊、范、陸相伯仲。有子曰琥，字仲止，號澗泉，尤有高節，詩與趙昌父並立於信上。此詩五、六甚佳。

紀昀：此詩亦常語。

馮舒：格似卑，却工貼。

馮班：落句湊韻。

去年多雪苦寒梅花遂晚元夕猶未盛開

范石湖

隔年寒力凍芳塵，勒住東風寂寞濱。只管苦吟三尺雪，那知遲把一枝春。燈烘畫閣香猶冷，湯暖銅瓶玉尚皴。花定有情堪索笑，自憐無術唤真真。

方回：此詩淳熙十二年乙巳作。

馮班：落句不切。

紀昀：湊泊無真氣。

再題瓶中梅〔三八〕

園林摇落凍芳塵，南北枝間玉蕊皴。風袂挽香雖淡薄，月窗横影已精神。雪霜春事年年晚，今古詩情日日新。鐵石如公猶索句，真成嚼蠟對横陳。

方回：淳熙十四年丁未作。

陸貽典：此首原好，馮舒抹之，太過。

查慎行：「嚼蠟」、「横陳」，語出楞嚴。

紀昀：不甚見瓶中意。

次韻尹朋梅花 二首取一

尤延之

江北江南天未春，陽和先已到孤根。斜枝冷落溪頭路，瘦影扶疏竹外村。水部未妨時遣興，玉妃誰復與招魂。天寒好伴羅浮醉，明月清風許重論。

馮舒：「斜枝」、「瘦影」，俱嫌套。

馮班：平通。

紀昀：無疵累，然亦無佳處。此種詩，學之最害事。

梅花

竹外籬邊一樹斜，可憐芳意自萌芽。也知春到先舒蕊，又被寒欺不放花。索笑幾回驚歲晚，相思一夜繞天涯。直須待得垂垂發，踏月相携過酒家。

紀昀：五、六工部語對玉川語，極現成而不熟濫，此由筆妙。

冷蕊疏枝半不禁，眼看芳信日駸駸。雪霜不管朝天面，風月能知匪石心。望遠可無南北使，客愁空費短長吟。年年准擬花排恨，不道看花恨更深。

方回：尤遂初詩，初看似弱，久看却自圓熟，無一斧一斤痕迹也。

紀昀：佳處、病處皆在此。

馮班：亦平平耳，然絶無惡態。

紀昀：用杜句只改一字，不如全用。○此首粗鄙。

落梅

清溪西畔小橋東，落月紛紛水映紅〔三九〕。五夜客愁花片裏，一年春事角聲中。歌殘玉樹人何在？舞破山香曲未終。却憶孤山醉歸路，馬蹄香雪襯東風。

方回：第二句未有别本可考。遂初詩，其孫新安半刺藻嘗刊行，而焚於兵。予得其家所抄副本，頗有訛缺云。

查慎行：第四句藴藉。

入春半月未有梅花

枯樹扶疏水滿池，攀翻未見玉團枝。應羞無雪教誰伴，未肯先春獨探支。幾度杖藜貪看早，一年芳信恨開遲。留連東閣空愁絶，只誤何郎作好詩。

紀昀：三、四笨，五、六差可。

德翁有詩再用前韻三首

文章仙伯記仇池，每想横斜竹外枝。未放柔柯攢玉雪，稍看紅蒂染燕支。别來望遠憑誰寄，老去尋春只恐遲。把酒問花花解語，定應催促要新詩。

紀昀：尾句輕佻而淺俗。

立馬黄昏繞曲池，幾回踏雪問南枝。不應春到花猶未，定恐寒侵力不支。隴上已驚傳信晚，樽前只想弄粧遲。臨風不語空歸去，獨立無憀自詠詩。

馮班：首句，「立」了如何「繞」？次句，幾個「黄昏」？

紀昀：既「立馬」，如何又「繞」？

嘗記尋芳到習池，攀條頻認去年枝。曉穿曲徑千林去，晚度危橋一木支。不避春寒來得得，只緣人望故遲遲。無錢可辦羅浮醉，報答春光只有詩。

方回：首唱以入春半月梅花未開爲題，八句極委曲有味。却不料「支」字難和，有所酬答，又成三首。遂初詩不見其有着氣力處，而平淡中自有拘斡。三「支」字皆壓倒。

紀昀：未見有味。

馮班：「支」字俱佳。

紀昀：尾句尤粗鄙。

次韻渭叟蠟梅　二首取一

快瀉鵝黄若下春〔四〇〕，要將香色鬭清珍。蠟丸暗拆東君信，梔貌寧欺我輩人。光價未輸何遜早，詩篇重見豫章新。渾金璞玉争多少，要與江梅作近親。

方回：「蠟丸」、「梔貌」亦新。前首末句云：「强學瞿曇金作面，只應恁怪老禅親。」皆能言其色也。

紀昀：二句牽合無味。

查慎行：「蠟丸」用高子勉詩中語。
紀昀：「清珍」二字趁韻。三、四對句勝出句。

梅花

趙昌父

平生欠汝哦詩債，歲歲年年須要還。未至臘時須訪問，已過春月尚躋攀。直從開後至落後，不問山間與水間。却笑淵明賦歸去，庭柯目眄自怡顔。

馮班：「歲歲年年須要還」，不勞。
查慎行：首聯俗。
李光垣：「須」字複。

全樹婆娑夥匪奢，數枝纖瘦少尤佳。春風上苑吾何忝，落日孤村汝自嗟。定論要爲塵外物，細看那是世間花。不然山谷能詩老，曷與山礬定等差。

方回：世之作者無窮，尤、楊、范、陸之後，又有一趙昌父。「直從開後至落後」，即樂天「賞自初開直至落」。第二首五、六絶妙。梅詩甚多，特選此耳。
紀昀：只恨合掌。

紀昀：二詩鄙野之甚，而虚谷盛推之，門户黨援之習，顛倒是非如此！

探梅　　韓仲止

檢點山前梅蕊痕，花雖未放已銷魂。縱饒老幹摧幽谷，也勝繁華倚市門。冷落不成欺歲晚，陽和且可待春温。清香一噴紅梢滿，却月凌風未易論。

方回：此澗泉紹熙三年壬子詩。澗泉生於紹興三十年己卯，是年才三十四歲，而作詩已如此。三、四固以自謂：雖如此，勝如彼矣。第六句猶未忘世情。嘉定初，即休官不仕。嘉定十七年甲申，理宗即位之月卒，年六十四。其大節有可取，則自許之意不必如詩所云可也。詩四十餘卷，約五千篇。澗泉諱琥，字仲止，南澗無咎之子，予嘗爲作傳。

紀昀：三、四太盡。七句不成語。

梅花

今年全未作梅詩，與向花前浪品題。不分雪霜摧折盡，尚須天日照臨之。静看冷蕊無人會，閒繞孤根只自知。猶有幽禽解鳴語，爲予疇酢殆移時。

紀昀：此首更惡狀。

肯同桃李强攙春，自占空山野水濱。老氣却因高樹得，清姿不待數花新。本來淡薄難從俗，縱入紛華亦絶塵。最愛夜深霜重處，冷風吹起月精神。

方回：此澗泉紹興末年詩。朱文公入講筵，侂胄未甚盛之時，仲止其言已如此高了。第二首三、四愈吟愈有味，謂高樹老氣，亦無待於數花，不亦妙乎？凡前輩自許，只許退，不許進。王沂公梅詩，偶爾做着狀元宰相，乃謂詩必以榮進爲兆，乃俗論也。

紀昀：此亦一偏之論。抑知矯激之俗，甚於榮進之俗也。

紀昀：此首自可，五、六尤佳。

春山看紅梅

年年常得醉君家，今日紅梅正着花。點綴初非桃有豔，横斜寧與李争華。依然竹外併林下，況復山巔與水涯。步繞孤根香更在，高懷無惜共流霞。

方回：此仲止開禧中詩。三、四殊佳。餘尚有梅詩數十首，今但選八首於此。

馮班：李是白的，如何能争？

紀昀：三、四俗極，桃李分説尤淺陋。

澗上蠟梅香甚

照眼花枝是蠟梅，香傳小樹爲誰開？弄陰欲雪山長暝，破曉終風水漫洄。鳥語春聲喧復静，鴻飛寒影去還來。數間敗屋浮橋外，何苦無吟不舉杯？

方回：中四句引四物，若不切於梅者，而句句有委折縈紆無盡之意。所謂「蠟梅香甚」，在其中矣。嘉定八年乙亥詩也。

紀昀：真欺人語。

馮班：破題直出「蠟梅」二字，妙！

紀昀：拙陋而不切題。

梅　下

雖得霜濃春自濃，野梅無處不爲容。半依古渡迷芳草，獨占荒山對古松。綽約花房宜戲蝶，崔嵬枝幹若游龍。角巾一幅支笻久，不覺烟中有寺鐘。

方回：歐公詩：「春風疑不到天涯，二月山城未見花。」此詩起句十四字似之。三、四尤佳，尾句愈佳。丙子年詩。

紀昀：亦黨局之論。

查慎行：三、四氣格殊高，五、六乃卑下。

紀昀：起拙笨，次句「不爲容」三字不妥，五句似桃李，六句俗拙。

澗東臨風飲梅花尚未全放一樹獨佳

殘雪餘寒二月來，澗東猶是欲開梅。夕陽影淡初尋句，流水聲清更把杯。取友喚隣相領略，破荒擇勝獨徘徊。誰能折向南枝醉，一陣寒香撲麝煤。

方回：五、六惟陳後山到此地。仲止筆力古淡，亦能之。丙子年詩。

紀昀：五、六自好。七句「折向」二字不可解，必有脱訛。末句比擬不倫，劣甚。

探梅

探梅山路一杯亭，日淡風微遠靄生。莫問古來尋古話，只知春近愛春情。幾枝冷蕊吟方見，一點疏花畫不成。我挾兩兒同二友，老來酒外更何營。

方回：瘦淡之中自穠粹。嘉定庚辰詩。仲止卒於十七年甲申八月，有大節。此四詩皆老筆也。

紀昀：三、四鄙拙。

寄尋梅

戴石屏

寄聲説與尋梅者，不在山邊即水涯。又恐好枝爲雪壓，或生幽處被雲遮。蜂黄塗額半含蕊，鶴膝翹空疏帶花。此是尋梅端的處，折來須付與詩家。

方回：輕快可喜。石屏戴復古，字式之，天台人。早年不甚讀書，中年以詩游諸公間，頗有聲。壽至八十餘。以詩爲生涯而成家。蓋「江湖」游士，多以星命相卜，挾中朝尺書，奔走閫臺郡縣餬口耳。慶元、嘉定以來，乃有詩人爲謁客者，龍洲劉過改之之徒不一人，石屏亦其一也。相率成風，至不務舉子業，干求一二要路之書爲介，謂之「闊匾」，副以詩篇，動獲數千緡，以至萬緡。如壺山宋謙父自遜，一謁賈似道，獲楮幣二十萬緡以造華居是也。錢塘、湖山，此曹什伯爲羣，阮梅峯秀實、林可山洪、孫花翁季蕃、高菊磵九萬，往往雌黄士大夫，口吻可畏，至於望門倒屣。石屏爲人則否，每於廣座中，口不談世事，縉紳多之。然其詩苦於輕俗，高處頗亦清健，不至如高九萬之純乎俗。如劉江村瀾，最晚輩。本天台道士，能詩，還俗，磨瑩工密，自謂晚唐。予及識其人，今亦歸九泉，而處士詩名遂絶響矣。故因取石屏此詩，而詳記之於此。

無名氏（乙）：國運末造，處士横議。此即袁子才論曾茶山詩所謂衣敝褐，足躡破屣，造士大夫之堂，靦然高座，騰其口説，雌黄當世，挾制士大夫，使人望而畏之。以盜高名，以邀厚利。即山人墨客，村野布衣，無人不以孔、顔、曾、閔自居。且徒黨衆多，羣相附和，使士大夫不敢攖其鋒，不敢不遂其欲。不特宋之結習如是，即明季國步已更，而社風愈厲。有王者作，比而誅之，亦可哀矣。

紀昀：野調。

梅

孤標粲粲壓羣葩，獨占春風管歲華。幾樹參差江上路，數枝粧點野人家。冰池照影何須月，雪岸聞香不見花。絶似人間隱君子，自從幽處作生涯。

方回：皆前人已曾道之句，而律熟句輕，頗亦自然，亦不可棄也。

紀昀：此評確。○是淺弱，非自然。

方回：石屏小集詩百餘首，趙嬾菴汝讜字蹈中所選也。蹈中詩，至中年不爲律體，獨喜爲「選體」。有三謝、韋、柳之風，其所取石屏詩，殆亦庶矣。蹈中兄曰南塘汝談，字履常，詩文俱高，尤精四六跋語，頗亦不滿於石屏之詩，一言以蔽之，曰輕俗而已，蓋根本淺也。

紀昀：此探本之論。

方回：今續集有詠梅投所知，中四句云：「獨開殘臘與時背，奄勝衆芳其格高。欲啓月宫休種桂，如何仙苑只栽桃。」所謂「其格高」者，殊爲衰颯。「欲啓」、「如何」一聯，尤覺俳陋。非深於詩者不能察也。

紀昀：評石屏最的。

方回：同時稍後，有許棐梅屋者，有蠟梅江梅同瓶詩曰：「苗裔元從庾嶺分，兩般標致一般春。淡粧西子呈嬌態，黄面瞿曇現小身。不羨腰金横玉貴，來尋嚼蠟飲冰人。只愁花謝香狼藉，桃李如何接後塵？」第二句不勝其俗，三句愈覺其俗。此「江湖」詩所以難選云。

紀昀：亦確評。

馮舒：第七句陋淺。

紀昀：三、四少可。五、六纖。結露骨，反淺。

客有致横驛苔梅者絶奇古劉良叔以詩借觀次韻奉納

方巨山

雪侵横驛苔枝古，莫作江南一樣看。醞釀春情何遜老，崚嶒詩骨孟郊寒。也知餘子十分俗，雅有書生半點酸。政恐劉郎識桃耳，相逢冷淡亦良難。

紀昀：語殊粗野，亦不見苔梅之意。○三句湊泊，四句較自然。

五用韻

水曹爲骨逋爲髓，風雪灞橋誰共看？千里夢迴歸路遠，一枝春占暮江寒。飛飛雨片猶堪醉，點點晴香已帶酸。雙玉瓶乾情正洽，與君落筆不辭難。

方回：秋崖詩二十卷。七言律梅花詩十餘首，獨選此二首，又五中之二也。此在維揚制幕時，年壯氣鋭，句律高峭，而詩始佳。「莫作江南一樣看」，蓋秋崖江東人，亦所以自標也。二和有云：「蘇樹卧龍鱗甲老，霜橋立馬骨毛寒。」亦壯健。四和有云：「笑堪索否便堪醉，盟可尋歟不可寒。」比之楊誠齋詩，變之又變。古未有此法，學者不可以爲準也。

查慎行：四和二句，便是「江湖」習氣。

紀昀：虚谷云「句律高峭」，未見高峭。虚谷云「學者不可以爲準也」，此論最是。

查慎行：起句惡，不但俗。

紀昀：起句與六句俱欠通。

落梅

劉潛夫

一片能教一斷腸，可堪平砌更堆牆。飄如遷客來過嶺，墜似騷人去赴湘。亂點莓苔多莫數，偶粘衣袖久猶香。東風謬掌花權柄，却忌孤高不主張。

昨夜尖風幾陣寒，心知尤物久留難。枝疏似被金刀剪，片細疑經玉杵殘。痛叱山童持箒去，苟留野客坐苔看。月中徙倚憑空樹，也勝吴兒賞牡丹。

方回：潛夫淳熙十四年丁未生，二十五爲靖安尉，嘉定中從李珏〔四一〕江淮制幕，監南嶽廟以歸。詩集始此。初有南嶽五藁。此二詩嘉定十三年庚辰作，年三十四，時正奉祠家居。後從辟巡廣西，帥蜀〔四二〕，知建陽縣。當寶慶初，史彌遠廢立之際，錢塘書肆陳起宗之能詩，凡「江湖」詩人皆與之善。宗之刊江湖集以售，南嶽藁與焉。宗之賦詩有云：「秋雨梧桐皇子府，春風楊柳相公橋。」哀濟邸而誚彌遠，本改劉屏山句也。敖臞菴器之爲太學生時，以詩痛趙忠定丞相之死，韓侂胄下吏逮捕，亡命。韓敗，乃始登第，致仕而老矣。或嫁「秋雨」、「春風」之句爲器之所作，言者併潛夫梅詩論列，劈江湖集板，二人皆坐罪。初彌遠議下大理逮治，鄭丞相清之在瑣闥，白彌遠中輟，而宗之坐流配。於是詔禁士大夫作詩，如孫花翁惟信季蕃之徒，寓在所〔四三〕，改業爲長短句。紹定癸巳，彌遠死，詩禁解，潛夫爲病後訪梅九絶句云：「夢得因桃却左遷，長源爲柳忤當權。幸然不識桃并柳，却被梅花累十年。」又云：「一言半句致魁台，前有沂公後簡齋。自是君詩無警策，梅花窮殺幾人來。」又云：「春信分明到草廬，呼兒沽酒買溪魚。從前弄月嘲風罪，即日金雞已赦除。」時潛夫廢閒恰十年矣。其詩格本卑，晚而漸進。如此詩「遷客」、

「騷人」、「金刀」、「玉杵」二聯，皆費粧點，氣骨甚弱。如憶真州梅園詩，次韻方孚若瀑上種梅

「窗」、「龐」之韻至於十首，今無可選。後集梅絶句至百首，謂之百梅。如方烏山、澄孫諸人，各

和至百首。頗不無贅，而亦有奇者。惟此可備梅花大公案也。

查慎行：江湖集今名宋人小集，乃鈔本，余於癸巳冬購得之，尚有「棚北大街睦親坊陳解元書坊刊印」字樣。

紀昀：虚谷云：「如此詩遷客、騷人、金刀、玉杵二聯，皆費粧點，氣骨甚弱。」確評。

馮班：「玉杵」句好。牡丹非吴地花，梅花吴中甚多。

紀昀：二首粗而且俗，一無可采。

趙禮部和予梅詩十絶送林録參韻雜之萬如詩中殆不可辨別課一詩以謝

劉後村

更無一點涴鉛華，狀出冰枝糝玉葩。十絶頓令儂北面，萬如元住子東家。自羞貧女釵邊朵，難傍宫人額上花。縱使北風如鐵勁，未妨雪月照槎牙。

方回：禮部當是趙時煥，寓居泉州。林録參當是林觀。後四句有所諷。「自羞貧女釵邊朵」，言詩之淡者。「難傍宫人額上花」，言詩之艷者。「北風」、「雪月」二句，以喻夫臨患難而不可奪

也。然後村詩未爲全淡，蓋出處之際，亦似未然。萬如居士李縝，字伯玉，李雲龕之子。朱文公作墓誌，稱其有文十卷，梅百詠。寓泉州。後村初爲石塘，林同、林合賦梅花百絶，未知有萬如詩。後見之，乃謂萬如詩如漢宫洞簫，梨園羯鼓，用事精切，下字清新，音節流麗，有二宋、王仲至、晏叔原之風。惜其太脂粉，視陳簡齋便自邈然。後村又自謂所賦如樵歌牧唱，妍詞巧思，不及李遠甚，即此詩五、六意也。然以予觀之，梅花詩清瘦瀟洒，近年莫如尤延之，雖楊誠齋、陸放翁亦頗浮肥矣。後村之言良是，其詩未臻乎奥地也。

紀昀：虚谷云：「後村之言良是，其詩未臻乎奥地也。」此論公允。

馮班：壽陽事亦陳言也。如此却新。

紀昀：起四句猥陋，後四句亦淺。

梅花二十首　張澤民

和靖風流百世長，吟魂依舊化幽芳。已枯半樹風煙古，纔放一花天地香。不肯面隨春冷暖，只將影共月行藏。懸知骨法清如許，傳得仙人服玉方。

馮班：結句直是不通。

查慎行：俗。

數花疏疏静處芳，便成佳景不荒涼。暖田窮谷春常早，影落寒溪水也香。自倚風流高格調，唯消質素淡衣裳。滿天霜月花邊宿，無復莊周蝶夢狂。

馮班：第五句，偷句。結句不通。

泠泠澗水石橋傍，春正濃時風味長。清介終持孤竹操，繁華不夢百花場。描來月地前生瘦，吹落風簷到死香。結習已空無染着，每來花下輒成狂。

凍花無多樹更孤，一溪霜月照清癯。終身只友竹君子，雅志絶羞松大夫。白玉都拚雕作蕊，黄金不惜撚爲鬚。亦知世有春風伴，問萬花中着得無？

馮班：第四句意不相顧。○「白玉」、「黄金」，如何不要作大夫？

查慎行：五、六俗。

孤芳嫌殺渾羣芳，雪滿山坳月滿塘。韻士不隨今世態，仙姝猶作古時粧。雪羞潔白常回避，春忌清高不主張。地僻何妨絶供給，饑來只用嚥寒香。

方回：「不主張」之句，仍是本劉後村。

馮班：餓，如何？

政爾寒陰慘淡時，忽逢孤豔映疏籬。金紫氣味無人識，玉雪襟懷只自知。竹屋紙窗清不俗，茶甌禪榻兩相宜。花邊不敢高聲語，羌管淒涼更忍吹。

千林凍損積陰凝，一點春從底處生。玉色獨鍾天地正，鐵心不受雪霜驚。孤芳若與東君背，數樹能令南紀明。醉後惟愁踏花影，青鞋不敢近花行。

數株如玉照寒塘，無日無風自在香。谷冷難教春管領，山深自共雪商量。已成到骨詩家瘦，不賣入時宫樣粧。亂插繁花花下醉，只應我似放翁狂。

方回：陸放翁詩：「我死諸君思此狂。」今句本此。

行盡荒林一徑苔，竹稍深處數枝開。絶知南雪羞相並，欲嫁東風耻自媒。無主野橋隨月管，有根寒谷也春回。醉餘不睡庭前地，只恐忽吹花落來。

紀昀：仍是休踏花影之意，變其文爾。

天然標格閬風鄉，薄薄鉛華淡淡粧。月地向誰孤弄影，雪天驀地忽聞香。征鞍處處頻回首，羌管聲聲欲斷腸。天上玉妃新謫墮，游蜂不敢近花傍。

纔有梅花便自奇，清香分付入新詩。閒持盃酒臨風處，獨倚欄干待月時。試向〔四四〕園林千萬樹，何如籬落兩三枝。霜天角裏空哀怨，丘壑風流總不知。

纔有梅花便自清，孤山兩句一條冰。問渠紫陌花間客，得似清溪樹下僧。雅淡久無蘭作伴，孤高惟有竹爲朋。雪天枝上三更月，人在瑶臺第幾層？

天寒花信未能靈，佇立通宵户不扃。小蕚欲争天下白，數條獨向雪中青。肯教旅雁尋常見，未許游蜂取次經。一片唯愁污塵土，寒茗和月掃中庭。

纔有梅花便不塵，和霜和月爲精神。風流晉宋之間客，清曠羲皇以上人。年後臘前無盡意，水邊林下自然春。萬花錦繡東風鬧，難浼翛翛玉雪身。

紀昀：三、四少可而調不佳。

纔有梅花便不村，其人如玉立黄昏。些些蕊裏藏風韻，箇箇枝頭帶月魂。常把清香來燕坐，可教落片點空樽。到腰深雪庭前白，心事寒松擬共論。

馮班：「些些蕊」是何物？

纔有梅花便不同，一年清致雪霜中。疏疏籬落娟娟月，寂寂軒窗淡淡風。生長元從瓊玉圃，安排合在水晶宫。何須更探春消息，自有幽香夢裏通。

天下無花白到梅，風前和我不塵埃。崚嶒鶴骨霜中立，偃蹇龍身雪裏來。未許瓊花爲行輩，定教玉蕊作輿臺。夜深立盡扶疎影，一路清溪踏月回。

幾年冷樹雪封骨，一夜東風春透懷。花裏清含仙韻度，人中癯似我形骸。三點兩點淡尤好，十枝五枝疎更佳。野意終多官意少，玉堂茅舍任安排。

陸貽典：第七句官梅如此用，不佳。

愛疎愛淡愛枯枝，已愛梅花更愛奇。江路一年春好處，石橋半夜月明時。蹇驢積雪深須去，破帽嚴霜打不知。世上非無好顔色，詩人所賞是風姿。

癖愛梅花不可醫，開教探早落教遲。欲知無限春風意，盡在相將暮雪時。竹嶼烟深尋得巧，茅簷月淡立成癡。夢驂鸞鶴相尋去，題徧江南寺寺詩。

方回：實齋張道洽，字澤民。開禧元年乙丑生，今而猶存，則七十九矣。年六十四卒於錢塘。七言律梅花詩六十首，今選其二十首。夫詩莫貴於格高。不以格高爲貴，而專尚風韻，則必以熟爲貴。熟也者，非腐爛陳故之熟，取之左右逢其源是也。

紀昀：此論却是。

方回：此二十首梅詩，他人有竭氣盡力而不能爲之者，公談笑而道之，如天生成自然有此對偶、自然有此聲調者。至清潔而無埃，至和平而不怨，放翁、後村亦當斂衽也。

紀昀：純是黨局之論，殆不足與辨。

方回：又和予七月見梅花詩二十首，亦七言律，而韻太險，有二聯云：「前生薝葡林中夢，到死旃檀國裏香。早緣服玉肌能白，不爲熏衣骨亦香。」只是泛言梅花，亦清爽有思致云。

紀昀：二十首總不免俗。梅詩宜以淡遠求之，一味矯激不自知，其愈俗矣。〇二十首語多重複，絶少新意。此題最難，絶唱只和靖兩、三聯耳。後人才力有限，乃免作。五律二十首，又成七律六十首。勉强支湊，字句之鄙俚粗疏，更摘不勝摘。虚谷以交契而録之，所評殊非公論，不足據也。

見梅雜興

陸太初

人間誰是識梅真？棄實求花後世心。何似只如三代日，分甘投老萬山深。寄來陸凱渾多事，説到林逋亦費吟。耿耿知音唯月在，無言相看古猶今。

方回：余友太府寺丞陸太初，諱夢發，同里人，長予五歲。德祐元年乙亥以公事殁於上海，年五十四。平生苦吟好高，梅興三十首，今選此一首。五、六本前輩遺論。夫草木之花，三百五篇已或取之，至楚騷而特盛。後世以花咏梅，亦比興之不容已者也，似未可貶，特陳腐襲蹈則可鄙耳。必將如三代之時，取梅於其實不於其花，則吾太初又何必見之詩？又有一聯云：「生稟東南温厚氣，才當西北苦寒時。」蓋自況也，但太露。

馮班：香通青瑣人初出，雪擁高唐夢未醒。

紀昀：此論却公。

馮舒：枯辣氣。

馮班：惡境。句句可笑。既云「棄實求花後世心」矣，又云「知音唯月」何耶？

查慎行：三、四迂腐。

紀昀：刻意擺脱而才力窘弱，轉遁入惡趣之中。○此卷猥雜特甚。

校勘記

〔一〕披新錦　馮班：「錦」一作「陰」。〔二〕格物　馮班：「格」上當有「夫」字。〔三〕春意早　馮班：「早」一作「好」。〔四〕元同色　馮班：「元」一作「能」。〔五〕而作　許印芳：一本「作」下有「此」字。〔六〕氈雪　馮班：一本作「雪氈」。〔七〕致堯　紀昀：「堯」原訛作「光」。〔八〕香去　許印芳：「去」一作「出」。〔九〕猶應　許印芳：「猶」一作「如」。〔一〇〕映春臺　許印芳：「映」一作「望」。〔一一〕致堯　紀昀：「堯」原訛作「光」。〔一二〕磧砂　紀昀：「沙」誤「砂」。柳子厚拾韻詩「沙」「砂」各押。〔一三〕有景迂集　按：「景迂」二字原缺，據康熙五十二年本、紀昀刊誤本校補。〔一四〕全芳備俎　按：「俎」字原缺，據康熙五十二年本、紀昀刊誤本校補。〔一五〕再改　紀昀：「再」原訛作「班」。〔一六〕如仇　李光垣：「如」原訛作「爲」。〔一七〕發蜀州　許印芳：「發」一作「登」。〔一八〕含態　馮班：「態」一作「怨」。〔一九〕致堯　紀昀：「堯」原訛作「光」。〔二〇〕翻錦　馮班：「錦」一作「雪」。〔二一〕爐薰　馮班：一作「薰爐」。〔二二〕相期　馮班：「期」一作「欺」。〔二三〕酥乾　查慎行：「酥」原訛作「蘇」。〔二四〕村色　紀昀：「村色」或是「春色」之誤。〔二五〕道隱　按：南宋龍舒本荆公詩，作

「次道」。〔二六〕映燭 按：「燭」原作「獨」，據康熙五十二年本、紀昀刊誤本校改。〔二七〕奇矣 查慎行：「奇」原訛作「可」。〔二八〕謂亦 紀昀：原訛作「亦謂」。〔二九〕紀昀：觀後評，則此乃平甫詩，刻本下誤遺其名。無名氏（乙）：以下三首，別本作「王平甫」，看注良是。〔三〇〕黄糧 查慎行：「糧」當作「粱」。〔三一〕西去 按：「去」原作「處」，據康熙五十二年本、紀昀刊誤本校改。〔三二〕尉眼 按：「尉」原作「慰」，據康熙五十二年本、紀昀刊誤本校改。〔三三〕何得 許印芳：「何」一作「那」。〔三四〕勝尉 紀昀：當是「滕尉」，再校。〔三五〕可愛 李光垣：「不」訛「可」。〔三六〕中兩聯賦 李光垣：「賦」字衍。〔三七〕桐木 紀昀：「木」字再校。〔三八〕紀昀：觀末句應作「再題某人瓶中梅」。再校本集。〔三九〕映紅 李光垣：「紅」字似當作「空」。〔四〇〕下春 馮班：「下」，王抄本作「不」。〔四一〕李珏 按：「珏」原訛作「大」。據宋史翼卷二十九校改。〔四二〕帥蜀 按「帥蜀」疑是「帥舶」之訛。後村先生劉公行狀（見後村先生大全集卷一九四）未言劉克莊擔負過「帥蜀」之任，但説他庚子嘉熙四年（公元一二四〇年）被擢爲廣東提舉後不久升轉運使，「更攝帥舶」，即兼任提舉市舶使。可能是方回徵引史料時有誤。〔四三〕如孫花翁惟信季蕃之徒寓在所 紀昀：此處有脱誤，再校。〔四四〕試向 紀昀：「向」字疑是「問」字，不然不通。

瀛奎律髓彙評卷之二十一　雪類

文選以二謝雪賦、月賦入「物色類」。雪於諸物色中最難賦。今選詩家巨擘，一句及雪而全篇見雪意、雪景者亦取之。雖不專用禁體，然用事淺近者皆不取。

紀昀：禁體亦一時之律令，未可概以繩古今。此論最平允。

五言　四十首

赴京途中遇雪

孟浩然

迢遞秦京道，蒼茫歲暮天。窮陰連晦朔，積雪滿山川。落雁迷沙渚，飢烏噪野田。客愁空佇立，不見有人煙。

方回：規模好。
紀昀：此所謂唐人矩度。古格存焉，不可廢也。然效之則易入空腔，虚谷評此三字最斟酌。
何義門：後半的是「途中遇雪」。○何等大方！
無名氏（甲）：浩然不及李、杜之神勇，而自具淡雅之姿；亦無郊、島之刻苦，而自具幽閒之韻，真能拔俗千尋。

和張丞相春朝對雪

迎氣當春立〔一〕，承恩喜雪來。潤從河漢下，花逼豔陽開。不覩豐年瑞，安知燮理才。撒鹽如可擬，願糝和羹梅。

方回：此必爲張九齡也。善用事者化死事爲活事。「撒鹽」本非佳語，却引爲宰相和羹糝梅之事，則新矣。
紀昀：此亦關合小巧。在試帖則可，入詩非大方家數，後人勿藉口於盛唐。
紀昀：襄陽詩格清逸，而合觀全集，俗淺處實不能免。漁洋深致不滿，頗駭俗聽。然實確論，世人但見選本流傳諸作耳。○五、六二句太淺俗。

對雪

杜工部

北雪犯長沙，胡雲冷萬家。隨風且間葉，帶雨不成花。金錯囊垂罄〔一〕，銀壺酒易賒。無人竭浮蟻，有待至昏鴉。

方回：詩家善用事者，藏一字於句中。「銀壺酒易賒」，非易也，乃不易也。錢囊既已空矣，酒可以易賒乎？但吟此者，着些斷續輕重，即見意矣。以尾句驗之，蓋無人肯賒酒，直待至昏黑也。

馮舒：五、六本直下語，言囊雖垂竭，酒尚可賒也。「有待」，乃待共飲之人，非待酒也。注全誤。

　馮班：此言無人共飲耳。

　紀昀：此亦曲說。五、六乃一開一合，七句乃言無飲伴耳。

紀昀：古人尚不專以雪爲難題，故佳什較少。杜此作尤平平，虛谷以名取之耳。〇「金錯」、「銀壺」，頗嫌裝點。

無名氏(乙)：發端緊挺。

對雪

戰哭多新鬼，愁吟獨老翁。亂雲低薄暮，急雪舞回風。瓢棄罇無緑，爐存火似紅。數州消息斷，愁坐正書空。

方回：他人對雪必豪飲低唱，極其樂。唯老杜不然，每極天下之憂。

查慎行：此老杜陷賊中作，非豪飲低唱時也。觀起結自見。

紀昀：此亦係於所遇。

何義門：此没賊時作。○「獨老翁」，則此外無非小人。盗賊喪亂之後，縱其殘虐，所以愁坐書空也。○樽無酒、爐無火，變换得妙。

紀昀：此對雪而自感，非咏雪也。入之「雪類」，以題目爲斷耳。不知古人題目，多在即離之閒。○「罇無緑」三字乃湊對下句，實不大方。

雪

南雪不到地，青崖霑未消。微微向日薄，脈脈去人遥。冬熱鴛鴦病，峽深豺虎驕。愁邊有江水，焉得北之朝。

方回：江水東流，欲挽之使北，愛君戀闕之心切矣。

陸貽典：無句不奇。

紀昀：第五句未雅馴，末句「之」字，非「往」字解。

舟中夜雪有懷盧十四侍御弟

朔風吹桂水，大雪〔三〕夜紛紛。暗度南樓月，寒深北渚雲。燭斜初近見，舟重竟無聞。不識山陰道，聽雞更憶君。

方回：「舟重竟無聞」，可謂善言舟中聽雪之狀。凡用事必須翻案。雪夜訪戴，一時故實，今用爲不識路而不可往，則奇矣。

紀昀：翻案是詩之一法，「必須」二字有病。

何義門：落句又暗用「夢中不識路」。

紀昀：「燭斜」句亦神肖。○結亦關合大雅。

泊岳陽城下

江國輸千里〔四〕，山城僅百層。岸風翻夕浪，舟雪洒寒燈。留滯才難盡，艱危氣益增。圖南未可料，變化有鯤鵬。

方回：此一詩只一句言雪，而終篇自有雪意。其詩壯哉，乃詩家樣子也。

紀昀：此亦附會之説。

何義門：落殊不肯放下，然賢於夢得者，懷忠思效故也。

紀昀：第五句未甚圓。

春雪

韓昌黎

看雪乘清旦，無人坐獨謡。拂花輕尚起，落地暖初銷。已訝凌歌扇，還來伴舞腰。灑篁留密節，着柳送長條。入鏡鸞窺沼，行天馬度橋。徧階憐可掬，滿樹戲成搖。江浪迎濤日，風毛縱獵朝。弄閑時細轉，争急忽驚飄。城險疑懸布，砧寒未擣綃。莫愁陰景促，夜色自相饒。

方回：昌黎雪詩三大篇，贈張籍來字四十韻、獻裴尚書簁字二十韻。「坳中初蓋底，垤處遂成堆。片片匀如翦，紛紛碎若挼。奴回切。隨車翻縞帶，逐馬散銀杯。隱匿瑕疵盡，包羅委瑣該。誤雞宵呃喔，驚鵲暗徘徊。鯨鯢陸死骨，玉石火炎灰。日輪埋欲側，坤軸壓將頽。龍魚冷蟄苦，虎豹餓號哀。巧借奢華便，專繩困約災。」此「來」字韻警句也。「宿雲寒不卷，春雪墮如簁。喜深將策試，驚密仰簷窺。妬舞時飄袖，欺梅併壓枝。氣嚴當酒换，洒急聽窗知。履弊行偏冷，門扃卧更羸。擬鹽吟舊句，授簡慕前規。」此「簁」字韻警句也。此一首十韻，「行天馬度橋」一句絶唱。

馮舒：如此體物，又何怪近人之「天醫」切「茯苓」也！然總不如「白狗身上腫」一「腫」字。

紀昀：此種皆非正聲，勿爲盛名所懾。

馮班：萬鈞之力。

陸貽典：力大如山。

查慎行：「拂花」一聯扣定「春」字。

紀昀：律體非韓公當行。「入鏡」一聯，向來推爲名句。然亦小有思致，巧於粧點耳，非咏雪之絶唱也。〇「砧寒」句滯。

和欲雪二首

梅聖俞

貂裘着不煖，牙帳曉初開。朔氣還先及，流風亦屢催。擬聞人詠絮，將見使傳梅。公復憂民畝，龍沙幾日來。

紀昀：五、六濫套。

雪欲漫天落，雲初着地垂。臂鷹過野健，走馬上冰遲。公子多論酒，騷人自詠詩。都無少年意，只卧竹窗宜。

方回：似是和晏元獻欲雪詩。前首下「先及」、「屢催」、「擬聞」、「將見」，又繼以「龍沙幾日來」，皆欲雪未雪之辭。

查慎行：第七句總承上兩聯，章法，筆法古健。作者用意所在，讀者不可不知。

紀昀：格意殊健。

許印芳：「漫」，平聲。

雪　詠

雪色混青冥，搴帷宿酒醒。龍蛇緣古木，鳳鵠舞幽庭。密勢因風力，輕姿任物形。公堂何寂寞，横案對玄經。

方回：五、六細潤。

紀昀：三、四俗惡，五、六稍可。

獵日〔五〕雪

風毛隨校獵，浩浩古原沙。寒入弓聲健，陰藏兔徑賒。馬頭迷玉勒，鷹背落梅花。少壯心空在，悠然感歲華。

方回：刊本誤以「獵」爲「臘」，予輒改定，乃是獵而遇雪。五、六絶佳。

馮班：氣骨自是不同。

紀昀：「風毛」二字雙關，甚巧而不纖。三、四亦好。五猶稍可，然亦俗。六巧而太纖，便成俗筆。

許印芳：通首「獵」與「雪」雙關，出語皆自然大方，六句尤雋妙。紀批故爲苛論，不足服人之心。

十五日雪三首

寒令奪春令，六花侵百花。塘冰膠燕嘴，野水澀芹芽。擁柱輕於絮，吹墀浄若沙。乳禽飢啄木，誰誤撥琵琶？

紀昀：第三句太纖，五、六形容亦拙。

無名氏（甲）：彈絃有啄木聲。

新雷奮蛇甲，密雪鬭鵝毛。正欲裁輕縠，重令着弊袍。沙泉流復凍，烟萼拆還韜。只待隣醅熟，微聲聽酒槽。

紀昀：首句粗硬，次句亦俗格。「韜」字亦腐。

春風九十日，一半已銷磨。準擬看花少，依稀詠雪多。官車猶載炭，菴鵲不離窠。向此興都盡，戴家誰復過！

方回：此乃花朝日雪。是年皇祐五年癸巳正月十五日，狄青破儂智高之年，陳後山生，聖俞五十二歲，監永濟倉。

紀昀：此兩事於詩何涉？

紀昀：五句拙俚太甚。〇三詩皆拙鄙。

次韻范景仁舍人對雪

三尺没腰雪，京華頻歲無。高低相掩覆，竅隙似封糊。帖缺都迷醜，增妍不問枯。因時混貧富，遇物得圓觚。眩目何曾數，流風不可圖。冥冥山霧合，浩浩海雲鋪。未覺花飛葉，先看霰集珠。落機裁扇素，獵野割膚腴。粲爾姮奔月〔六〕，皤然叟赴酺。落才〔七〕今揣稱，小巧愧非夫。

方回：又聯：「獸餒迷行穴，禽寒立並枯。受降蝥甲積，罷獵羽毛鋪。」「裝成新樹色，遮盡古苔痕。」尤佳。

紀昀：皆不佳。

馮舒：作俑亦自昌黎始。

馮班：似韓。

紀昀：意欲摹仿昌黎而才力不足，不能鎔鑄，遂成淺拙。蓋一丘一壑，聖俞所長。忽奮而爲山雄水闊之勢，宜其蹶耳。

李光垣：重二「不」字。

雪中寄魏衍

陳後山

薄薄初經眼，輝輝已映空。融泥還結凍，落木復沾叢。意在千年表，情生一念中。遥知吟榻上，不道絮因風。

方回：魏衍，後山門人。「遥知吟榻上，不道絮因風。」此教人作詩之法也。「撒鹽空中差可擬」，此固謝家子弟之拙，「未若柳絮因風起」，未可謂謝夫人此句冠古也。想魏衍此時作詩，必不用此等陳言，乃後山意也。然則詩家有翻案法，又在乎人。晉書郭文曰：「情由憶生。不憶，故無情。」

馮舒：落句道好亦得，道不好亦得。在唐人畢竟不好，在宋人且説好。古人佳事、佳句，用之本無不宜，其病只恨熟耳。陸士衡已謂朝華可謝矣，必求新異，謂之翻案，此宋人膏肓之疾。翻案句多不韻。

馮班：陸機云「謝朝華於已披」，謝句難工，避之可也。然自是古人佳事，必以爲諱，非文人風流勝概。且雪詩禁體，不始後山，此落句亦陳言耳。余謂此等詩題，若能絶無禁忌，直接古人，上也；才大思雄，自然不襲不犯，次也；巧避常辭，洗出新意，又次也；翻案求奇，下也。平熟有規格，猶勝於醜俗而求新者。「江西」詩不韻。古人佳句，如名花、香草，年年在眼，千古如新，直用之不過失於熟耳，其害小。如後山語便是倒却詩人架子，其俗甚矣，其害詩更大。如坡云：「柳絮道鹽，何嘗不新好耶？」必欲作此語，下句亦應有回互，不應如後山之戇也。○柳絮因風，用之則陳熟，然著以爲戒，則又傷俗。「江西派」用事欠韻，正坐此等識見。○落句若在唐以前，堪作笑端矣。宋人詩愈苦愈不韻，亦緣讀書少功夫。

紀昀：前四句純用禁體，妙於寫照。五、六全不著題，而確是雪天獨坐神理。此可意會，而不可言傳。○結亦兩層俱到。

雪

初雪已覆地，晚風仍積威。木鳴端自語，鳥起不成飛。寒巷聞驚犬，隣家有夜歸。不無慚敗絮，未易泣牛衣。

方回：句句如瘦鐵屈蟠。

馮舒：「犬」不驚，歸是何物？「歸」不對「犬」。

馮班：起好。第四句妙。結句弱。

查慎行：六句，斂兩句爲一句，不嫌蹈襲。

紀昀：「仍積威」三字腐。三句拙澀。五、六是十字倒裝句，忽聞犬吠，乃隣家有人夜歸耳。本流水而下，馮氏以「歸」字不對「犬」字爲病，非也。○不及寄魏衍詩。

次韻無斁雪後二首

閉閣春雲薄，開門夜雪深。江梅猶故意，湖雁起歸心。草潤留餘澤，窗明度積陰。殷勤報春信，屋角有來禽。

馮舒：結寬。

紀昀：中四句細膩風光，後山極有情致之作。

許印芳：「春」字複。

取信一作「性」。無通介，隨時有異同。雪餘蓋地白，春淺着梢紅。寄食虛長算，論詩缺近功。相看不相棄，賴有古人風。

方回：凡與晁無斁倡和，皆在曹州，後山依其婦翁郭槩於曹，無斁時爲學官。

紀昀：三、四自比意，然上文亦太不貫。

雪後黄樓寄眉山居士

林廬烟不起，城郭歲將窮。雲日明松雪，溪山進晚風。人行圖畫裏，鳥度醉吟中。不盡山陰興，天留憶戴公。

方回：「明」字、「進」字皆詩眼。

紀昀：「明」字果好，「進」字未工。

馮班：憶戴事何如絮因風耶？即吟榻上何以用此？

紀昀：五、六却淺率，不類後山。結亦太熟。

元日雪

半夜風如許，平明雪皓然。簾疏穿細碎，竹壓更嬋娟。窘兔走留跡，飢烏鳴乞憐。遥忻炎海上，還復得新年。

方回：末句爲東坡在儋州。

紀昀：「更」字不對「穿」字。第五句不佳。

雪意

睡眼拭矇朧，開門雪已濃。客來迷舊徑，虎過失新蹤。浦遠渾無鶴，林疏只有松。借琴如不解，酒興若爲工。

方回：雪之浦惟其遠，故鶴不可見，謂之「渾無鶴」可也。雪之林惟其疏，故松獨可見，謂之「只有松」可也。全在「遠」字、「疏」字上見工。更得前聯不用虎跡一句，則不冗矣。此二句尹穡得其餘工，有詩曰：「草黄眠失犢，石白動知鷗。」亦佳。併記諸此。

紀昀：詩全是雪，并非雪意，「意」字恐誤，再校。

馮班：尹詩滿身斧痕，不足學。

查慎行：尹詩意俚。

紀昀：虛谷云：「更得前聯不用虎迹一句，則不冗矣。」此論是極。

馮舒：既已大雪，如何題是「意」？○第三句隨過已落没，差有景。

馮班：「新」字晦，取巧之過。

查慎行：「工」字出韻。

榆關書不到，雪又滿平蕪。指冷頻呵玉，胸寒屢掩酥。緑嘗冬至酒，紅擁夜深爐。塞上風沙惡，征衣也到無〔八〕。

方回：此篇似閨人念征夫詠雪，「呵玉」、「掩酥」一聯亦流麗。

馮舒：古人不如此下語。無論方君不知，後山亦不知。

馮班：平爛。○落句陳言也。後山尚不許用謝夫人事，乃用此何耶？

查慎行：老杜「煙存火似紅」，只一「似」字便寒意可掬。此云「紅擁夜深爐」，何等暖熱，乃云「指冷」、「胸寒」耶？

紀昀：三、四俗艷。

雪盡

呂居仁

雪盡寒仍在，園荒春欲歸。晴空落雁少，古木聚鴉稀。肺病猶宜酒，囊空合典衣。碧雲愁不見，千里故山薇。

方回：三、四佳。

紀昀：亦是習語，「少」、「稀」二字合掌，不得云佳。

馮舒：五、六太寬。

馮班：肺病正宜戒酒。

年華

陳簡齋

去國頻更歲，爲官不救飢。春生殘雪外，酒盡落梅時。白日山川映，青天草木宜。年華不負客，一一入吾詩。

馮舒：此篇不應入此類。

紀昀：此首及下首只宜入「春日類」，不應入「雪類」。○三句精詣，對亦可。

許印芳：五、六亦洗鍊而出，莫作等閒語看。○「不」字複。

金潭道中

晴路籃輿穩，舉頭開望賒。前岡春泱漭，後嶺雪槎牙。海内兵猶壯，村邊歲自華。客行驚節序，回眼送一作「望」。桃花。

方回：陳簡齋無專題雪詩，此二首一云「春生殘雪外」，一云「後嶺雪槎牙」，皆於雪如畫，佳句也。且詩律絶高，特取諸此，以備玩味。

紀昀：必欲備人備題，即不免牽强湊合矣，律髓之蕪雜，蓋亦由此。

紀昀：後四句雄深圓足。○末句「送」字較「望」字有味。

許印芳：五、六即老杜「天下兵雖滿，春光日自濃」意。結句卻是自出心裁，神味勝於五、六。此詩若無此結句，亦不出色矣。

雪中偶成

潘子賤

飛花看六出，俄向臘中來。解驗人情喜，始知天意回。夜闌窗愈白，曉凍日難開。麥熟何時節，飢民正可哀。

查慎行：第五句景是而句未工。

紀昀：二詩氣格有後山、簡齋之意。

歉歲多流冗，邦侯善勞來。雪餘驚臘盡，耕近喜春回。郊野猶同色，江天已半開。短衣難掩脛，誰説少陵哀。

方回：潘良貴，字子賤。詩傳者不多。風格老練，而繳句皆高古悲愴。味其旨，仁人之言也。用朱教授韻：「架上殘書猶可讀，瓶中儲粟不堪舂。」用姪德久韻：「尚餘披樹雪，已有浴溪禽。」皆佳。

紀昀：「勞來」之「來」不讀平。○五、六雖淡語，而兩句連讀，雪後之景宛然。結亦感慨而不逼。

許印芳：後章和前章韻，章首承前章尾句來，章法清老。次句爲韻所牽，原本云：「邦侯善勞來」，用經語也。凡經語用入古詩多合格，用入律詩多腐氣。此句腐氣太重。故爲易作「邦侯鎮撫來」。又紀批云勞來之來不讀平，一句而犯兩病，故爲改之。凡古人好詩有敗闕處，改之不能者固無如何，若可改正，使成完璧，雖蒙譏議，斥爲僭妄，愚所不辭耳。○潘良貴，字子賤，一字義榮。

雪中登王正中書閣

曾茶山

對雪誰同語？登樓似欲仙。人家修月户，丈室散花天。山擁鈎簾外，江横隱几前。寒深落雁渚，清集釣魚船。扶病從摩詰，消愁得仲宣。展書明細字，烹茗濕疏煙。月好還同夢，詩成已下弦。明年倘相憶，爲一到關邊。

馮班：第三、四宋對。

紀昀：語皆凡近，只「烹茗」句有致。三句俗豔，八句「清集」字湊，且費解。九、十關合王姓，亦小樣，十四句不甚可解。

次韻雪中

積雪何所待，凍雲終未開。有時聞瀉竹，無路去尋梅。只欲關門卧，誰能蕩槳來？辟寒須底物，正乏麴生才。

方回：亦用袁安、子猷事，但詩律穩熟可法。

紀昀：用得有意便不妨，只調太平耳。

雪中二首

陸放翁

春晝雪如簁，清羸病起時。跡深驚虎過，煙絶憫僧饑。地凍萱牙短，林深鳥哢遲。西窗斜日晚，呵手斂殘棋。

紀昀：中四句平頭。

忽忽悲窮處，悠悠感歲華。暮雲如潑墨，春雪不成花。眼澀燈生暈，詩成字半斜。殘樽已傾盡，試起問東家。

方回：前篇中四句不勝其工，末句尚不放過，更着餘工，可喜也。後篇亦可取。

紀昀：後篇較淺薄。

紀昀：前首中四句似是深雪瀰漫，而此首乃云「雪不成花」，未喻其故。

小雪

夜卧風號野，晨興雪擁籬。未言能壓瘴，要是欲催詩。跨蹇雖堪喜，呼舟似更奇。元知剡溪路，不減灞橋時。

方回：此詩五、六善斡旋。

紀昀：後四句以剡溪、灞橋二事串合點逗，却有致。虚谷以爲斡旋，非是。

查慎行：四句用兩事化舊爲新。

大雪月下〔九〕至旦欲午始晴

薄暮雪雲低，清宵意慘悽。方聽打窗急，已報與堦齊。疏箔穿飛蝶，空庭聚戲猊。新晴思訪客，愁絶滿城泥。

紀昀：前四句太易，五、六體物俗格。

雪　尤延之

睡覺不知雪，但驚窗户明。飛花厚一尺，和月照三更。草木淺深白，丘塍高下平。饑民莫咨怨，第一念邊兵。

方回：見雪而念民之饑，常事也。今不止民饑，又有邊兵可念。歐陽詩：「可憐鐵甲冷徹骨，四十餘萬屯邊兵。」以此忤晏相意，而晏相亦坐此罷相。然則凡賦詠者，又豈但描寫物色而已乎？

紀昀：此論正大，能見詩之本原。○描寫物色，便是晚唐小家。處處着論，又落宋人習徑。宛轉相關，寄託無迹，故應别有道理在。

許印芳：詩須善學風體。風人之詩，深於比興。興則宛轉相關，景中即有情在。比則寄託無迹。賦物即是寫人。曉嵐所言，道在是耳。

紀昀：起得超脱。○有爲而作，便覺深厚。

雪意濃復作雨　范石湖

擬看飛花陣，翻成建水聲。雨吾寧不識，雪汝幾時成。三白從今卜，千倉待此盈。暮雲如有意，青女莫無情。

方回：「三白」、「千倉」對偶新。

紀昀：借「倉」爲「蒼」耳，終是小樣。

查慎行：三、四句法古。

紀昀：次句用「建瓴」，删去「瓴」字，不成文理。三、四是上一下四句法，本爲野調，以出語渾成不覺耳。

雪

楊誠齋

夜映非真曉，山明不覺遥。儘寒無禁爽，且落未須銷。體怯心仍愛，顔衰酒强朝〔一〇〕。毛錐自堪戰，寸鐵亦何消。

紀昀：刻意做出，總不自然。

是雨還堪拾，非花却解飛。兒童最無賴，摶弄肯言歸？白樹翻投竹，欺人故點衣。肩寒未妨聳，筆凍可能揮。

紀昀：此首不成語。

細聽無仍有，貪看立又行。落時晨却暗，積處夜還明。幸自漫山好，何如到夏清。似知吾黨意，未遣日華晴。

方回：用白戰律，仍禁用故事，詠三首。誠齋此詩，枯瘦甚矣。

馮班：不用故事是矣，然有何好處？

紀昀：第六句妙遠不測。○結是誠齋習徑。

七言 四十七首

暮登四安寺鐘樓寄裴十迪

杜工部

暮倚高樓對雪峯，僧來不語自鳴鐘。孤城返照紅將斂，近市浮煙翠且重。多病獨愁常闃寂，故人相見未從容。知君苦思緣詩瘦，太向交游萬事慵。

方回：老杜七言律無全篇雪詩，此首起句言「高樓對雪峯」，三、四「返照」、「浮烟」，乃雪後景也。選置於此，以表詩體。前四句專言雪後晚景，後四句專言彼此情味，自然雅潔。必若着題詩八句黏帶，即「爲詩必此詩」，而詩拙矣，所謂不可無開闔也。

紀昀：因首句「雪」字，遂强以此篇備數。云表詩體，亦是附會。

陸貽典：此詩不應入「賦雪類」。○非必與秋興、詠懷六篇較量，而自然高妙，令讀者移情。

何義門：此不可曰雪詩。

紀昀：平調而不失老健。○次句藏感懷故人意在內，渾然無迹。

春雪

秦韜玉

雪重寒空思寂寥，玉塵如糝滿春朝。片纔着地輕輕陷，力不禁風旋旋消。惹砌任從香粉妬〔一〕，縈叢自學小梅嬌。誰家醉捲珠簾看，絃管堂深暖易調。

方回：三、四頗切於春雪，但詩格稍弱。

紀昀：此論是。

何義門：首句反呼結。○深刺童騃無識，以災爲瑞，非徒致嘆於苦樂不均也。

紀昀：五、六俗格。

次韻和刁景純春雪戲意

梅聖俞

雪與春歸落歲前，曉開庭樹有餘妍。楊花撲撲白漫地，蛺蝶紛紛飛滿天。胡馬嘶風思塞草，吴牛喘月困沙田。我貧始覺今朝富，大片如錢不解穿。

方回：此戲語耳。三、四雖戲，却自佳。

紀昀：雖題有「戲」字，不妨稍俳。然亦未免太俗，不宜選以爲式。

雪後書北臺壁

蘇東坡

城頭初日始翻鴉，陌上晴泥已没車。凍合玉樓寒起粟，光摇銀海眩生花。遺蝗入地應千尺，宿麥連雲有幾家〔一〕。老病自嗟詩力退，空吟冰柱憶劉叉。

方回：雪宜麥而辟蝗，蝗生子入地，雪深一尺，蝗子入地一丈。「玉樓」爲肩，「銀海」爲眼，用道家語，然竟不知出道家何書。蓋黄庭一種書相傳有此説。

紀昀：「玉樓」、「銀海」之説，疑出詩話之附會。「銀海」爲目，義尚可通。「凍合」兩肩，更成何語？且自宋迄今，亦無確指出何道書者，不如依文解之爲是。○此因「玉樓」、「銀海」，太涉體物，故造爲荆公此説，以周旋東坡。其實只是地如「銀海」，屋似「玉樓」耳，不必曲爲之説也。

馮舒：次聯去唐遠甚。

馮班：自然雄健。○三、四予意所不取，正以其「銀」、「玉」影射可厭耳。試請知詩者論之。

○「玉樓」、「銀海」正是病處。

何義門：「凍合」二句若賦雪便無餘味，妙在是雪後耳。兩詩次第極工，馮先生似未細看也。

黄昏猶作雨纖纖，夜静無風勢轉嚴。但覺衾裯如潑水，不知庭院已堆鹽。五更曉色侵書幌，半月集作「夜」。寒聲落畫簷。試掃北臺看馬耳，未隨埋没有雙尖。

方回：「馬耳」，山名，與「臺」相對。坡知密州時作。年三十九歲。偶然用韻甚險，而再和尤佳。或謂坡詩律不及古人，然才高氣雄，下筆前無古人也。觀此雪詩亦冠絶古今矣。雖王荆公亦心服，屢和不已，終不能壓倒。

何義門：二詩應從倒轉，可見作詩層次。

紀昀：「潑水」、「堆鹽」，字皆不雅。○詩話因「五更」字礙「半夜」字，遂改爲「半月」，而以雪後簷溜爲之説。不知此「五更」、「半夜」，亦是互文，不必泥定。

李光垣：「尖」、「叉」二律倒置，下同。

再用韻

九陌凄風戰齒牙，銀盃逐馬帶隨車。也知不作堅牢玉，無乃〔三〕能開頃刻花。對酒强歌愁底事，閉門高卧定誰家。臺前日暖君須愛，冰下寒魚漸可叉。

查慎行：昌黎一聯，本非佳句。自東坡用之，遂成公案。後來衮衮，亦數見不鮮矣。

紀昀：馮抹「帶隨車」三字，以無原詩「縞」字，不是雪也。「戰齒牙」，不雅。山谷「花」字韻詩用「天巧能開頃刻花」句，却落俗格。此句只换二字，其語頓活。故詩家雅俗之别，只争用筆。

已分酒杯欺淺懦，敢將詩律鬭深嚴。漁簑句好真堪畫，柳絮才高不道鹽。敗履尚存東郭指，飛花又舞謫仙簷。書生事業真堪笑，忍凍孤吟筆退尖。

方回：「漁簑句好」，鄭谷漁簑，道韞柳絮，賴此增光，而世無異論。「不道鹽」三字出南史，詳見詩話及本詩注。退之詩：「兔尖齊莫並。」若苦寒則退尖矣。李白詩：「好鳥吟春歌後院，飛花送酒舞前簷。」文字可謂縛虎手。「叉」、「尖」二字，和得全不喫力，非坡公天才，萬卷書胸，未易至此。

馮班：韻妙。

何義門：此二首亦應倒轉。

紀昀：「柳絮」句何指？○此二詩實非佳作。以韻險故驚俗耳。查初白排之甚是。虚谷所論，皆宋人標榜之説，不足據也。

讀眉山集次韻雪詩五首 今取第一首，餘見注。

王半山

古木昏昏未有鴉，凍雷深閉阿香車。摶雲忽散篩爲屑，剪水如紛綴作花。擁帚尚憐南北巷，持杯能喜兩三家。戲挼亂掬輸兒女，羔袖龍鍾手獨叉。

方回：和險韻，賦難題，此一詩已未易看矣。第一句謂日晦，第二謂雷蟄，皆所以形容寒天也。三、四謂摶雲而篩爲屑，剪水而綴爲花，所以形容雪之融結也。「擁帚」、「持杯」，則謂以雪爲苦者多，以雪爲樂者少。末兩句最佳，「戲挼亂掬」者，兒女曹不畏雪也，老人則叉手於袖中耳。第二首「夜光往往多聯璧，小白紛紛每散花」，形容雪之積，雪之飛。「珠網纚連拘翼座」，此一句用佛書事。拘翼者，天帝之名也。增益阿含經有釋提桓與菩提論天帝拘翼治病藥事。「瑤池淼慢阿環家」，此一句用西王母事，阿環亦王母之名也。珠網之座，瑤池之家，以形容雪耳。然晦僻，不及坡之自然。末句「銀爲宮闕尋常見，豈即諸天守夜叉」，言邂逅於雪天，見銀宮闕，無夜叉以守之，亦牽强矣。○第三首前聯「皭若易緇終不染，紛然能幻本無花」，亦佳，但頗裝點。「觀空白足寧知處，疑有青腰豈作家」，亦揑合。「慧可忍寒真覺晚，爲誰將手少林叉」，用立雪事，亦平平。第四首「長恨玉顔春不久，畫圖時展爲君叉」，謂雪不長存，當畫爲圖，時時叉而觀之。暗用唐薛媛寄夫詩：「恐君渾忘却，時展畫圖看。」第五首「豈能舴艋真尋我，且與蝸牛獨卧家」，亦佳。末句「欲挑青腰還不敢，直須詩膽付劉叉」，即坡已用之韻。劉叉有「詩膽大於天」之句，亦不爲不善用也。五詩皆選，恐誤人，故細注論之。

馮舒：蘇公偶作，荆公偶和，古人絶唱，後人正不勞著筆。我嘗謂世人詩集中如有擬鐃歌、和江淹雜擬及「尖」、「叉」韻者，此人必不知詩。悠悠此世，解我語者，畢竟幾人？

馮班：方君云「阿環亦王母之名也」，按：是上元夫人。

紀昀：宋南渡以後，蘇學盛行，而王氏之黨已盡。故虚谷不敢議東坡，而屢議荆公。此數首指摘尤力。所指皆切中其病，亦不以人而廢言。

馮舒：「持杯能喜兩三家」，按：此韻未得。

馮班：「叉」字此獨好。

查慎行：蘇詩四首，並「叉」韻，佳，故荆公六和亦止用此韻。

張載華：補注按：「陸放翁云：『蘇文忠雪詩用「尖」、「叉」二韻，王文公有次韻詩，議者謂非二公莫能爲也。吕成叔乃頓和至百篇，字字工妙，無牽强凑泊之病。』據此，則『尖』、『叉』二韻，介甫當時，皆有和章。今集中所載，止『叉』字韻六首耳。至吕成叔百篇，世無一傳者。古人名作，湮没何可勝道！可發一嘆！」

紀昀：「未有鴉」三字笨。

讀眉山集愛其雪詩能用韻復次韻一首

靚粧嚴飾曜金鴉，比興難同漫百車。水種所傳清有骨，天機能織皦非花。嬋娟一色明千里，綽約無心熟萬家。長此賞懷甘獨卧，袁安交戟豈須叉。

方回：荆公和坡「叉」字韻，至此爲六。「水種所傳清有骨」，李雁湖注：「水種，未詳。逸雅（釋名）：『雪綏也，水下遇寒而凝，綏綏然下也。』觀此則雪本水爲之。」予謂深僻難曉。併下句「天機能織皦非花」，亦不可曉。若曰用天孫織女事，與雪無關涉也。但五、六極佳，「嬋娟一色明千里」，似謂雪之色與月無異。「綽約無心熟萬家」，即莊子「姑射神人，其神凝，年穀熟，出處有綽約若冰雪」語，意儘工也。末句亦奇。漢三公領兵入見，交戟叉頸。袁安以卧雪得舉孝廉，後爲三公。意謂叉頸而入朝，而不如閉門而獨卧也。然則亦勉强矣。

查慎行：荆公詩鬬博則可。

紀昀：總牽掣不自然。○首二句贊坡詩之工，亦突兀，亦勉强。三句言雪凝而成形，雖清虚，然似有骨矣。四句如織女之機，織成匹素，而皦然一色，並無花紋。用意非不可解，但生硬迂曲，不爲佳句耳。雁湖、虚谷所解皆近是而未分曉。○如此用姑射事，殊欠通。○此首指摘亦允。

馮班：欠自然。此韻不易和。

查慎行：第六句雖有出處，句晦費解。「無心」二字亦杜撰，非莊子本來。

次韻王勝之詠雪

萬户千門車馬稀，行人却返鳥休飛。玲瓏剪水空中墮，的皪裝春樹上歸。素髮聯華驚老大，玉顔争好羨輕肥。朝來已賀豐年瑞，試問農家果是非。

方回：尾句好，朝廷以爲瑞而賀矣，田家其果然否？「羨輕肥」三字押韻牽强。

紀昀：此「玉顔」乃指輕裘肥馬之少年，語意無病。虛谷誤以「玉顔」爲美女，故有牽强之疑。

許印芳：詠雪最難出色。此詩高雅藴藉，故曉嵐取之。

次韻酬府推仲通學士雪中見寄

朝來看雪詠新詩，想見朱衣在赤墀。爲問火城將策試，何如雪屋聽窗知。曲牆稍覺吹來密，窮巷終憐掃去遲。欲訪故人非興盡，自緣無路得傳之。

方回：「喜深將策試，驚密仰簷窺。氣嚴當酒煖，灑急聽窗知。」昌黎詩中摘六字用。

查慎行：三、四佳，然「策試」何必「火城」？

紀昀：三、四頗用意，而語太弱。結不成語。

雪中過城東仰懷平甫學士

劉景文

馬蹄踏雪過東城，暫喜京塵不上纓。寒木鳥驚花散漫，敗簷人怯玉峥嶸。豈無良一作「梁」〔一四〕燕容枚老，定有高才憶戴生。未負物華聊一賦，知君麗句已先成。

方回：此劉季孫詩，見平甫集中。

紀昀：殊清婉。○「枚老」字生，何不竟用「枚叟」？

許印芳：城屬何地，題尚未標明，亦是鶻突。○「叟」字本是「老」字，紀批云「枚老字生，何不竟用枚叟」，今從之。

次韻景文雪中見寄

王平甫

未能談笑破愁城，猶幸都無俗事纓。載酒何人過揚子，評詩今日得鍾嶸。杜門落寞塵埃隔，掃逕侵尋霰雪生。誰向梁園能授簡，看君文格出天成。

方回：此不專賦雪。但二人倡和，不可不知，故選。

紀昀：有何不可不知處？

紀昀：押「纓」爲「攖」，不妥。

雪意

雪意悠悠底未成，年華促促尚誰驚。浮雲稍助春來暗，薄日遲回午後明。静見游塵侵蘚迹，忽聞落葉掃堦聲。此時俯僂無醻酢，世諦吾心棄不争。

紀昀：中四句是「雪意」。結未渾老。

詠雪奉呈廣平公　元注：「宋盈祖。」　黄山谷

春寒〔一五〕晴碧來飛雪〔一六〕，忽憶江清水見沙。夜聽疏疏還密密，曉看整整復斜斜。風回共作〔一七〕婆娑舞，天巧能開頃刻花。政使盡情寒至骨，不妨桃李用年華。

方回：「夜聽」、「曉看」一聯，徐師川有異論。東坡家子弟亦疑之，以問坡，謂黄詩好在何處？坡却獨稱許之。以余味之，亦無不可。元祐詩人詩，既不爲楊、劉「崑體」，亦不爲「九僧」晚唐體，又不爲白樂天體，各以才力雄於詩。山谷之奇，有「崑體」之變，而不襲其組織。其巧者如作謎然，此一聯亦雪謎也，學者未可遽非之。下一聯「婆娑舞」、「頃刻花」，則妙矣。○外集又有次韻張秘校喜雪，有四聯可觀：「學子已占秋食麥，廣文何憾客無氊。」「巷深朋友稀來往，日晏兒童不掃除。」「寒生短棹誰乘興，光入疏櫺我讀書。」「潤到竹根肥臘筍，暖開蔬甲助春盤。」

乃北京教授時詩。

馮班：俱好。

馮舒：次聯畢竟好。「婆娑」，頗無意致。

馮班：自是大家。

查慎行：五、六切雪。

紀昀：三、四偶見亦有致，但不得標作句法耳。

許印芳：按次句接法不測，蓋以沙喻雪也。三、四雖不可標作句法，却是獨創一格，此等最見本領。虛谷以五、六爲妙，真兒童之見。所引諸聯，曉嵐密點「巷深」、「潤到」兩聯，亦取其清新也。〔按：紀昀在次韻張秘校喜雪「巷深朋友稀來往，日晏兒童不掃除」、「潤到竹根肥臘筍，暖開蔬甲助春盤」四句旁皆加密點。〕

春雪呈張仲謀

暮雪霏霏若撒鹽，須知千隴麥纖纖。夢閒半枕聽飄瓦，睡起高堂看入簾。剩與月明分夜砌，即成春漏〔一八〕滴晴簷。萬金一醉張公子，莫道街頭酒價添。

方回：蘇、黃名出同時。山谷此二詩適亦用「花」字、「簷」字韻，此乃山谷少作耳。視坡詩高下如何？細味之，「夢閒」、「睡起」、「疎密」、「整斜」二聯，與坡「潑水」、「堆鹽」之句，亦只是一意，但有淺深工拙。而「庭院已堆鹽」之句，却有頓挫。坡詩天才高妙，谷詩學力精嚴；坡律寬而活，谷律刻而切云。

紀昀：四語評蘇、黄恰當。

紀昀：二詩皆可觀，虚谷所評亦皆允愜。○此首較勝「花」字韻詩。○「萬金」句，猶曰一醉抵萬金耳，非以萬金沽一醉也。

許印芳：此章三、四即前章三、四意，而不及前章之生造。曉嵐謂勝前章，非也。○張仲謀名詢。

連日大雪以疾作不出聞蘇公與德麟同登女郎臺　陳後山

掠地衝風敵萬人，蔽天密雪幾微塵。漫山塞壑疑無地，投隙穿帷巧致身。晚節讀書今已老，閉門高卧不緣貧。遥知更上湖邊寺，一笑潛回萬室春。

方回：此詩爲潁州教時作。東坡爲守，趙令畤爲簽判。東坡有和篇云「蒼檜作花真强項，凍鳶儲肉巧謀身」是也。

紀昀：亦不佳。

陸貽典：三、四有諷刺。
查慎行：「晚節」，即老也，少味，且與雪無涉。
紀昀：此「微塵」用佛典。以多言，不以少言。然殊不成語。三、四尤粗而笨。

雪後

送往開新雪又晴，故留臘白待春青。稍回杉色伸梅怨，併得朝看與夜聽。已覺庭泥生鳥迹，遽修田事帶朝星。暮年功利歸持律，不是騷人故獨醒。

方回：此詩第一句至第六句，皆出格破體，不拘常程，於虚字上極力安排。
紀昀：正嫌虚字太多。
馮舒：結得不好。
紀昀：首句太庸，二句太生，三、四「江西」粗句，五、六自新，七句「功利」二字不佳，八句突出無着落。

戊午山間對雪 三首取一

徐師川

雪中出去雪邊行，屋下吹來屋上平。積得重重那許重，飛來片片又何輕。簷間日煖重爲雨，林下風吹再落晴。表裏江山應更好，溪山已復不勝清。

方回：東湖居士詩三大卷，上卷古體，中卷五言近體，下卷七言近體。以予攷之，殆以山谷之甥，嘗親見之，故當世不敢有異論，在「江西派」中無甚奇也。惟壓卷詩數首可觀，亦人所可到。律詩絶無可選。「一百五日寒食雨，二十四番花信風。」若可備節序之選。而上聯乃云：「方知園裏千株雪，不比山茶獨自紅。」又甚無格，亦不工。獨此一雪詩可喜耳。師川以山谷「夜聽疏疏還密密」一聯爲不然。此詩前聯即其遺意也。又師川詩多愛句中叠字，十首八九如此，可憎可厭。

紀昀：亦無可喜。

馮班：醜甚。

查慎行：第六不成句。

紀昀：前四句殊惡。

招張仲宗　陳簡齋

北風日日吹茅屋，幽子朝朝只地爐。客裏賴詩增意氣，老來唯嬾是工夫。空庭喬木無時事，殘雪疏籬當畫圖。亦有張侯能共此，焚香相待莫徐驅。

方回：簡齋無專題雪律詩。五言選取二，七言選取一，皆以一句及雪取之，如畫圖見雪也。此

「空庭喬木無時事」一句尤奇，人所不能道者，比「小齋焚香無是非」更高。

紀昀：此是「江西」粗調，不似簡齋他作。○「幽子」二字生。

雪

崔德符

朔風萬里卷龍沙，剪出千林六出花。仙子衣裳雲不染，天人顏色玉無瑕。月寒桂樹尤藏秀，海凍珊瑚未敢芽。欲上疏簾望南北，却愁光照鬢邊華。

方回：「海凍」一句奇甚。第四句雖用「玉」字，自說天人顏色，不犯俗例。

紀昀：用「玉」字不妨，惟句格太俗耳。

查慎行：第六句有匠氣。

紀昀：第五句笨。

對雪 二首取一

毛澤民

玉京咫尺不應疑，龍鳳交横舞屢欹。素色可能粧粉似，真香直到齒牙知。珠樓先曉月未落，瑶草自春天亦私。千里一裘誰有樣，鄒郎吹律爲薰之。

方回：雪有香，食之乃見，亦好異矣。次首：「輕盈舞殿三千女，縹緲飛天十二臺。」下一句新。

陸貽典：末句尤劣。

紀昀：次句湊，三句笨，六句獷。結不成句法，「鄒郎」尤杜撰。

追和東坡雪詩 三首取一

胡澹菴

爲瑞應便種麥鴉，餘光猶得映書車。也知一臘要三白，故作六霙先百花。授簡才慳慚賦客，披簑句好憶漁家。擬酤斗酒聽琴操，三百青銅落畫叉。

方回：「種麥鴉」三字好，「光映書車」已强押矣。「三白」、「百花」亦熟料，「披簑句好憶漁家」，犯坡已道。末句「三百青銅落畫叉」，引爲酤酒事則可矣。○第二首：「當時號令君聽取，白戰無須帶步叉。」亦恐太僻。唯「咍氊使者莫思家」一句佳。第三首：「粱園高會憶鄒、嚴」亦奇。「千里蓴羹未下鹽」，則恐不切於雪。「中有羈孤濕帽尖」，亦壓不倒。看來十分好詩在前，似不當和也。

馮班：識者。

紀昀：評亦允。

馮舒：詩有擬不得者，江文通雜體是也。有和不得者，「尖」、「叉」是也。有不必用者，「江」韻是也。知此可與言詩。

雪作

曾茶山

卧聞霰集却無聲[一九]，起看堦前又不能。一夜紙窗明似月，多年布被冷如冰。履穿過我柴門客，笠重歸來竹院僧。三白自佳情亦好[二〇]，諸山粉黛見層層。

方回：此可爲南渡雪詩之冠。

紀昀：淺語，却極自然。熟語，却不陳腐。此爲老境。○不甚作意，比蘇、黄諸作却自然。

許印芳：首句借韻。

十二月六日大雪

薄晚蓬山下直餘，笑看六出點衣裾。絮飛簾外無縈絆，花落堦前不掃除。松鬣垂身全類我，竹頭搶地最憐渠。短檠便可捐牆角，剩有窗光映讀書。

方回：格律整峭。每讀茶山詩，無不滿意處，更無絲毫偏枯頹塌。此詩「花」、「絮」二字更改去，尤佳。

紀昀：如此惡詩，而推尊乃爾，純是門户之見，無與於詩。○末論是。

紀昀：五、六有意而不雅，作雨中亦得。

上元日大雪

勾芒整轡浹辰間，雪片相隨大可觀。挑菜園林有餘潤，燒燈庭院不勝寒。柳條弄色政爾好，梅蕊飄香殊未闌。便似落花飛絮去，直疑春事併衰殘。

方回：詩先看格高，而意又到，語又工，爲上。意到，語工，而格不高，次之。無格，無意，又無語，下矣。此詩全是格，而語意亦峭。

馮舒：方君每以字句之硬奡者爲格高，殊非詩旨。詩家第一件亦不在格，且亦本無格。

紀昀：論詩甚是，論此詩却非。讀律髓者，當知其依附標格之私心，庶不致誤。

紀昀：語皆庸鈍，次句尤野。

次秀野詠雪韻三首

朱文公

閉門高卧客來稀，起看天花滿院飛。地迥杉篁增勝槩，庭虚鳥雀噪空飢。酒腸凍澀成新恨，病骨侵凌減舊肥。賴有袁生清興在，忍寒應未泣牛衣。

紀昀：「空飢」二字湊。

一夜同雲匝四山，曉來千里共漫漫。不應琪樹猶含凍，翻笑楊花許耐寒。乘興政須披鶴氅，滄甘猶喜破龍團。無端酒興催吟筆，却恐長鯨吸海乾。

查慎行：第四句柳絮用得翻新。

紀昀：忽茶忽酒，爲韻所牽耳。

開門驚怪雪交加，亂落橫飛豈有涯。密竹不妨呈勁節，早梅何處覓殘花。山陰客子須乘興，洛下先生想卧家。病廢杯觴寒至骨，哦詩無復更豪誇。

方回：三詩未免用雪故事，然終不及「瑶瓊」、「銀玉」等句。詩律審細，有味。

紀昀：三詩皆平平，不必曲爲之説。人各有能有不能。文公不必更以詩見也。

次韻雪後書事

晴煙裊裊弄晨炊，雪屋流澌未覺遲。擬挈凍醪追勝餞，聊穿蠟屐過疏籬。掃開折竹仍三徑，認得殘梅衹數枝。不耐歲寒心事苦，滔滔欲説定從誰？

紀昀：五、六自好，七、八太直、太盡。

未覺春光到柳條，誰教飛絮倚風搖？眼驚銀色迷千界，夢斷彤庭散百寮。梅塢恁從〔二〕長笛弄，竹窗閒把短檠挑。何人剥啄傳清唱？更喜殘年樂事饒。

方回：前首中四句皆佳。後首第三句熟料。第四句却以生對熟，憶百寮賀雪而退，有新意。

紀昀：「倚風搖」三字不妥，三、四從老杜冬至詩「杖藜雪後臨丹壑，鳴玉朝來散紫宸」套出。虚谷以爲新意，非是。○結出和意，是古法，而八句太無意味。

甲午春前得雪

元題：「宗美有詩，交和往復，成十五首。」今取其三。　尤延之

寒聲昨夜響蕭蕭，逗曉堦庭亦已消。殘臘距春無幾日，一年飛雪只今朝。微陽欲動梅驚蕚，餘潤纔沾麥放苗。天意未能違物意，漫留殘白占山腰。

紀昀：三首皆凡近之語。

飛英回旋逐風飄，爽氣令人意欲消。荏苒流年春送臘，殷勤密雪暮連朝。冬回庾嶺花無數，煙煖藍田玉有苗。一飽自今真可望，更看南畝麥齊腰。

馮班：崔德符「海凍珊瑚未敢芽」，最爲奇語，延之「苗」字韻，足成一妙也。

紀昀：五、六俗格。

凍雲排陣擁山椒，待伴還應不肯消。皎月冰壺千頃夜，冷烟茅屋幾家朝。梅枝堆亞難尋蕚，萱草侵凌不辨苗。殘甲敗鱗隨處是，被誰敲折玉龍腰？

方回：「苗」字韻猶有云：「千尺龍鱗蟠檜頂，一番蜩甲長蔬苗。」「剩對風花吟柳絮，更將冰水瀹芎苗。」「萬室歡呼忘凍餒，一犂酥潤到根苗。」「腰」字韻猶有云：「寄語高人來問法，莫辭門外立齊腰。」「前村酒美無錢換，怪底金龜不繫腰。」「寒窗莫怪吟聲苦，舉室長懸似細腰。」蓋淳熙元年詩也。〇「戰退玉龍三百萬，敗殘鱗甲滿天飛。」本關中人張元詩，叛從元昊者。善用之，化爲佳句也。

查慎行：「舉室」句，東坡成語。

紀昀：原詩已野，用來更不見佳。

馮班：「待伴」可作故事用？

查慎行：「幾家朝」，湊對。「腰」字湊韻。

紀昀：第四句押「朝」字不妥。結句粗惡。

正月二十八日夜大雪 辛丑

一冬無雪潤田疇，渴井泉源凍不流。昨夜忽飛三尺雪，今年須兆十分秋。占時父老應先喜，忍凍饑民莫漫愁。晴色已回春氣候，晚風揺緑看來牟。

方回：淳熙八年辛丑遂初爲江東倉行部時詩。三、四輕快。

紀昀：病在輕快。

雪

陸放翁

瘴癘家家一洗無，更欣餘潤沃焦枯。花壺夜凍先除水，衣焙朝寒久覆爐。松頂積高時自墮，竹枝壓重欲相扶。雲間正值春風早，却看晴光滿九衢。

方回：淳熙十四年丁未，放翁守嚴州，時年六十三矣。「花壺」、「衣焙」一聯，雪天之室中事也。「積松」、「壓竹」一聯，雪天之林間事也。其工密安排如此。

紀昀：首句「家家」二字不妥，未必家家患瘴癘。三、四與起二句不接，格亦俗。五、六格不高，而寫狀甚肖。

作雪寒甚有賦

雲暝風號得我驚，硯池轉盼已冰生。窗間頓失疏梅影，枕上空聞斷雁聲。公子皂貂方痛飲，農家黄犢正深耕。老人別有超然處，一首新詩信筆成。

方回：律熟。

紀昀：病在太熟，便成滑調。

馮舒：「老人別有超然處」，嚼了飯。

雪

但苦祁寒惱病翁，豈知上瑞報年豐。一庭不掃待新月，萬壑盡平號斷鴻。繭紙欲書先硯凍，羽觴纔舉已樽空。若耶溪上梅千樹，欠我今年繫短篷。

方回：起句奇峭，三、四壯浪。

紀昀：四句尤佳。

紀昀：「觴」「樽」複。

許印芳：「年」字複。「號」，平聲。「松醪」，本作「羽觴」。紀批云「觴樽意複」，故爲易之。

○「觴」，酒杯也。

雪

平郊漫漫覺天低，況復寒雲結慘悽。老子方驚飛蛺蝶，羣兒已説聚狻猊。中宵猿墮頻摧木，徹旦雞瘖重壓棲。只待新晴梅塢去，青鞵未怯踏春泥。

方回：三、四新。

紀昀：五、六笨。

大雪

大雪江南見未曾，今年方始是嚴凝。巧穿簾罅如相覓，重壓林梢欲不勝。氈幄擲盧忘夜睡，金羈立馬怯晨興。此生自笑功名晚，空想黄河徹底冰。

方回：中四句不用事，只虛模寫，亦工。

紀昀：後四句風骨崚嶒，意節悲壯，放翁所難。結得酣足。

許印芳：此種是放翁真面目，其才力富健，爲之殊不費力，何足爲難？但因篇什太多，圓穩者居十之六七。虛谷此書，識量淺陋，又多選其圓穩之作，故曉嵐以此爲難耳。

雪中作

竹折松僵鳥雀愁，閉門我亦擁貂裘。已忘作賦游梁苑，但憶銜枚入蔡州。屬國飡氊真强項，翰林煮茗自風流。明朝日暖君須記，更看青鴛玉半溝。

方回：中四句皆用雪事，不妨工緻。

紀昀：有寓意，則用事不冗。

紀昀：五、六各有所指，而互襯出末二句。

許印芳：用事能按切身世，方無塗飾堆砌之病。又須語脈聯貫，不可雜湊添設。此詩三、四，於放翁身世雖不相涉，而「作賦遊梁」與領史局之事闇合，「銜枚入蔡」與取中原之志闇合。五、六脱開説，而「屬國」句與「入蔡」句相關照，「翰林」句與「遊梁」句相關照，妥帖而細密，此等可爲用事之法。末句「青鴛」謂屋瓦，「玉」謂雪。此詩通體精警，故曉嵐全加密圈。○「强」，去聲。「項」，上聲。

鬢毛無奈歲華催，一笑登臨亦樂哉！平地忽成三尺雪，遶湖何啻萬株梅。雲山疊疊朝憑閣，簾幕沉沉夜舉杯。節物鼎來方自此，酥花彩勝待春回。

方回：富麗。

紀昀：此淺俗，非富麗也。

紀昀：第四句太率易，七句「鼎來」字腐。

和馬公弼雪

楊誠齋

灑竹穿梅湖更山，客問得此未嫌寒。髩疏也被輕輕點，齒冷猶禁細細餐。晴了還成三日凍，銷餘留得半庭看。憑誰説似王郎婦，鹽絮吟來總未安。

方回：此見江湖集，隆興元年癸未錢塘作。省幹馬公弼，名彦，輔西人，見公山谷浣花圖歌題注。末句言鹽絮總爲未佳，得後山之意。

馮班：七句俗煞。八句「絮」有何「不安」？可恨！

查慎行：誠齋詩中之稍雅者。

紀昀：起句「江西」野調。中四句，句句得神。末句乃詩人弄筆，無所不可。馮氏苦爲道韞辨，不知讀昌黎石鼓歌，又作何語？凡論詩不得如此癡。

霰

雪花遣汝作前鋒，勢頗張皇欲暗空。篩瓦巧尋疏處漏，跳堦誤到暖邊融。寒聲帶雨山難白，冷氣侵人火失紅。方訝一冬暄較甚，今宵敢歎卧如弓。

方回：霰詩前未有之。三、四工甚，盡霰之態。紹興三十二年壬午，永州零陵丞詩。

查慎行：三、四確切。

紀昀：起二句粗。三、四巧密，然格不高。五句笨，六句湊。

環林踏雪

樓攻媿

筍輿衝雪過溪橋，流水方東未晚潮。白裹不知梅奮色，青邊尤喜麥成苗。煙深帶雨參差下，空闊隨風自在飄。可是忍寒詩更切，故求野路踏瓊瑤。

方回：「今朝踏作瓊瑶跡，爲有詩從鳳沼來。」昌黎詩也。攻媿樓公鑰，字大防，嘉定初參政。自乾淳大儒鉅公淪謝之後，有一樓攻媿。又其後，真西山、魏鶴山爲學者領袖云。

紀昀：此種總是支蔓，與詩何涉？

查慎行：「奮」字、「成」字着得輕淡，算不得詩眼。

紀昀：語皆淺近。「奮色」二字不佳。

頃與公擇讀東坡雪後北臺二詩歎其韻險而無窘步嘗約追和以見詩之難窮去冬適無雪正月二十日大雪因用前韻呈公擇

趙昌父

細思不是冬無雪，留待春風鬭冷嚴。病骨未憂衣乏絮，早餐寧歎食無鹽。梅添鬢落元同色，竹擁參差半入簷。坐守地壚應不厭，破窗平見北山尖。

紀昀：四句何與於雪？六句好。

雪埋老屋無薪賣，晨起謀炊自毀車。覓飽預期千頃麥，破慳先試一春花。便營野屐尋茶户，更約綈袍當酒家。處士祇今疑姓賈，壁間但没掛錢叉。元注：「事見坡答少游書。」

方回：昌父當行本色詩人，押此詩亦且如此，殆不當和而和也。存此以見「花」、「叉」、「鹽」、「尖」之難和。荆公、澹菴、章泉俱難之，况他人乎？

紀昀：此論是。

馮班：落句亦可。

紀昀：次句强押。結亦牽强。

校勘記

〔一〕春立　馮班：「立」一作「至」。〔二〕垂罄　馮班：「垂」一作「從」。〔三〕大雪　馮班：「大」一作「朔」。〔四〕輸千里　馮班：「輸」一作「踰」。〔五〕獵日　按：「獵」原作「臘」，據紀昀刊誤本校改。〔六〕娥奔月　按：「娥」原訛作「哦」，據康熙五十二年本、紀昀刊誤本校改。〔七〕落才　查慎行：「落」一作「薄」。〔八〕也到無　馮班：

「也到」一作「到也」。〔九〕大雪月下　紀昀：「月下」二字再校本集。〔一〇〕强朝　紀昀：「朝」疑「潮」，言紅潮登頰也。〔一一〕香粉妬　馮班：「香粉」一作「蝴蝶」。〔一二〕幾家　紀昀：「幾」一作「萬」，「萬」字是。〔一三〕無乃　馮班：「乃」一作「奈」。〔一四〕一作梁　無名氏（甲）：作「梁」是。〔一五〕春寒　許印芳：「寒」一作「空」。〔一六〕春寒晴碧來飛雪　許印芳：一作「連空春雪明如洗」。〔一七〕共作　許印芳：「共」一作「解」，又作「乍」。〔一八〕春漏　許印芳：「漏」常作「溜」。〔一九〕却無聲　許印芳：「却」一作「轉」。〔二〇〕情亦好　許印芳：「情」當作「晴」。〔二一〕恁從　李光垣：「任」訛「恁」。

瀛奎律髓彙評卷之二十二　月類

着題詩中梅、雪、月最難賦，故特以爲類。中秋月尤難賦。「此夜一輪滿，清光何處無」，僧貫休句也。「此生此夜不長好，明月明年何處看」，東坡句也。「萬山不隔中秋月」，山谷一句尤奇。然則月詩五言律，無出於杜少陵，故所取杜詩爲多。而五、七言，共得四十首云爾。

紀昀：「然則」二字不順，或衍「則」字。

五言　三十首

和康五望月有懷　杜審言

明月高秋迥，愁人獨夜看。暫將弓並曲，翻與扇俱團。霧濯清輝苦，風飄素影寒。羅衣〔一〕一此鑒，頓使別離難。

方回：起句似與其孫子美一同，以終篇味之，乃少陵翁家法也。「一此」二字，杜集不分曉，今從文苑英華本。

查慎行：中聯猶未脱六朝餘習。

紀昀：起調最高，猶是初體。三、四太拙，是陳、隋舊調。五、六亦好，結平平。

詠月

康令之

天使下西樓，光含萬里愁。臺前疑掛鏡，簾外似懸鈎。張尹將眉學，班姬取扇儔。佳期應借問，爲報在刀頭。

方回：唐國秀集姓名下注云：「河陰尉天寶三載芮挺章編，樓穎序。」有王維、高適，而未有老杜。「鏡」、「鈎」一聯，老杜後亦用之，豈暗合耶？○文苑英華編爲沈佺期和洛州康士曹庭芝望月有懷，如此則自有一庭芝詠月，與康令之近似，姑存疑可也。

馮班：常詞耳，何費辨耶？

紀昀：全是初體，不可爲式。○日月，天之使也。用來笨甚。

秋夜望月

姚元崇

明月有餘鑒，羈人殊未安。桂含秋樹晚，影入夜池寒。灼灼雲枝浄，光光草露團。所思迷所在，長望獨長歎。

方回：歐公詩曰：「元劉事業時無取，姚宋篇章世不知。」宋廣平有梅花賦，姚元崇亦有此等詩，未可忽也。起句峭健最佳，尾句「所思迷所在」，文苑英華作「所由」，而注「疑」字。予爲改定曰「所思」，無可疑也。

馮班：不但事業，只是人品不好。

紀昀：宋公和明皇賜宴詩，風力絶高，不止梅花賦也。

紀昀：初體之清脱有骨者。

許印芳：姚崇，本名元崇，字元之，陝州人，歷相中宗、睿宗、玄宗，時稱救時之相。與宋璟齊名。封梁國公，卒謚文獻。

月夜

杜工部

今夜鄜州月，閨中只獨看。遥憐小兒女，未解憶長安。香霧雲鬟濕，清輝玉臂寒。何時倚虛幌？雙照淚痕乾。

方回：少陵自賊中間道至鳳翔，拜左拾遺。既收京，從駕入長安。時寄家鄜州。八句皆思家之言。三、四及「兒女」，六句全是憶内，與乃祖詩骨格聲音相似。

紀昀：言兒女不解憶，正言閨人相憶耳，故下文直接「香霧雲鬟濕」一聯。虛谷以爲未及兒女，殊失詩意。

馮舒：只起二句，已見家在鄜州矣。第四句説身在長安，説得渾合無迹。五、六緊應「閨中」，落句緊接鄜州、長安。如此詩是天生成，非人工碾就，如此方稱詩聖。

何義門：精力百倍，轉變更奇。

紀昀：入手便擺落現境，純從對面着筆，蹊徑甚别。後四句又純爲預擬之詞。通首無一筆着正面，機軸奇絶。

許印芳：三百篇爲詩祖，少陵此等詩從陟岵篇化出。對面著筆，不言我思家人，卻言家人思我。又不直言思我，反言小兒女不解思我，而思我者之苦衷已在言外。五、六緊承「遥憐」，按切「月夜」。寫閨中人，語要情悲。結語「何時」與起句「今夜」相應，「雙照」與起句「獨看」相應。首尾一氣貫注，用筆精而運法密，宜細玩之。

初月

光細弦欲上〔二〕，影斜輪未安。微升古塞外，已隱暮雲端。河漢不改色，關山空自寒。庭前有白露，暗滿菊花團。

方回：詩話謂此詩喻肅宗初立，亦是。老杜月詩選十五首。今無能及之者矣。

紀昀：原評未免穿鑿。立乎百世以下，而執史籍之一字一句，以當時之詩比附之，最爲拘滯。注少陵及義山者同犯此病。

何義門：後四句承「隱」字，皆以甲夜即無月，反襯「初」字。第六用「關山」與「河漢」屬對，新異。

月〔三〕

白夜月休弦，燈花半委眠。號山無定鹿，落樹有驚蟬。暫憶江東膾，事見張翰。兼懷月下〔四〕船。事見王徽之。蠻歌犯星起，重覺在天邊。

馮班：次聯奇。

何義門：不眠妄想，姑以撥遣旅懷；蠻歌觸耳，忽又百端交集。凡有三層轉折。

紀昀：「無定鹿」三字不妥。

城郭悲笳暮，村墟過翼稀。甲兵年數久，賦斂夜深歸。暗樹依巖落，明河遶塞微。斗斜人更望，月細鵲休飛。

紀昀：五句不自然。

月

天上秋期近，人間月影清。入河蟾不没，搗藥兔長生。只益丹心苦，能添白髮明。干戈知滿地，休照國西營。

何義門：起聯是互文。○秋期方近，當興肅殺，使干戈不再見。深恐國西戰士見月憶家，不念天子蒙塵於外，京邑猶爲賊擾也。心益苦、髮添白緣此。

紀昀：「蟾」、「兔」本是俗字，以「不没」字、「長生」字與下「只益」、「能添」、「休照」等字呼應有情，用來不覺。○結得闊遼。

四更山吐月，殘夜水明樓。塵匣元開鏡，風簾自上鈎。兔應疑鶴髮，蟾亦戀貂衺。斟酌嫦娥寡，天寒奈九秋。

方回：東坡以「四更山吐月」爲絶唱，西湖湧金門觀月用韻衍爲五首。末句言嫦娥而秋寒，亦酷矣。

查慎行：東坡五首在惠州作，非西湖湧金門也。注訛。

馮班：義山多學此等句。

查慎行：三、四同用「鏡」、「鈎」兩字，與康令之作大有雅俗之别。

何義門：落句以奔月自比竄身在遠。

紀昀：起筆自高。中二聯字句本俗，全入惡趣，賴筆力好耳。月詩終須避此等字，勿以杜藉口也。

月圓

孤月當樓滿，寒江動夜扉。委波金不定，照席綺逾依。未缺空山静，高懸列宿稀。故園松桂發，萬里共清輝。

查慎行：起得壯健。第六句從孟德「月明星稀」化出，自成名句。

何義門：江潮應月，光彩相輝。第二神妙，襯出「圓」字，又與「故園」反對也。○第三，「江」。

第四，「樓」。

紀昀：第四句牽强，後四句自佳。

月

斷續巫山雨，天河此夜新。若無青嶂月，愁殺白頭人。魍魎移深樹，蝦蟆動半輪。故園當北斗，直想照西秦。

何義門：第三反接，妙，「青障」緊抱「巫山」。○第七句申明「愁」字。

紀昀：此首超脱。

無名氏（乙）：此秋月也。三、四平常語耳，然奇特。

月夜憶舍弟

戍鼓斷人行，秋邊〔五〕一雁聲。露從今夜白，月是故鄉明。有弟皆分散，無家問死生。寄書長不達，況乃未休兵。

何義門：「戍鼓」興「未休兵」。「一雁」興「寄書」。五、六正拈憶弟。

紀昀：平正之中，自饒情致。

無名氏(乙)：句句轉。「戍鼓」是領句，突接「雁聲」，妙。

舟月對驛近寺

更深不假燭，月朗自明船。金刹青楓外，朱樓白水邊。城烏啼眇眇，野鷺宿娟娟。皓首江湖客，鈎簾獨未眠。

紀昀：此首未見其佳。「眇眇」二字不切「啼」。「朗」、「明」複。

江月

江月光於水，高樓思殺人。天邊長作客，老去一沾巾。玉露團清影，銀河没半輪。誰家挑錦字，燭滅翠眉顰。

紀昀：意境空闊。○結二句言外深情，乃思家之意，婉其辭曰「誰家」，詩人之筆。

無名氏(乙)：起高亮。「光於水」，亦奇，亦切。

翫月呈漢中王

夜深露氣清，江月滿江城。浮客轉危坐，歸舟應獨行。關山同一照，烏鵲自多驚。欲得淮王術，風吹暈已生。

馮舒：五、六應是比。

何義門：「翫」字遠致。

紀昀：此無好無惡之詩。結闋合亦有致，然此種非杜之佳處。

八月十五夜月

滿目飛明鏡，歸心折大刀。轉蓬行地遠，攀桂仰天高。水路疑霜雪，林栖見羽毛。此時瞻白兔，直欲數秋毫。

查慎行：後半只極力摹寫月明，不必説及中秋，自移動他夜不得。古今絶唱也。

何義門：三篇中皆有夔州在。

紀昀：此首不佳，次句及四句尤累。

無名氏（乙）：三、四實對虚，五、六明亮有議。「毛」、「毫」重押爲病者，亦不可不知。

十六夜翫月

舊挹金波爽，皆傳玉露秋。關山隨地闊，河漢近人流。谷口樵歸唱，孤城笛起愁。巴童渾不寐，半夜有行舟。

馮舒：此偶然排次耳。若三首同時，必於六、七字著實出題面矣。

查慎行：結語似閒，細味殊覺其妙。

何義門：下語皆切「翫」字。○翫月不寢，皆借「巴童」照出，照顧夔州也。

紀昀：「金波」「玉露」之類，在當日猶非濫套，今則觸目生厭矣。不得以此詆古人，亦不得以此藉口。○不言己不寐，而言「巴童」不寐，用筆曲折。張繼「夜半鐘聲到客船」，同此機軸。

十七夜對月

秋月仍圓夜，江村獨老身。捲簾還照客，倚杖更隨人。光射潛虬動，明翻宿鳥頻。茅齋依橘柚，清切露華新。

何義門：次聯有遲遲始上之意，「對」字出。將月之光彩在後半細寫，不惟避前篇，亦「十七夜」夜久暫上神理。

紀昀：此亦無好無惡。

無名氏(乙)：稍刻畫「十七」，然仍高渾無纖巧態。

裴迪書齋望月

錢起

夜來詩酒興，月滿〔六〕謝公樓。影閉重門靜，寒生獨樹秋。鵲驚隨葉散，螢遠入烟流。今夕遥天末，清輝幾處愁？

方回：姚合極玄集取此詩「月滿」作「獨上」，予以「獨」字重，改從元本。「鵲」元本作「鶴」，予改從姚本。

馮舒：詩酒發興，故接「獨上」，不嫌其重用「獨」字也。「月滿」則呆矣，「獨上」二字妙絕。且謝公樓內已含「月」字，不必再贅。

馮班：仲文不避重字，湘靈鼓瑟詩可證。

紀昀：「月」乃題眼，不可不點，不但「獨」字重也。

何義門：「詩酒興」與「愁」字反對。

紀昀：六句微妙，勝出句。

西樓月

白居易

悄悄復悄悄，城隅隱林杪。山郭燈火稀，峽天星漢少。年光東流水，生計南飛鳥。月没江沉沉，西樓殊未曉。

方回：此乃仄聲律詩也。八句皆佳。中四句山谷嘗摘書之。

馮舒：白集正作律詩，以其省聲病故也。唐人此類極多，品彙出而廢矣。

紀昀：淺滑之作，殊不見佳。

西樓望月

張司業

城西樓上月，復見〔七〕雪晴時。寒夜共來望，思鄉獨下遲。幽光落水塹，净色在霜枝。明日千里去，此中還别離。

方回：前四句佳甚。

馮舒：末句即「却望并州是故鄉」也。

紀昀：意境甚别，而未能渾老深厚。

八月十五夜翫月

劉賓客

天將今夜月，一遍洗寰瀛。暑退九霄净，秋澄萬景清。星辰讓光彩，風露發晶英。能變人間世，倏然是玉京。

方回：絶妙無敵。

紀昀：著語甚笨，未見絶妙。

馮舒：首二句壓倒一世。

馮班：破無迹，妙。○首句冠古，第二日用不得，却不説出中秋。

查慎行：與少陵別是一調，亦見精彩。

何義門：不減休文詠月。○正面不寫一句。

中秋月

王元之禹偁

何處見清輝，登樓正午時。莫辭終夕看，動是隔年期。冷濕流螢草，光凝睡鶴枝。不禁雞唱曉，輕別下天涯。

方回：三、四天下之所共知。

紀昀：此即唐人「一墜西巖是隔年」意，衍爲十字耳。不審何以獨得名？人固有幸有不幸也！

馮舒：此亦不辨爲宋。

馮班：首句亦可。第三句緊補。落句妙。

許印芳：「禁」，平聲。

中秋月

曹汝弼

年年相對賞，永夜坐吟牀。衆望自疑別，孤高非異常。園林分浄影，臺榭起餘光。誰似蟾宫客，得攀仙桂香。

方回：歙之休寧松蘿山人曹處士，名汝弼，字夢得。其先青州人，南唐時徙歙。詩一百五十首傳世，曰海寧集，舒職方雄爲序。中子屯田郎中矩登第，其後以進士仕者六人，以恩蔭仕數十人，贈職方員外郎。今曹君涇清，其九世孫。天禧、祥符間高蹈有聲，與林和靖、魏野、潘閬等善，詩亦似之。此詩三、四，於中秋月亦奇也。

馮班：好破。三、四殊劣。

查慎行：三、四意好而辭未暢。

紀昀：三、四求高而得笨，結太淺俗。

中秋與希深別後月下寄

梅聖俞

薄霧生寒水，寥寥艤畫船。人傷千里別，桂吐十分圓。把酒非前夕，追歡憶去年。南樓足佳興，好在謝臨川。

方回：淡静。

紀昀：語太現成，便入窠臼。「桂」字何不竟用「月」字？

朧月

夜静初見月，雲薄未分明。高樹尚無影，遠鴻時有聲。下階嫌履濕，閉户認苔生。寂寂牆陰暝，更長已漸傾。

方回：詩題曰「隴月」，蓋「朦朧淡月雲來往」之意。在文彦博貝州軍中拜相詩之後。聖俞謂曹彬、潘美下一國亦不拜相，素不以文潞公爲然乎？抑謂朝廷未然乎？詩意恐有所爲而發，是後有未晴、夜陰、夜暗三詩，曰「缺月如羞出」，曰「月色明還暗」，曰「新晴月正明」，皆未可臆度爲指何事也。

馮舒：「隴」、「朧」義不同。

馮班：玩詩意當作「朧月」。

紀昀：據此則「隴」當作「朧」，再校。○詩有寓意，可一玩而知之。所寓何意，則不能一一得也。注家牽引史傳如目擊，然皆妄臆也。虚谷此評，乃通人之論。

紀昀：前四句自好，五、六二句未佳。

陪友人中秋賞月

王半山

海霧看如洗，秋陽望却昏。光明疑不夜，清瑩欲無坤。掃掠風前坐，留連露下樽。苦吟應到曉，況復我思存。

方回：「清瑩欲無坤」，奇險。末句又用毛詩一語，陳中取新。竊恐是王逢原詩，誤刊荆公集。亦有乃弟王平甫詩，誤置公集。如「舞急錦腰纏十八，酒酣金盞困東西」，平甫詩也。「醉膽憤痒遺酒拏」，王逢原詩也。兩集予俱有之，候考。

紀昀：四句、末句，皆不成語。

十五夜月

陳後山

向老逢清節，歸懷託素輝。飛螢元失照，重露已沾衣。稍稍孤光動，沉沉衆籟微。不應明白髮，似欲勸人歸。

方回：詩意謂向老而俯仰世間，爲明月所照破也。老硬。

紀昀：「江西派」病處爲着此二字於胸中，生出流弊。

馮舒：落句極摹杜。

紀昀：後四句深微之至，可云静詣。六句入神，所謂離形得似。

許印芳：「歸」字複。

中秋前一夕翫月　楊誠齋

月擬來宵好，吾先今夕遭。纔升半壁許，已復一輪高。遷坐明相就，羣飛影得逃。望秋惟有此，徹夜敢辭勞。

方回：此詩五、六佳句，亦清瘦。

紀昀：殊不成語。

馮班：誠齋自開門户，不傍古人，自是一種好詩，但病於語意不周匝處也。首聯病在「吾」字、「遭」字。

夜中步月　陸放翁

夜半不成寐，起尋微月行。風生驚葉墮，露重覺荷傾。兀兀酒中趣，悠悠身後名。興闌還掩户，坐待日東生。

方回：放翁詩萬首而月詩少。别有十月十五夜對月詩云：「重露滴松鬣，高風吹鶴聲。」亦佳。

紀昀：何不録之？

馮班：佳極。上半清妙。

紀昀：殊嫌平近。

七言 十首

中秋月

白樂天

萬里清光不可思，添愁益恨遶天涯。誰人隴外久征戍？何處庭前生别〔八〕離？失寵故姬歸院夜，没蕃老將上樓時。照他幾許人腸斷，玉兔銀蟾遠不知。

方回：中四句皆述人之失意者。末乃謂照人腸斷，月實不知，即所謂雌、雄風者也。

馮班：不通。

馮舒：章法奇。

查慎行：詩境平熟。

紀昀：「添愁益恨」四字複。好在近情，而俗處亦在近情。

八月十五夜禁中寓直寄元四積

銀臺金闕静沉沉，此夕相思在禁林。三五夜中新月色，二千里外故人心。渚宫東面烟波冷，浴殿西頭鐘漏深。猶恐清光不同見，江陵地濕足秋陰。

方回：元微之爲江陵法曹，樂天在翰林。

紀昀：香山最沉着之筆。結處彌見沉摯。

中秋松江新橋對月和柳令

蘇子美

月晃長江上下同，畫橋横絶冷光中。雲頭灔灔開金餅，水面沉沉卧彩虹。佛氏解爲銀世界，仙家多住玉華宫。地雄景勝言難盡，但欲追隨乘曉風。

方回：蘇子美壯麗頓挫，有老杜遺味。然多哀怨之思。予少時初亦學此翁詩。惜乎子美早卒，使老壽，山谷當並立也。此篇古今絶唱，與吴江長橋、中秋月色成三絶。

馮班：第三句俗笨，第五句醜俚，第七句俚。

陸貽典：中四句出之子美，似亦壯麗。他人學之，鮮不俚俗也。

紀昀：洒落而格俗。以此名世，亦不可解之事。

依韻和歐陽永叔邀許發運

梅聖俞

看取主人無俗調，風前喜御夾衣涼。競邀三五最圓魄，知比尋常特地光。豔曲旋教應可聽，秋花雖種未能香。曾非惡少休防准，衆寡而今不易當。

方回：元注：「永叔詩云：『仍約多爲詩准備，共防梅老敵難當。』」許發運名元，歙州人。歐公時知揚州，在慶曆七年丁亥。此先以詩邀許，而中秋乃無月。

馮舒：第七句未鍊。

馮班：亦未工。

紀昀：粗野。

無名氏（甲）：蘇筆已蠢，此更決撤。大抵蘇、梅詩格之壞，歐公妄嘆，與有罪焉。

和永叔中秋月夜會不見月酬王舍人

主人待月敞南樓，淮雨西來陡變〔九〕秋。自有嬋娟侍賓榻，不須迢遞望刀頭。池魚暗聽歌聲躍，蓮菂明傳酒令優。更愛西垣舊詞客，共將詩興壓曹劉。

方回：宋初詩人惟學「白體」及晚唐。楊大年一變而學李義山，謂之「崑體」，有西崑倡酬集行於世。其組織故事有絶佳者，有形完而味淺者。尚以流麗對偶，豈肯如此淡浄委蛇，而無一語不近人情耶？梅公之詩爲宋第一，歐公之文爲宋第一，詩不減梅。蘇子美不早卒，其詩入老杜之域矣。一傳而蘇長公之門得四學士，黄、陳特以詩格高，爲宋第一。而張文潛足繼聖俞，盛哉！盛哉！

馮班：宋詩必以歐、梅爲冠。余意歐在梅上，四學士皆不及坡公。元遺山亦謂歐、梅勝坡、谷。

紀昀：以梅爲第一，恐未允，有三第一矣。

紀昀：三句細思殊不雅，六句不了了。

酬王君玉中秋席上待月值雨

歐陽永叔

池上雖然無皓魄，樽前殊未減清歡。緑醅自有寒中力，紅粉尤宜燭下看。羅綺塵隨歌扇動，管絃聲雜雨荷乾。客舟閒卧王夫子，詩陣誰教主將壇？

方回：聖俞和云「自有蟬娟侍賓榻」，謂人足以代月也。永叔答王君玉云「紅粉尤宜燭下看」，謂燭下見美人勝於月下，固一時滑稽之言，然亦近人情而奇。上一句亦佳。

馮班：宋結。

紀昀：格力未高。○「雨荷乾」三字自相矛盾。結亦散漫。

八月十五夜月二首

曾茶山

玉露金波不可孤，相瞻今夕定何如。氛埃未浄雨湔洗，陰翳小留風掃除。丹桂看來元了了，白榆種得許疏疏。一杯濁酒非難事，未有新詩報答渠。

紀昀：此首終是野調。

雲日晶熒固自佳〔一〕，幽人有待至昏鴉。遠分巖際松楓樹〔二〕，復亂洲〔三〕前蘆荻花。曳履商聲憐此老，倚樓長笛問誰家？霜螯玉柱姚江上，作意三年醉月華。

紀昀：佳、麻唐韻並收。○此首乃老健，音節亦瀏亮。

許印芳：「玉柱」，江瑤柱也。

癸未八月十四日至十六夜月色皆佳

年年歲歲望中秋，歲歲年年霧雨愁。涼月風光三夜好，老夫懷抱一生休。明時諒費銀河洗，缺處應須玉斧修。京洛胡塵滿人眼，不知能似浙江不？

方回：隆興元年癸未，茶山年八十。

紀昀：純以氣勝，意境亦闊。

許印芳：前半老而健，故無頹唐之病。淺人學之，則有率易之病、空滑之病、俚俗之病。好詩亦有不可妄學者，此類是也。五、六亦是熟料，一再襲用，便成臭腐。結意沈着，妙在從容不迫，舉重若輕，此最宜學。○「不」音浮。

中秋呈潘德父

韓仲止

一年明月在中秋，數日陰雲不奈愁。忽喜新晴轉書室，極知清夜照歌樓。醉當弄影如坡老，詩就撞鐘憶貫休。千里故人應若此，吾生常好更何求。

方回：澗泉此中秋月詩引東坡、貫休事，極新異。

紀昀：皆非僻事，有何新異？

馮班：亦脱俗。

紀昀：淺拙。

校勘記

〔一〕羅衣　紀昀：「衣」字必「帷」字之誤，用「薄帷鑒明月」也。〔二〕欲上　何義門：「欲」一作「豈」。許印芳：「欲」一作「初」。〔三〕月　何義門：集作「夜」。〔四〕月下　馮班：「月」一作「雪」。〔五〕秋邊　馮班：一作「邊秋」。〔六〕月滿　馮班：一作「獨上」。〔七〕復見　馮班：「見」一作「是」。〔八〕生別　馮班：「生」一作「新」。〔九〕陡變　查慎行：「陡」原訛作「涉」。〔一〇〕固自佳　許印芳：「固自」一作「氣已」。〔一一〕松楓樹　許印芳：「楓樹」一作「彩色」。〔一二〕復亂洲　許印芳：「復」一作「近」。

瀛奎律髓彙評卷之二十三　閒適類

韓昌黎送李愿歸盤谷序下一段所謂：「窮居而閒處，升高而望遠，坐茂樹以終日，濯清泉以自潔。采於山，美可茹；釣於水，鮮可食。黜陟不聞，理亂不知。起居無時，惟適之安。」此能極言閒適之味矣，詩家之所必有而不容無者也。凡山遊郊行，原居野處，幽寂隱逸之趣，於此所選詩備見之。如姚合少監集有「閒適」一類，武功縣中作三十首者，乃是仕宦而閒適，已選置「宦情類」中。先欲分郊野、閒適爲二類，要之閒適者流，多在郊野；身在城府朝市，而有閒適之心，則所謂大隱君子，亦世之所希有者也。亦不無一二，附諸其中焉。

紀昀：「下一段」三字可刪。○此句（案：指「詩家之所必有而不容無者也」句。）偏滯之極。人生窮達，係於所遭。不必山林定高於廊廟，而四始六義之源，温柔敦厚之旨，亦非專爲石隱者設。必以閒適之作爲詩家所不可無，然則上薄風雅，下及騷人，皆未知詩歟？亦矯而安矣。

五言 一百八首

終南别業

王右丞

中歲頗好道，晚家南山陲。興來每獨往，勝事空自知。行到水窮處，坐看雲起時。偶然值林叟，談笑滯還期。

方回：右丞此詩有一唱三歎不可窮之妙。如輞川孟城坳、華子岡、茱萸沜、辛夷塢等詩，右丞唱，裴迪酬，雖各不過五言四句〔一〕，窮幽入玄。學者當自細參，則得之。

馮班：第三聯奇句驚人。

查慎行：五、六自然，有無窮景味。

何義門：「水窮」、「雲起」，本自無心；「值叟」、「談笑」，非有期必也。

紀昀：此詩之妙，由絢爛之極，歸於平淡，然不可以躐等求也。學盛唐者，當以此種爲歸墟，不得以此種爲初步。○尾句「滯」字一作「無」，「無」字聲律爲諧，而下語太重；「滯」字文意活脱，而聲律未諧。然唐人拗體亦有末聯入律者，似尚未妨。

許印芳：前説亦甚精當。○「滯」一作「無」，語更渾成。

無名氏(甲):後人評詩,以工部爲聖,太白爲仙,右丞爲神,誠不易之論。

紀昀:此種皆鎔煉之至,渣滓俱融,涵養之熟,矜躁盡化,而後天機所到,自在流出,非可以摹擬而得者。無其鎔煉涵養之功,而以貌襲之,即爲窠臼之陳言,敷衍之空調。矯語盛唐者,多犯是病。此亦如禪家者流,有真空、頑空之别,論詩者不可不辨。

許印芳:曉嵐此等議論,凡學詩者皆當銘諸座右。又按此詩全作拗體,末句仍當作「無還期」,惟次句既非律調,亦非拗調,乃古調也。盛唐人律詩每用古調作起聯,五、七律皆有。或以爲拗調而遵用之,則誤矣。又按此詩第四句,乃平起調下句。拗字之變格,蓋平起調下句。律有定式,本是仄仄仄平平;拗體則第三字拗作平聲。如此詩末句「談笑無還期」之類,爲拗字正格。若第三字拗作平,第四字又拗作仄,如此詩第四句及孟襄陽「八月湖水平」、「北闕休上書」之類爲拗字變格。或以爲古調,而不敢遵用,則又誤矣。此格前人未嘗道及,余嘗考唐人聲調而知之。故詳論之,以示初學。

歸嵩山作

清川帶長薄,車馬去閒閒。流水如有意,暮禽相與還。荒城臨古渡,落日滿秋山。迢遞嵩高下,歸來且閉關。

方回：閒適之趣，澹泊之味，不求工而未嘗不工者，此詩是也。

紀昀：非不求工，乃已琱已琢後還於朴，斧鑿之痕俱化爾。學詩者當以此爲進境，不當以此爲始境。須從切實處入手，方不走作。

許印芳：此論甚當。詩欲求工，須從洗鍊而出，又須從切實處下手，能切題則無陳言，有實境則非空腔，可謂詩中有人矣。

馮班：第四直用陶句，非偷也。

何義門：三、四見得魚鳥自爾親人，歸時若還故我。

韋給事山居

尋幽得此地，詎有一人曾。大壑隨階轉，羣山入户登。庖廚出深竹，印綬隔垂藤。即事辭軒冕，誰云病未能？

方回：此詩善用韻，「曾」、「登」二韻險而無迹。「羣山入户登」一句尤奇，比之王介甫「兩山排闥送青來」，尤簡而有味。

馮舒：半山句不勝傖父氣矣。

馮舒：幽奇深秀。

紀昀：「大壑」句亦雄闊。

輞川閒居

一從歸白社，不復到青門。時倚簷前樹，遠看原上村。青菰臨水映，白鳥向山翻。寂寞於陵子，桔槹方灌園。

方回：右丞有六言田園樂七首。「花落家童未掃，鶯啼〔二〕山客猶眠」，舉世稱歎。「山下孤烟遠村，天邊緑樹高原」，與此「時倚簷前樹，遠看原上村」，予獨心醉不已。

何義門：三、四閑趣。

紀昀：「青」、「白」二字究是重複，不可爲訓。詩則静氣迎人，自然超妙，不能以小疵廢之。○三、四自然流出，興象天然。

淇上即事

屏居淇水上，東野曠無山。日隱桑柘外，河明閭井間。牧童望村去，田犬隨人還。静者亦何事，荆扉乘晝關。

方回：右丞詩長於山林。「河明閭井間」一聯，詩人所未有也。「牧童」、「田犬」句尤雅浄。

馮舒：好評。

馮班：此不必然。

紀昀：此種詩不宜摘句。

許印芳：右丞詩筆，無施不可，特以性耽丘壑，故閒適之作獨多。虚谷遂謂其長於山林，豈知右丞者哉？

馮班：次聯俱説「無山」。

紀昀：三、四如畫。

歸終南山

孟浩然

北闕休上書，南山歸弊廬。不才明主棄，多病故人疏。白髮催年老，青陽逼歲除。永懷愁不寐，松月夜窗虚。

方回：王維私邀浩然伴直禁林，以此詩忤明皇。八句皆超絶塵表。

馮舒：一生失意之詩，千古得意之作。

馮班：「不才明主棄」，但言不爲時用耳。竟以此忤人主，命也。

紀昀：三、四亦儘和平，不幸而遇明皇爾。或以爲怨怒太甚，不及老杜「官應老病休」句之温厚，則是以成敗論人也。○結句亦前人所稱，意境殊爲深妙。然「永懷愁不寐」句尤見纏綿篤摯，得詩人風旨。

許印芳：「不」字複。

過故人莊

故人具雞黍，邀我至田家。緑樹村邊合，青山郭外斜。開筵〔三〕面場圃，把酒話桑麻。待到重陽日，還來就菊花。

方回：此詩句句自然，無刻畫之迹。浩然自有「廚人具雞黍，稚子摘楊梅」，以真對假，見稱於世。如郊野之作：「釣竿垂北澗，樵唱入南軒。」「先人留素業，老圃作隣家。」「鳥過烟樹宿，螢傍小軒飛。」皆佳。又如「山水會稽郡，詩書孔氏門」，亦佳句。吾州孔氏改「會稽」二字爲「新安」，用爲桃符累年，晚輩不知爲浩然詩也。

紀昀：真假之對，終嫌纖巧。

許印芳：大家亦用假對。孟詩借字音，以「楊」爲「羊」。又有借字面者，杜詩「子雲」對「今日」是也。

馮舒：字字珠玉，「就」字真好。○偶然趁筆耳，何嘗認定真假？且唐人每每如此，指爲一格便陋。

紀昀：王、孟詩大段相近，而體格又自微别。王清而遠，孟清而切。學王不成，流爲空腔。學孟不成，流爲淺語。如此詩之自然沖淡，初學遽躐等而效之，不爲滑調不止也。

許印芳：此閲歷深透之言，學者宜書諸紳。

遇雨貽謝南池〔四〕

田家春事起，丁壯聚東陂。殷殷雷聲作，森森雨足垂。海虹晴始見，河柳潤初移。予意在耕鑿，因君問土宜。

方回：此詩起句、末句，幽雅自然。又有句云：「草得風光動，虹因雨氣成。」亦佳。

紀昀：通體自然，不但起句、末句。

許印芳：襄陽五律，佳章最夥，虚谷所選既少，又不盡是精詣。孟本大家，非專琢句，而摘句稱佳，陋矣。

紀昀：五句天象，參以「河柳」，似偏枯。然主意在一「潤」字，正承雨止説下耳。

許印芳：「殷」，上聲。

正月三日歸溪上有作簡院内諸公

杜工部

野外堂依竹，籬邊水向城。蟻浮猶臘味〔五〕，鷗泛已春聲。藥許隣人斸，書從稚子擎。白頭趨幕府，深覺負平生。

方回：老杜合是廊廟人物，其在成都依嚴武爲參謀，亦屈甚矣。此詩一起句言草堂之狀，三、四言時節，五、六言情懷，而末二句感慨深矣。老杜平生雖流離多在郊野，而目擊兵戈盗賊之變，與朝廷郡國不平之事，心常不忘君父，故哀憤之辭不一，不獨爲一身發也。

紀昀：此老杜獨有千古處。然自詩史之説行，注家句句關合時事，亦多有非老杜本意處也。

何義門：首句「溪上」。第三句「正月」。第七句「院内」。

紀昀：此詩却無深味。

草堂即事

荒村建子月，獨樹老夫家。雪裏江船渡，風前逕竹斜。寒魚依密藻，宿鷺起圓沙。蜀酒〔六〕禁愁得，無錢何處賒？

方回：此亦成都草堂詩也。末句無錢賒酒，其窮甚矣。「雪」、「風」一聯如畫。四句皆體物者。

馮班：如畫。

何義門：極寫風雪嚴寒，逼出須酒。

紀昀：起句不佳，上二字下三字不貫。○此首非老杜佳處。

無名氏（乙）：如我意所欲出，如天下人意所欲出。

暮春題瀼西新賃草屋〔七〕

彩雲陰復白，錦樹曉來青。身世雙蓬鬢，乾坤一草亭。哀歌時自短，醉舞爲誰醒。細雨荷鋤立，江猿吟翠屏。

方回：此詩夔州瀼西作。「彩雲陰復白」，謂晴雲如彩，陰則忽復變白。「錦樹曉來青」，謂花之驟開如錦，曉來猶是青樹，未見花也。起句言景，中四句言身老，言家陋，言所以感慨者。而「細雨」一句，唤醒二起句，蓋是景也，實雨爲之。「猿吟」一句，尤深怨矣。老杜傷時亂離，往往如此。其詩開闔起伏，不可一律齊也。

馮舒：第二句緊出「暮春」，言昨是錦樹，曉來已生青矣，與注正相反。方君謂「錦樹曉來青」爲「曉來猶是青樹，未見花也」，非也。第四句言乾坤之大，只有一草亭，非謂天地爲幃幕也，注云「言家陋」，得之。

馮班：暮春花謝葉生，故云「曉來青」。此誤解。

紀昀：知此意，乃可以論杜，乃可以論詩。薄雲映日成彩，漸陰則漸白。花本如錦，花盡葉存，則變青矣。虛谷解次句未是。

查慎行：起聯切「暮春」，次句即「狂風落盡深紅色」意。

何義門：冉冉老至，身世漂零，幾爲老農没世，故因春暮興感。

江亭

坦腹江亭暖，長吟野望時。水流心不競，雲在意俱遲。寂寂春將晚，欣欣物自私。故林歸未得，排悶强裁詩。

方回：老杜詩不可以色相聲音求。如所謂「圓荷浮小葉，細麥落輕花」，「市橋官柳細，江路野梅香」，「杜穿蜂溜蜜，棧缺燕添巢」，「細雨魚兒出，微風燕子斜」，「芹泥香燕嘴，花蕊上蜂鬚」，他人豈不能之？晚唐詩千鍛萬鍊，此等句極多，但如老杜「水流心不競，雲在意俱遲」，即如〔八〕「片雲天共遠，永夜月同孤」，景在情中，情在景中，未易道也。又如「寂寂春將晚，欣欣物自私」，「江山如有待，花柳更無私」，作一串説，無斧鑿痕，無粧點迹，又豈只是説景者之所能乎？

他如「有客過茅宇，呼兒正葛巾」，「自媿無鮭菜，空煩卸馬鞍」，「憂我營茅棟，攜錢過野橋」，十字只是五字，却下在第五、第六句上，亦不如晚唐之拘。正如山谷詩「秋盤登鴨脚，春網荐琴高」，其下却云「共理須良守，今年輟省曹」，上聯太工，下聯放平淡，一直道破，自有無窮之味，所謂善學老杜者也。又此篇末句「排悶」，似與「心不競」、「意俱遲」同異，殊不知老杜詩以世亂爲客，故多感慨。其初長吟野望時閒適如此，久之即又觸動羈情如彼，不可以律束縛拘羈也。

馮舒：必與山谷並題，可笑。

馮班：方君云「亦不如晚唐之拘」。按：晚唐亦多如此。○「琴高」爲鯉魚，猶呼杜康爲酒也，然終似不妥。

紀昀：虚谷此評最精。蓋此詩轉關在五、六句：春已寂寂，則有歲時遲暮之慨；物各欣欣，即有我獨失所之悲。所以感念滋深，裁詩排悶耳。若説五、六亦是寫景，則失作者之意。

許印芳：虚谷深病晚唐人律詩中兩聯純是寫景，故常有此等議論。他處所説兩聯分寫情景者，人所易知。此評所説一聯中情景交融者，可謂獨抒己見，得古祕訣矣。

陸貽典：語有道心，直入淵明之室。

查慎行：「長吟野望」，雖似閒適，實是遣悶。故結句唤醒，通體俱靈。非若方評所云久之觸悶，多一轉折也。

何義門：二「在」字人不能到。第六非佳句。○此詩未詳。
紀昀：三、四本即景好句，宋人以理語詮之，遂生出詩家障礙。
無名氏（乙）：妙處可以意會。

過鸚鵡洲王處士別業

劉長卿

白首此爲漁，青山對結廬。問人尋野筍，留客饋家蔬。古柳依沙發，春苗帶雨鋤。共憐芳杜色，終日伴閒居。

方回：第五句「發」當作「岸」。
馮班：「岸」字如何對「鋤」字？「發」字有味，「岸」字便死了。
紀昀：「鋤」是活字，如何以「岸」字爲對？如嫌「發」字稍腐，易以「長」字則可。
紀昀：六句有致，結亦閒淡，有美人香草之思焉。

閒遊二首

韓昌黎

雨後來更好，繞池徧青青。柳花閒度竹，菱葉故穿萍。獨坐殊未厭，孤斟詎能醒？持竿至日暮，幽詠欲誰聽？

方回：第四句「故」一作「亂」。

紀昀：「故」字恰對「閒」字，「亂」字無味。

馮班：次聯句佳。

茲遊苦不數，再到遂經旬。萍蓋汙池凈，藤籠老樹新。林烏鳴訝客，岸竹長遮鄰。子雲祇自守，奚事九衢塵？

方回：此二詩一唱三歎，有餘味。以工論之，只前詩第一句已極佳，後詩第六句着題，詩亦體貼不盡。

紀昀：二詩體近「江西」，故虛谷取之，實無佳處。

查慎行：老樹有藤籠之，則老而能新。汙池有萍蓋之，則汙而能凈。下字有血脈。

紀昀：「汙」、「凈」、「老」、「新」四字，刻意反對，轉纖。結亦直遂。

題李凝幽居

賈浪仙

閒居少隣並，草徑入荒園。鳥宿池邊樹，僧敲月下門。過橋分野色，移石動雲根。暫去還來此，幽期不負言。

方回：此詩不待贅説。「敲」、「推」二字待昌黎而後定，開萬古詩人之迷。學者必如此用力，何止「吟安一個字，撚斷數莖髭」耶？

馮班：「池邊樹」，「邊」，集作「中」，較勝。詩人玉屑引此亦作「中」。「池中樹」，樹影在池中也。後人不解，改作「邊」字，通句少力。

紀昀：馮氏以「池邊」作「池中」，言樹影在池中，若改作「邊」字，通句少力。不知此十字正以自然，故入妙。不應下句如此自然，上句如此迂曲。「分」字、「動」字，着力煉出。

訪李甘原居

原西居處静，門對曲江開。石縫銜枯草，槎根漬古苔。翠微泉夜落，紫閣鳥時來。仍憶尋淇岸，同行採蕨廻。

方回：此詩亞於前作。第四句蜀碑本作「查根上浄苔」。紫閣、白閣，終南山二峯之别名。二詩皆以平聲起句，而末句平倒。在老杜集，「四更山吐月」，平起平倒者甚少。晚唐必欲如此，而其終擲前六句不顧，别出一意繳。此二句亦一格也。如老杜「合分雙賜筆，猶作一飄蓬」，以自然對繳住，則晚唐所不能矣。

紀昀：此亦無關於工拙，未免多生分别。〇是有此法。然此詩别出一意處，却少意味。

紀昀：三、四「銜」字、「漬」字，刻意煉出，此虚谷所謂句眼者也。古人原有此法，但不全靠此作生活耳。

無名氏（甲）：李甘爲御史，言事貶謫，故以「原居」志慨。

僻居無可上人相訪

自從居此地，少有事相關。積雨荒隣圃，秋池照遠山。硯中枯葉落，枕上斷雲閒。野客將禪子，依依偏往還。

方回：此詩較前二首皆一體。中四句極其工，而皆不離乎景，情亦寓乎景中。但不善措置者，近乎冗。老杜則不拘，有四句皆景者，有兩句情、兩句景者，尤伶俐浄潔也。

馮班：唐詩初不拘情景，起伏照應則不可無法，大略太拘便不是能手。

紀昀：老杜詩伸縮變化，亦不止此二格。

紀昀：「照」字未工。

送唐環歸敷水莊

毛女峯當户，日高頭未梳。地侵山影掃，葉帶露痕書。松徑僧尋廟，一作「藥」。

沙泉鶴見魚。一川風景好，恨不有吾廬〔九〕。

方回：八句皆好，三、四尤精緻。無中造有者，掃「山影」之謂也。微中致著者，書「露痕」之謂也。人能作此一聯，亦可以名世矣。

紀昀：此聯自佳。然以此名世，便是小家局面。

紀昀：三、四幽曲之至。然幽曲而出以自然，故異乎武功之瑣屑。○結未渾成。

許印芳：結句無病，此亦苛論。

無名氏（甲）：毛女，秦時人。

許印芳：賈島，字閬仙，一作浪仙。范陽人。官長江主簿。

原東居喜唐温淇頻至

曲江春草生，紫閣雪分明。汲水嘗泉味，聽鐘問寺名。墨研秋日雨，茶試老僧鐺。地近勞頻訪，烏紗出送迎。

方回：起句十字自然而佳。中四句用工而佳。末句放寬，亦大自在。

馮舒：會看。

馮班：「春草生」時，又云「秋日雨」，何也？

紀昀：結弱而少味。

無名氏（甲）：終南有紫閣峰。

原上秋居

關西又落木，心事復如何？歲月辭山久，秋霖入夜多。鳥從井口出，人自岳陽過。倚枕聊閒望，田家未剪禾。

方回：五、六謂經年乃下得句，學者當細味之。

馮舒：第五句亦過於矜莊作態。

馮班：長江詩雖清僻，然句有餘韻，所以高也。今人用露骨硬語，學之便不近。

紀昀：起四句一氣渾成，五、六亦自然，惟結處無味。

許印芳：結句回應起句，本無可議，此亦苛論。

寄錢庶子

曲江春水滿，北岸掩柴關。祇有僧鄰舍，全無物映山。樹陰終日掃，藥債隔年還。猶記聽琴夜，寒燈竹屋間。

方回：五、六最佳，末句脱洒。

紀昀：四句拙。

偶作

野步隨吾意，那知是與非。稔年時雨足，閏月暮蟬稀。獨樹依岡老，遥峯出草微。園林自有主，宿鳥且同歸。

方回：此詩妙，五、六尤淡而細，只「那知是與非」一句頗俗。

馮舒：若以次句爲俗，則起結精神俱廢。

紀昀：馮氏説此句好。此評亦是。

馮舒：此詩細甚，非極細人不易知也。首云隨意野步，何曾有恁是非。中四句説野步之景，末句忽然省得此誰家園林也，依然是非在目矣，且與宿鳥同歸耳。

馬戴居華山因寄

玉女洗頭盆，孤高不可言。瀑流蓮嶽頂，河注華山根。絶雀林藏鶻，無人境有猿。秋蟾纔過雨，石上古松門。

方回：五、六謂絶雀之林爲藏鶻，無人之境始有猿。一句上本下，一句下本上。詩家不可無此互體。工部詩「林疏黄葉墜，野静白鷗來」亦似。

紀昀：解得好。

紀昀：無深意而自然高爽，此由氣格不同。

許印芳：末句有訛字。

南齋

獨自南齋卧，神閒景自空。有山來枕上，無事到心中。簾捲侵牀月，屏遮入座風。望春春未至，應在海門東。

方回：此詩中四句却平易。白樂天集亦有此詩，題云閒卧。起句云：「盡日前軒卧」，第三句「有雲當枕上」，第五句「月」作「日」，第七句「至」作「到」。恐只是白公詩。

馮班：「雲當枕上」更勝。

馮舒：此公不如此寬格。

馮班：寬閑非浪仙體也。

紀昀：通體平易，决是白詩。

孟融逸人

孟君臨水居，不食水中魚。衣衲惟粗帛，筐箱祇素書。樹林幽鳥戀，世界此心疏。擬棹孤舟去，何峯又結廬？

方回：五、六變體。若專如三、四，則太鄙矣。不可不察此曲折也。

馮舒：如何説鄙？

馮班：亦未可云鄙。

紀昀：三、四是朴非鄙，尚有氣韻。若俗手效之，則必鄙。虚谷亦防其漸耳。

紀昀：不衫不履，風格絶高。○五、六一比一賦，相連而下，奇恣之甚。

題朱慶餘所居

天寒吟竟曉，古屋瓦生松。寄信船一隻，隔鄉山萬重。樹來沙岸鳥，窗度雪樓鐘。每憶江中嶼，更看城上峯。

方回：三、四新異。今蜀人語，頗多類第三句。豈普州人得其遺風而廣之耶？

紀昀：三句鄙甚，非新異。

寄胡遇

一自殘春别，經炎復到涼。螢從枯樹出，蛩入破堦藏。落葉書勝紙，閒砧坐當牀。東門因送客，相訪也何妨。

方回：此詩句句伶俐。不知幾鍛而成，後人豈可一蹴而至耶？

紀昀：「武功派」從此種出，最爲偏僻狹小。誤以此爲新爲高，則去詩遠矣。

紀昀：次句不佳。

閒卧

白樂天

薄食當齋戒，散班同隱淪。佛容爲弟子，天許作閒人。唯置牀臨水，都無物近身。清風散髮卧，兼不要紗巾。

方回：此所謂閒之至者。起句十字有思索。三、四天成。尾句脱洒。

紀昀：此又太易，學之易滑。六句尤不成語。

閒坐

煖擁紅爐火，閒搔白髮頭。百年慵裏過，萬事醉中休。有室同摩詰，無兒比鄧攸。莫論身在日，身後亦無憂。

方回：樂天心事曠達，而詩律寬和。雖則云然，着力爲詩者終不能及也。三、四妙。陳後山偶相犯末句，尤妙。

紀昀：終是太快，不得云著力者不能及。此語以評陶詩則可。

無名氏（乙）：此爲知樂天詩者。

題令狐處士溪居

項斯

白髮已過半，無心離此溪。病嘗山藥徧，貧起草堂低。爲月窗從破，因詩壁重泥。近來嘗夜坐，寂寞與僧齊。

方回：三、四妙甚。劉後村深喜之。

紀昀：上句稍雅，下句俚。後村譽所可及耳。

無名氏（乙）：四尤妙。人間省事法，此公窺得之。

紀昀：「武功」一派。

早春題湖上顧氏新居〔一〇〕

近得水雲看，門長侵早開。到時微有雪，行處已無苔。勸酒客初醉，留茶僧未來。每逢晴暖日，唯見乞花栽。

門不當官道，行人到亦稀。故從餐後出，方至夜深歸。開篋揀書卷〔一一〕，掃牀移褐衣。幾時同買宅，相近有柴扉。

方回：蜀本賈島集誤收此詩。賈詩更覺苦硬，而此覺寬慢。然此亦新美可喜也。

紀昀：是偏僻狹小，非新美也。

紀昀：二詩又見二十五卷「拗字類」。題爲賈島，與此評正相反。可見虛谷此書持論，初無定見。

無名氏（乙）：此二詩已收入「拗字類」作賈浪仙詩矣，如何重出於此類中？「友人」二字此作「顧氏」。次首「掃牀移卧衣」，此作「褐衣」，然不如「卧」字之佳。

東郊別業

耿湋[一二]

東皋占薄田，耕種過餘年。護藥栽山棘，澆蔬引竹泉。晚雷期稔歲，重霧報晴天。若問幽人意，思齊沮溺賢。

方回：中四句皆工，後聯尤新。

紀昀：結淺率。

題馬儒乂石門山居

顧非熊

尋君石門隱，山近漸無青。鹿迹入柴户，樹身穿草亭。雲低收藥徑，苔惹取泉瓶。此地客難到，夜琴誰共聽？

方回：顧況之子。其詩工甚。三、四奇矣，第六句小巧中有味。

紀昀：其細已甚。

馮班：次句妙。

查慎行：第六句不自然。

紀昀：亦是「武功派」。次句景真而句不佳，第四句拙。

晚秋閒居

張司業

獨坐高秋晚，蕭條足遠思。家貧長畏客〔三〕，身老轉憐兒。萬種盡閒事，一生能幾時。從來疏懶性，應祇有僧知。

方回：三、四似纏於家累，然佳句也。五、六遂破前説，而自開解焉，亦佳句也。

查慎行：三、四苦語真摯。

紀昀：五、六淺俗。

過賈島野居

青門坊外住，行坐見南山。此地去人遠，知君終日閒。蛙聲籬落下，草色户庭間。好是經過處，惟愁暮獨還。

方回：予嘗評之，賈浪仙詩幽奧而清新，姚少監詩淺近而清新，張文昌詩平易而清新。

馮舒：説得著。如此看詩，儘具隻眼，奈何偏佞陳、黄？

馮班：浪仙、文昌詩不止清新也，若少監斯下矣，不當在弟子之列，宫牆外望可也。

紀昀：評賈、張是，評姚未確。當曰求清新而反僻反俚。

紀昀：雖平易而有自然之趣，勝武功之纖瑣多矣。

題盧處士山居

温庭筠

西溪問樵客，遥指故人〔一四〕家。古樹老連石，急泉清露沙。千峯隨雨暗，一徑入雲斜。日暮雀飛散〔一五〕，滿山〔一六〕蕎麥花。

方回：温飛卿詩多麗而淡者少。此三、四乃佳。

馮班：温詩多名句，頗好用事耳。以「崑體」抑之，豈公論耶？五言佳處不減張文昌。○温詩多清句，虚谷未之讀也。

紀昀：飛卿詩固傷麗，然亦有安身立命處。如以此爲佳，則不如竟看姚武功。

查慎行：五、六有景。

晚秋拾遺朱放訪山居

秦隱君系

不逐時人後，終年獨閉關。家中貧自樂，石上卧常閒。墜栗添新味，殘花帶老顔。侍臣當獻納，那得到空山。

方回：五、六工。讀唐人五言律詩，千變萬化。賈島是一樣，張司業是一樣。忽讀此詩，又别是一樣。無窮無盡奇妙。

何義門：隱君字公緒，會稽人，隱泉州九日山，號東海釣翁。穴石爲硯，注老子，人號其峯爲高士峯。

紀昀：五句猶是小樣範，六句方是詩人之筆。

許印芳：六句義兼比、賦，故佳。○秦系，字公緒，會稽人，隱南安九日山。

山中贈張正則評事

系時被奏左衛，以疾不就。

終年常避喧，師事五千言〔一七〕。流水閒過院，春風與閉門。山容邀上客，桂實落華軒〔一八〕。莫强教〔一九〕余起，微官〔二〇〕不足論。

方回：三、四自然，天下詠之。

馮舒：末句「不足論」，少蘊藉。

馮班：結句放誕，非德隱之言。

紀昀：三、四高唱，餘皆晚唐習徑，結尤淺而盡。

江村題壁

李商隱

沙岸竹森森，維舟聽越禽。數家同老壽，一徑自陰深。喜客常留橘，應官説採金。傾壺真得地，愛日靜霜砧。

方回：三、四好，五、六亦是晚唐。義山詩體不宜作五言律詩。不淡不爲極致，而豔而組不可也。

馮舒：詩亦濃淡隨宜耳，五言律必要淡，又被黄、陳所誤，「香霧」、「清暉」，何嘗淡乎？

馮班：落句好。○五律本於齊、梁，虚谷不解也。律體成於沈、宋，承齊、梁之排偶而加整也。若云不淡不極，失其原本矣。

紀昀：虚谷云：「三、四好，五、六亦是晚唐。」此二句是。○義山五律佳者往往逼杜，虚谷以門户不同，未觀其集耳。況律詩亦不專以淡爲貴，盛唐諸公千變萬化，豈能以一淡字盡之？此論似高而陋。

紀昀：此首不宜入「閒適類」。○「愛日」字鄙。

許印芳：○「應」，平聲。義山學杜，得其神骨，而變其面貌，故能自成一家。虚谷所云組織豔麗，即其外貌也。以外貌論詩，已是門外漢。而且謂義山詩體不宜五律，直夢囈耳。曉嵐謂義山五律佳者近杜，此語誠非阿好。今取其氣味逼真者數篇，附録于後以示初學。○河清與趙氏昆季讌集擬杜工部云：「勝概殊江右，佳名逼渭川。虹收青嶂雨，鳥没夕陽天。客髩行如此，滄波坐渺然。此中真得地，飄蕩釣魚船。」三、四已佳，五、六尤得神解。風格之高，又不待言。○過故崔兗海宅與崔明秀才話舊因寄舊僚杜趙李三掾云：「絳帳恩如昨，烏衣事莫尋。

諸生空會葬，舊掾已華簪。共入留賓驛，俱分市駿金。莫憑無鬼論，終負託孤心。」八句皆對，極沈鬱頓挫之致。末二語存心忠厚，尤可激厲薄俗。○哭劉司户蕡云：「離居歲月易，失望死生分。酒甕凝餘桂，書籤冷舊芸。江風吹雁急，山木帶蟬曛。一叫千回首，天高不爲聞。」起句便已沈痛，後半極黯慘之情。又一首云：「有美扶皇運，無人薦直言。已爲秦逐客，復作楚冤魂。湓浦應分派，荆江想會源。並將添眼泪，一灑問乾坤。」前四句直書其事，不嫌坦白，但覺沈痛。後四句説到彼我異迹同心，欲化江水爲淚，沾灑乾坤，訴此冤恨，思路甚奇。而痛愈深矣。○又一首云：「路有論冤謫，言皆在中興。空聞遷賈誼，不待相孫弘。江闊惟回首，天高但撫膺。去年相送地，春雪滿黄陵。」「中」讀去聲。此章前半從旁面着筆，五、六收前二章意，結句倒追，回應第一章起句，益覺黯然神傷，深得老杜用筆之妙。○離思云：「氣盡前溪舞，心酸子夜歌。峽雲尋不得，溝水欲如何。朔雁傳書晚，湘篁染淚多。無由見顔色，還自託微波。」此亦八句皆對，抑揚頓挫，語語沈着，結意纏綿温厚，是真詩人之筆。○春遊云：「橋峻斑騅疾，川長白鳥高。煙輕惟潤柳，風濫欲吹桃。徒倚三層閣，摩挲七寶刀。庾郎年最少，青草妒春袍。」前四句及末句皆有所指而託之景物，便不着迹，杜詩深於比興，義山得其奥秘，乃能如此運筆。五、六有奮發意而含蓄不露，亦賦體之佳者。○晚晴云：「深居俯夾城，春去夏猶清。天意憐幽草，人間重晚晴。併添高閣迥，微注小窗明。越鳥巢乾後，歸飛體更輕。」前半深厚，後半細緻，老杜有此格律。○長律佳者，念遠云：「日月淹秦甸，江湖動越吟。蒼梧應露下，白閣自雲深。皎皎非鸞扇，翹翹失鳳簪。床空鄂君被，杵冷女嬃砧。北思驚沙雁，南情屬海禽。關山已摇落，天地共登臨。」此憶内詩也。通首排對，起四句伏脈，中四句細寫，結四句點眼，總收兩地相思，筆力壯健，格律亦全摹少陵。○酬别令狐補闕云：「惜别夏仍半，回途秋已期。那修直諫草，更賦贈行詩。錦段知無報，青萍肯見疑。人生有通塞，公等繫安危。警露鶴辭侶，吸風蟬抱枝。彈冠如不問，又到掃門時。」義山與令狐綯交誼中乖，此詩有剖白之意。後半温厚纏綿，亦復抑塞悽惋，真少陵嫡嗣。○戲贈張書記云：「别館君孤枕，空庭我閉關。池光不受月，野氣欲沈山。星漢秋方會，關河夢幾還。危絃傷遠道，明鏡惜紅顔。古木含風久，平蕪盡日閑。心知兩愁絶，不斷若循環。」此張書記與其婦相離，而義山戲贈以詩也。章法老成，句法高雅，「古木」二句淡而有味，「池光」二句錘鍊而出以自然。王荆公謂近老杜，洵非溢美。○義山五律佳句，如「秋應爲紅葉，雨不厭青苔」，「晚晴風過竹，深夜月當花」，「黄葉仍風雨，青樓自管絃」，「石梁高瀉月，樵路細侵雲」，此等雖不及杜，亦晚唐之高唱。集中排律大篇，長於敍事，尤可爲後學矩矱，兹不具録。

南澗耕叟

崔塗

年年南澗濱，力盡志猶存。雨雪朝耕苦，桑麻歲計貧。戰添丁壯力，老憶太平春。見説經荒後，田園半屬人。

方回：第四句、六句、結句皆好。

紀昀：惟六句好。

何義門：「存」字走韻。

紀昀：此詩何以入「閒適類」？

許印芳：「力」字複。

鍾陵野步

曹松

岡扉聊自啓，信步出波邊。野火風吹闊，春冰鶴啄穿。渚檣齊驛樹，山鳥入公田。未創〔三〕孤雲勢，空思白閣年。

方回：唐詩自是一種風味。只「岡扉」二字便新，中四句工。

馮舒：此何與於詩？

馮班：「岡扉」字亦不害，以此求新則不可。

紀昀：「新」字便是唐詩？唐詩亦太易爲矣。況此二字生揑成串，亦不得云新。

馮班：三、四真賈島。○唐人遠過宋人，不在工拙之間，正以風味不同耳。

紀昀：中四句晚唐習徑，結處語意未明。

山中言事

嵐靄潤窗櫺，吟詩得冷癥。教餐有效藥，多媿獨行僧。雲濕煎茶火，冰封汲井繩。片扉深着掩，經國自無能。

方回：「冷癥」二字奇。第六句太奇，與「苔惹取泉瓶」同。

馮班：「苔惹」、「冰封」孰勝？予曰：「冰封」勝矣，蓋自然之奇也。若「苔惹」則刻苦做出。

紀昀：以此爲奇，則無語不可入詩矣。六句小巧，非太奇也。

馮舒：入長江室。

馮班：入長江之門户矣，「四靈」輩門外漢也。○言事結。

何義門：第五透出第二，「吟詩」與「經國」呼應，正以大業自負也。

紀昀：「得冷癥」三字粗鄙，三句亦俚，五、六句小有致，七、八和平深厚，非晚唐人所能。

鏡中別業

方玄英

世人如不容，吾自縱天慵。落葉憑風掃，香秔倩水舂。花朝連郭霧，雪夜隔湖鐘。身外能無事，頭宜白此峯。

方回：此吾家處士玄英先生方干也。遠祖居歙之東鄉，曰真應仙翁，名儲，先生家在桐廬白雲原，又曰鸕鷀原，別業在越之鏡湖。唐末不仕，巢賊擾中原，强臣據方鎮，卒全名節以終。釣臺書院與嚴子陵、范文正公並祠。一原數百家方姓，至今衣冠不絶。詩尤見知於姚秘監合。此篇起句超放，末句有終焉之志。佳句不一，予別已摘抄矣。

紀昀：出手便乖氣。大抵温厚和平四字，晚唐不講，亦時爲之也。

題李頻新居　　姚合

賃居求賤處，深僻任人嫌。蓋地花如毯，當門竹勝簾。勸僧嘗藥酒，教僕認一作「辨」。書籤。庭際山宜小，休令著石添。

方回：予謂學姚合詩，如此亦可到也。必進而至於賈島，斯可矣；又進而至老杜，斯無可無不可矣。或曰：老杜如何可學？曰：自賈島幽微入，而參以岑參之壯，王維之潔，沈佺期、宋之問之整。

馮舒：「壯」、「整」、「潔」三字尚未圓通，諸公妙處不在此。

馮班：此只是虚谷詩法，但如此亦可矣。然老杜詩無所不有，任從何處入也。「壯」、

「整」、「潔」言俱未當，只是虛谷見處如此耳。學杜而自賈島入，便自壞矣，又安能入耶？

紀昀：全是欺人之語，學杜從賈島入，所謂北行而適越。王荆公謂學杜當從李義山入，却是有把捉、有閱歷語。

紀昀：中四句小樣之甚，末二句尤僻而無味。

過楊處士幽居

引水穿風竹，幽聲勝遠溪。裁衣延野客，剪翅養山雞。酒熟聽琴酌，詩成削樹題。惟愁春氣暖，松下雪和泥。

方回：第六句最新。

紀昀：總是瑣碎，不是新也。

閒居

不自識疏鄙，終年住在城。過門無馬跡，滿宅是蟬聲。帶病吟雖苦，休官夢已清。何當學禪觀，依止古先生。

方回：中四句皆佳。「四靈」亦學到此地，但却學賈島。未升其堂，況入其室乎？

紀昀：武功詩之雅馴者。

許印芳：「觀」，去聲。

山中寄友生

獨在山阿裏，朝朝遂性情。曉泉和雨落，秋草上牆生。因客始沽酒，借書方到城。詩成聊自遣，不是趁聲名。

方回：五、六好。比賈島斤兩輕，一不逮；對偶切，二不逮；意思淺，三不逮。却有一可取，曰清新。

馮舒：説得是。

紀昀：亦是常語，未見清新。

紀昀：盛唐人詩語和平，而高逸身分，自於言外見之，無詭激清高之習。武功以後，始多撑眉努目之狀，所謂外有餘者中不足也。此詩四句自佳，末二句有多少火氣在。

閒居遣懷

永日廚烟絶，何曾暫廢吟。閒詩隨思緝，小酒恣情斟。看月嫌松密，垂綸愛水深。世間多少事，無事可關心。

方回：第五句最佳，必是先得之句。下句却無甚滋味。

紀昀：結太淺易。

紀昀：總是瑣屑，不得云佳。

終年城裏住，門户似山林。客怪身名晚，妻嫌酒病深。寫方多識藥，失譜廢彈琴。文字非經濟，空虚用破心。

方回：五、六豈不佳？只眼前事，自是會湊合。

馮班：第六句甚欠，只求對耳。

紀昀：前六句自好，結入惡趣。

春日閒居

居止日蕭條，庭前惟藥苗。身閒眠自久，眼差視還遥。簷燕酬鶯語，鄰花雜絮飄。客來無酒飲，搔首擲空瓢。

方回：第四句好。五、六恐如此粧點，太刻而淺。

紀昀：第四句殊俚。

馮班：五、六自好。效之醜矣。

山中述懷

爲客久未歸，寒山獨掩扉。曉來山鳥散，雨過杏花稀。天遠雲空積，溪深水自微。此情對春色，欲盡總忘機。「晚」一作「曉」。「散」一作「鬧」。

方回：此詩相傳爲周賀作。檢賀集無之，自是歐公詩話誤。

紀昀：此詩氣韻閒雅，無撑眉努目之醜態，不類武功手筆，歐公則或有所據。○三、四天然有韻。末句費解，或有訛。

許印芳：首句用古調，非拗調。六句亦佳，曉嵐密圈之。○「山」字複。○姚合，字未詳，陝州人。起家武功主簿，官終秘書少監。

和元八郎中秋居

聖代無爲化，郎中是散仙。晚眠隨客醉，夜坐學僧禪。酒用林花釀，茶將野火煎。人生知此味，獨恨少因緣。

方回：五、六清爽，但「用」字、「將」字元一般，亦不可爲法，不得已則然。

馮班：避此便非高手。

紀昀：起句不配通首，次句亦鄙，中四句武功本色。

原上新居

王建

長安無舊識，百里是生一作「天」。涯。寂寞思逢客，荒涼喜見花。訪僧求賤藥，將馬中豪家。乍得新蔬菜，朝盤忽覺奢。

紀昀：詩情全是武功一派，語多粗野，不叶雅音。

春來梨棗盡，啼哭小兒饑。隣富雞長去，莊貧客漸稀。借牛耕地晚，賣樹納錢遲。牆下當官路，依山補竹籬。

方回：此詩姚合集亦有之。然建集十三詩中第五首格律一同，當是建詩。又「春來梨棗盡」，則「啼哭小兒饑」。合集乃云「秋來梨棗熟」，益知其非。

馮舒：小兒覓梨棗，覓而不得則熟，不妨哭。況説得不淒楚，有礙下文。

自掃一間房，唯鋪獨卧牀。野羹溪菜滑，山紙水苔香。陳藥初和白，一作「蜜」。新經未入黄。近來心力少，休讀養生方。

紀昀：重出。

查慎行：此詩已見前，重出。

近來年紀到，世事總無心。古碣憑人搨，閒詩任客吟。送經還野院，移石入幽林。谷口春風惡，梨花蓋地深。

住處去山近，傍園麋鹿行。野桑穿井長，荒竹過牆生。新識隣里面，未諳村社情。石田〔三〕無力及，賤賃與人耕。

方回：荆公唐選取此詩之二首，誤曰原上新春，予亦選入「春類」矣。今觀其集，乃是原上新居。十三首，併選五首，不妨重也。

紀昀：明知其重出，而曰不妨，著書無如此體裁。

查慎行：重見。

何義門：「石田」，集作「名田」爲是。「董仲舒請限名田，以贍不足。」注：「名田，占田也。」方與

「無能及」三字相關，若作「石田」，亦不得云「賤貨」也。

贈溪翁

溪田借四鄰，不省解憂身。看日和仙藥，書符救病人。伴僧齋過夜，中酒臥經旬。應得丹砂力，春來黑髮新。

馮班：第三好，第四較卑。

紀昀：更淺鄙。

山居

屋在瀑泉西，茅房下有溪。閉門留野鹿，分食養山雞。桂熟長收子，蘭生不作畦。初開洞中路，深處轉松梯。

紀昀：亦庸俗。

閒居即事

老病貪光景，尋常不下簾。妻愁耽酒癖，人怪考詩嚴。小婢偷紅紙，嬌兒弄白鬌。有時看舊卷，未免意中嫌。

方回：「小婢」一句新，下一句「嬌兒弄白鬌」壓倒上句。

馮班：未見壓倒。

紀昀：若以此種爲新，便入魔趣。

馮班：五、六絶好，結句惡爛。

紀昀：五句纖瑣而俚鄙。

溪居叟

杜荀鶴

溪翁居處静，溪鳥入門飛。早起釣魚去，夜深乘月歸。見君無事老，覺我有求非。不説風霜苦，三冬一草衣。

方回：荀鶴詩晚唐之尤晚者。此全篇可觀。

馮班：晚唐詩非不好，只是偏枯淺薄，無首尾。若此詩，亦可謂雅淡，且起結俱佳，可入中唐矣。

紀昀：清而太淺。

贈魏野

僧宇昭

别業惟栽竹，多閒亦好奇。試泉尋寺遠，買鶴到家遲。藥就全離母，詩高衹教兒。未能終住此，共有海山期。

方回：五、六「母」與「兒」真假對。三、四佳。

馮舒：爐火家以銀爲「母」。此實事，非假也。

紀昀：五句不佳。

水村即事

寇萊公

虚齋臨遠水，吟釣度朝晡。葦岸秋聲合，莎庭鶴影孤。片雲藏疊巘，野燒起寒蕪。獨步時凝望，離人隔五湖。

方回：字字工密。澶淵一擲，非一擲也，見明算精。亦此詩之餘力也耶？

紀昀：譽太過情，遂不顧理。

紀昀：雖非高作，然較之姚合、王建，氣體渾雅多矣。

閒居

梅聖俞

讀易忘饑倦，東窗盡日開。庭花昏自斂，野蝶晝還來。謾數過籬筍，遥窺隔葉梅。唯愁車馬入，門外起塵埃。

方回：若論宋人詩，除陳、黄絶高，以格律獨鳴外，須還梅老五言律第一可也。雖唐人亦只如此。而唐人工者太工，聖俞平淡有味。

馮舒：如此亦但可謂不減周賀、姚合輩耳，唐人高者尚不止此。若云聖俞反以平淡高之，此胸中終有黄、陳積滯在。若不信此言，請還讀老杜，何嘗尚平淡耶？

馮班：謂梅詩似唐人，非也。

紀昀：以枯寂爲平淡，以瑣屑爲清新，以楂牙爲老健，此虚谷一生病根。

紀昀：前四句自好，五、六纖小似姚合，結亦似姚。

岸貧

無能事耕穫，亦不有雞豚。燒蚌噉槎沫，織蓑依樹根。野蘆編作室，青蔓與爲門。稚子將荷葉，還充犢鼻裩。

查慎行：「岸貧」不解。
紀昀：此亦似武功。○次句不成語。
無名氏（甲）：三句言以蚌灰黏船漏處。
夏敬觀：「裩」别字，當作「褌」。

村豪

日擊收田鼓，時稱大有年。爛傾新釀酒，飽載下江船。女髻銀釵滿，童袍毳氈鮮。里胥休借問，不信有官權。

馮班：次句不緊。
紀昀：此首較健。○此與上岸貧一首，題上必有總綱。再校本集。○二詩亦不宜入「閒適類」。

田人夜歸

田收野更迥，墟里隔烟陂。荒徑已風急，獨行唯犬隨。荆扉候不掩，稚子望先知。自是一生樂，何須問井爲？

方回：予初選郊野、閒適詩爲二類，然閒適之人多在郊野，故村落間事亦附入焉。此三詩是也。

紀昀：前六句綽有王、孟氣韻。末句不解，恐有訛字，再校。

許印芳：末句「何須閶井爲」，紀批云：「末句不可解，恐有訛字，再校。」愚按：不可解在「閶井」二字，輒爲易之，使成完璧云。易作「何須軒冕爲」。

林處士水亭

陳文惠

城外逋翁宅，開亭野水寒。冷光浮荇葉，静影浸漁竿。吠犬時迎客，饑禽忽上闌。疏籬僧舍近，嘉樹鶴庭寬。拂砌烟絲裊，侵窗筍戟攢。小橋横落日，幽徑轉層巒。好景吟何極，清歡盡亦難。憐君留我意，重疊取琴彈。

方回：此爲林和靖作，不可不取之。時一觀，以想其所居也。

紀昀：亦須論其詩如何，非一涉和靖，便當入選也。此等總是僻見。

紀昀：「好景」句，勢須一振，補盡挂漏之景。○敷衍無味。

書友人屋壁

魏仲先

達人輕禄位，居處傍林泉。洗硯魚吞墨，烹茶鶴避烟。閒惟歌聖代，老不恨流年。靜想閒來者，還應我最偏。

方回：魏仲先名野，陜府人。真宗祀汾陰，遣使召之。題此詩壁間遁去。使還以詩奏，上曰：「野不來矣。」先是，上嘗圖种放所居。野居亦有幽致，又令圖之。此「洗硯」、「烹茶」一聯最佳。又有詩云：「易諳馴鹿性，難辨鬥雞情。妻喜栽花活，兒誇鬥草贏。」能盡閒適之味。种放出而名少摧，如後來常秩敗闕，處士之能終者鮮矣。當時唯仲先、林君復、楊契玄終始全節，故其詩尤可敬云。

馮舒：高在第五、六，此非吾家定遠不解。

馮班：第三聯妙。

紀昀：格意頗俗。

湖樓寫望

林和靖

湖水混空碧，憑欄凝睇勞。夕寒山翠重，秋靜鳥行高。遠意極千里，浮生輕一毫。叢林數未偏，杳靄隔漁舠。

方回：和靖先生林處士，名逋，字君復。錢塘西湖孤山隱居。「夕寒山翠重」一聯，佳句也。梅花詩冠絶古今，見「着題」詩中。

馮舒：「鳥」字換不得「雁」字。

馮班：七言以「疏影」、「暗香」爲第一，五言以此三、四爲第一。人能作此，足嗚萬世矣，貴多乎哉！

紀昀：前四句極有意境。「静」當作「浄」，作「静」便少味。六句牽於韻脚，未佳。「漁舠」不至隔望眼。末句亦趁韻，不穩。

湖山小隱

猿鳥分清絶，林蘿擁翠微。步穿僧徑出，肩搭道衣歸。水墅香菰熟，烟崖早筍肥。功名無一點，何要更忘機。

紀昀：三首前六句皆清妥，結句皆一律粗鄙。

園井夾蕭森，紅芳墮翠陰。晝巖松鼠静，春塹竹雞深。歲課非無木，家藏獨有琴。顔原遺事在，千古壯閒心。

紀昀：「深」字似有致，而細思不妥。○「壯」字謬甚。

衡門鄰晚塢，環渚背寒岡。片月通蘿徑，幽雲在石牀。客游抛鄠杜，漁事擬滄浪。管樂非吾尚，昂頭肯自芳。

方回：和靖詩，予評之在姚合之上。兼無以詩自矜之意，而渾涵亦非合可望。

馮舒：雖好，亦無此理。

馮班：合詩極淺弱。三、四以下再無意興。逋翁有氣格，絶相遠。豈曰在其上已乎？

紀昀：此確論。「以詩自矜」四字，點破武功一生病根。

小隱自題

竹樹遶吾廬，清深趣有餘。鶴閒臨水久，蜂懶得花疏。酒病妨開卷，春陰入荷鋤。嘗憐古圖畫，多半寫樵漁。

方回：有工有味，句句佳。

查慎行：七、八思致别。

紀昀：可云静遠。〇三、四句景中有人。拆讀之句句精妙，連讀之一氣涌出。興象深微，毫無凑泊之迹。此天機所到，偶然得之，非苦吟所可就也。

贈清逸魏閑處士

宋景文

奕世依巖石，褒恩下帝庭。姓名高士傳，父子少微星。池溜遥通澗，家林近帶坰。分明詔書意，天極賜鴻冥。

方回：此魏野之子閑也。亦能詩。世共隱。故公三、四極力褒之，而亦極工。

紀昀：「奕世」二字腐，贈隱者不宜作此語。

喜友人過隱居

曹汝弼

忽向新春裏，閒過隱士家。旋收松上雪，來煮雨前茶。禽換新歌曲，梅妝隔歲花。應慚非遁者，難久在烟霞。

方回：此詩「禽」元作「琴」，予爲改定。

馮班：「琴」不應云「歌」，改之是也。

查慎行：「園柳變鳴禽」，古詩。今改字仿此，然殊不佳。

紀昀：改得是。

馮班：三、四天然。

紀昀：首尾四句似過友人隱居，而非友人過隱居，或題有誤，再校。中四句晚唐小樣，而三、四較有自然之致。

村家

王正美

野景村家好，柴籬夾樹身。牧童眠向日，山犬吠隨人。地僻鄉音別，年豐酒味醇。風光吟有興，桑麥暖逢春。

方回：宋初諸人詩皆有晚唐風味。此江南王操處士，太宗時授官，仕至殿中丞。中四句有意味。

紀昀：惟第二句嫌落「武功派」，餘皆閒雅，但氣味薄耳。

東山招復古

俞退翁

聞道廣文客，東來欲載書。志勤甘淡薄，情舊免生疏。野飯多無菜，溪羹或有魚。小心新買得，且遂帶經鋤。

方回：俞汝尚，吳興人，熙寧初召爲御史，不老而致仕，號溪堂居士。

查慎行：第七句不詳。

紀昀：二詩皆淺弱。○「小心」句未詳。或有誤，再校。

夏日閒居

無人到窮巷，長日守閒居。宿火惟烘藥，喜晴還曬書。鄰翁伴村酒，稚子課園蔬。門外蒿萊地，從深不用鋤。

放懷

陳後山

施食烏鳶喜，持經鳥雀聽。杖藜矜矍鑠，顧影怪伶俜。門静行隨月，窗虚卧見星。擁衾眠未穩，艱阻飽曾經。

方回：還衆詩而以後山居其中，猶野鶴之在雞羣也。前六句極其工，後二句不知宿於何寺，乃有逆旅漂泊之意。詩人窮則多苦思。

紀昀：後山風格本高，惟沾染「江西」習氣，有粗硬太甚處耳。

馮舒：此亦自好。

馮班：造物不完，句句斷續。

紀昀：語語峭健。○三句直接，「杖藜」云云，乃後山自謂，非指寺僧，評誤。

許印芳：「經」字複，但義不同耳。

放慵

陳簡齋

暖日薰楊柳，濃春醉海棠。放慵真有味，應俗苦相妨。官拙從人笑，交疎得自藏。雲移穩扶杖，燕坐獨焚香。

方回：此公氣魄尤大。起句十字，朱文公擊節，謂「薰」字、「醉」字下得妙。又何必專事晚唐？

馮舒：此亦未見勝晚唐。想方公之意，畢竟是疏梅、瘦竹爲雅淡有味，一説楊柳、海棠便謂濃麗，豈不可笑！

查愼行：「薰」、「醉」二字固妙，然非「暖」字、「濃」字，則此二字亦不得力。

紀昀：二字誠佳，然以詆晚唐則不然，此正晚唐字法也。

許印芳：駁語的當。

題齋壁

陸放翁

皥皥太平民，堂堂大耋身。乾坤一旅舍，日月兩車輪。蓑貴超三品，蔬甘敵八珍。明年真耄矣，爛醉海棠春。

紀昀：亦粗疎，亦頹唐，殊不足取。

力穡輸公上，藏書教子孫。追遊屏裘馬，宴集止雞豚。寒士邀同學，單門與議婚。定知千載後，猶以陸名村。

紀昀：亦太率易。

無名氏（乙）：字字樸古，不朽之盛事。

自述

古井無由浪，浮雲一掃空。詩書修孔業，場圃嗣豳風。懼在饑寒外，憂形夢寐中。吾年雖日逝，猶冀有新功。

查慎行：須知憂懼中大有事業在。

紀昀：此又太腐。

舊業還耕釣，殘年逼老期。筋骸衰後覺，力量夢中知。客約溪亭飲，僧招竹院棋。未爲全省事，終勝宦遊時。

紀昀：四句費解，亦不雅。結二句有味。

屏跡歸休後，頤生寂寞中。忍貧辭半俸，學古得全功。西埭村醅釅，東坡小杓通。經行有佳趣，稚子也能同。

紀昀：「頤生」二字有何可圈？結太盡，亦太淺。（按：方回在「頤生」二字旁加圈。）

書適

老翁隨七十，其實似童兒。山果啼呼覓，鄉儺喜笑隨。羣嬉累瓦塔，獨立照盆池。更挾殘書讀，渾如上學時。

方回：放翁老壽，爲近世詩人第一。其「閒適」之詩尤多。姑選此五言六首。每首必有一聯一句佳。「山果啼呼覓」，老翁不應亦「啼」，當作「號呼」。

馮班：「號呼」亦未穩。

紀昀：每以一聯一句之佳而取詩，此書所以終非正派。

馮班：第三句不妥。

紀昀：太俳傷雅。

幽事

日日營幽事，時時有好懷。雨園殘竹粉，風砌落松釵。伴蝶行花徑，聽蛙傍水涯。窮通了無謂，不必更安排。

紀昀：五、六自佳，結太落套。

方回：五、六眼前事耳，能道者不妨自高於人，有工無迹。

葺圃

種樹書頻讀，齊民術屢窺。曾求竹醉日，更問柳眠時。盧橘初非橘，蒲葵不是葵。因而辨名物，甘作老樊遲。

方回：「竹醉」、「柳眠」一聯極工，五、六辨析名物尤奇。

馮舒：結草草。

馮班：此詩神氣不完，太碎雜。〇「柳眠」貧對而不切葺圃。

紀昀：後四句任意頹唐，殊非詩格。虛谷以爲奇，好求小巧之過也。

幽事

幽事春來早，晨興即啓闇。掃梁迎燕子，插棙護龍孫。數日招賓友，先期辦酒樽。淋漓衣袖濕，不管漬春痕。

方回：三、四犯陳後山「織竹護雞孫」之聯。然「龍孫」畢竟换一物，亦可也。

馮班：「織竹」不如「插棙」。

紀昀：曲爲之説。

紀昀：「閒適」詩易入頹唐一路，此妙不頹唐。

北檻

北檻近中堂，緣堦物自芳。晨清花拱露，地僻蘚侵廊。坐久時開卷，吟餘或炷香。終朝無客至，一枕到羲皇。

方回：三、四已佳。五、六以「炷」、「開」字爲眼，却便覺佳。

馮舒：此用事常道，何眼之有？

紀昀：卷自當云「開」，香自當云「炷」，此二字如何是眼？不可解。

紀昀：「物自芳」三字腐。

止齋即事

陳止齋

性已耐岑寂，老應忘隱憂。齊年雙白髮，盡日一蒼頭。竹閉緘門鑰，蒲團數漏籌。未知庭廡下，還有雀羅不？

方回：「閉」字音第四聲。

紀昀：四句粗俚而無味。結亦太激。

教子時開卷，逢人强整襟。最貧看晚節，多病得初心。地僻芰蓮好，山低竹樹深。寄聲同燕社〔三〕，明日又秋砧。

方回：君舉以時文鳴。此二詩高古，緣才高也。

馮班：止齋詩不多見。覩此二首，真作家也。○「最貧看晚節」，誰看？

紀昀：三、四沉着深至語。不襲古人，而直逼古人，非尋常議論爲詩之比。○才高人以餘力爲詩，亦自勝人，然畢竟不能深細。昌黎之詩亦然，不但止齋也。

許印芳：唐人于良史詩云：「僻居人事少，多病道心生。」止齋此詩下句，正是襲用于語，而意較切實。上句獨造，意尤深警。于詩遠不能及，此皆鍊意勝古人處。曉嵐乃稱其不襲古人而直逼古人，非也。

次韻山居

陳伯和

解組滄溟畔，携家紫翠間。地臨雙港勝，天與兩年閒。茅屋静聞雨，竹籬疏見山。所慚鄰舍老，句險不容攀。

方回：陳塤字伯和。潤上丈人族子，寓居桐廬，嘗知黟縣。予讀滕元秀詩，盛稱伯和所作。此所謂次韻「隣舍老」者，殆亦和元秀詩耳。雙港者，桐廬縣東分水港合焉。五、六「静」字、「疏」字下得是。

紀昀：「山」以「籬疏」始見，「雨」却不以「屋静」始聞，此句煉而不配。若改「聞」字爲「聽」字，即得。蓋聽雨非静坐不能也。○結到和意，是古法。然出得太突無緒，又不得以古法藉口，所謂言非一端。

西　山

葉正則

對面吴橋港，西山第一家。有林皆橘樹，無水不荷花。竹下晴垂釣，松間雨試茶。更瞻東掛綵，空翠雜朝霞。

方回：水心以文知名，拔「四靈」爲再興唐詩者。而其所自爲詩，恐未嘗深加意，五言律如此者少。西山蓋永嘉勝處，有醉樂亭，水心爲記甚悉。

紀昀：平淺之作，「橘」、「荷」、「竹」、「松」，亦太犯。三、四尤入濫調。

題翁卷山居

徐道暉

空山無一人，君此寄閒身。水上花來遠，風前樹動頻。蟲行黏壁字，茶煮落巢薪。若有高人至，何妨不裹巾。

方回：此詩真不減晚唐。

紀昀：只是「武功」一派，不得以此概晚唐。

山中

世事已無營，翛然物外形。野蔬僧飯潔，山葛道衣輕。掃葉燒茶鼎，標題記藥瓶。敲門舊賓客，稚子會相迎。

方回：中四句工。

紀昀：亦「武功派」，「形」字不妥。

貧居

既與世不合，當令人事疏。引泉魚走石，掃徑葉平蔬。誰念交情淺？難如識面初。榮途多寵辱，未敢怨貧居。

方回：「四靈」詩專於中四句用工，尾句不甚着力。今如此，乃可喜也。

馮班：今人通病。

紀昀：以尾句不着力爲病，是以此爲可喜，則不然。此二句乃山林濫套。虛谷好詭激，故取之耳。

紀昀：「魚走石」三字俚。

山居

徐致中

柳竹藏花塢，茅茨接草池。開門驚燕子，汲水得魚兒。地僻春猶静，人閒日自遲。山禽啼忽住，飛走又相隨。

方回：近乎爛熟，然亦不可棄也。

紀昀：有何不可棄？

紀昀：「魚兒」、「燕子」太現成。

幽居

翁靈舒

蓬户掩還開，幽居稱不才。移松連嶠土，買石帶溪苔。藥信仙方服，衣從古樣裁。本無官可棄，安用賦歸來！

馮班：「四靈」用思太苦，而首尾俱餒弱。然當「江西」盛行之日，能特立如此，亦可取也。

紀昀：三、四從武功「移花連蝶至，買石得雲饒」套出，殊爲鈍手。結意却新，而虚谷不取。

夢回

一枕莊生夢，回來日未銜〔二四〕。自煎砂井水，更煮嶽僧茶。宿雨消花氣，驚雷長荻芽。故山滄海角，遥念在春華。

紀昀：通體閒雅，五、六氣韻尤高。

隱者所居

百事已無機，空林不掩扉。蜂沾朝露出，鶴帶晚雲歸。石老苔爲貌，松寒薜作衣。山翁與溪友，相過轉依依。

紀昀：五、六太纖。

春日和劉明遠

不奈滴簷聲，風回昨夜晴。一堦春草碧，幾片落花輕。知分貧堪樂，無營夢亦清。看君話幽隱，如我願逃名。

方回：「四靈」中翁獨後死，然未能考其没在何年。此四詩點圈〔二五〕處，十分佳也。

馮班：結句太率。

紀昀：此亦深穩。

許印芳：六句果佳，三、四亦可。

無名氏（乙）：第六是歸根妙語。

偶題

徐斯遠

緑樹何稠叠，清風稍羨餘。枕縈雲片片，簾透雨疏疏。修筧通泉罋，殘碑出野鉏。丘陵知幾變，耕稼雜陶漁。

方回：五、六佳。

紀昀：總是小樣。

紀昀：「稍羨餘」三字「江西」粗派。「泉罋」二字未佳，與「野鉏」亦不對。

雨後到南山村家

衝雨入窮山，山民猶閉關。橘垂茅屋畔，梅映竹籬間。奇石依林立，清泉繞舍灣。吾思隱兹地，凝立未知還。

方回：樟丘徐文卿字斯遠，信州玉山人。嘉定四年進士，與趙昌父、韓仲止聲名伯仲。前詩中四句俱雅淡，後詩五、六工。

紀昀：意謂「立」字、「灣」字工耳。

馮班：「四靈」詩無作用，然辛苦鍛句，氣味自清，但不禁薄弱耳。如此公亦近唐人，但苦於淡弱。

紀昀：淺薄無味，此真空疏之筆。

北山作

劉後村

骨法枯閒甚，惟堪作隱君。山行忘路脈，夜坐認天文。字瘦偏題石，詩寒半説雲。近來仍喜聵，閒事不曾聞。「夜」一作「野」。

方回：第六句佳甚。

馮班：正嫌第六句套子話也。

馮班：第六句套語，甚不佳。

紀昀：亦是「武功派」，然是「武功派」之不惡者。○既曰「天文」，則作「野」非是。

七言 五十一首

江村

杜工部

清江一曲抱村流，長夏江村事事幽。自去自來堂上燕，相親相近水中鷗。老妻晝紙爲棋局，稚子敲針作釣鈎。多病所須唯藥物，微軀此外更何求！

馮舒：不必黏題，無句脱題；不必緊結，却自收得住，説得煞；不必求好，却無句不好。聖人！神人！〇何處分情景？

紀昀：工部頹唐之作，已逗放翁一派。以爲老境，則失之。

無名氏（乙）：次聯，近情乃爾。

許印芳：通體凡近，五、六尤瑣屑近俗。杜詩之極劣者。

南鄰

錦里先生烏角巾，園收芋栗未全〔二六〕貧。慣看賓客兒童喜，得食階除鳥雀馴。秋水纔深〔二七〕四五尺，野航恰受兩三人。白沙翠竹江村暮，相送〔二八〕柴門月色新。

紀昀：「得食」者，人無網弋之意，得以食於階除也，非謂以食飼之。〇五、六天然好句。然無其根柢而效之，則易俚易率。「江西」變症，多於此種暗受病根。

許印芳：紀評指摘「江西」病根，可謂深切著明，然非謂此詩五、六不可學也。凡天地間事物，有一美在前，即有一病隨之於後。惟詩亦然：雄有粗病，奇有怪病，高有膚廓病，老有草率病。惟根柢深厚者，始能善學古人，得其美而病不生。根柢淺薄者，每學古人，未得其美，病已著身；非古人原有是病，乃不善學而自成其病耳。此學古所以貴先培養根柢也。

無名氏(乙)：五、六化盡律家對屬，化工妙。此景千古常新，杜公亦千古長在。

狂夫

萬里橋西一草堂，百花潭水即滄浪。風含翠篠娟娟浄，雨裛紅蕖冉冉香。厚禄故人書斷絶，恒饑稚子色凄涼。欲填溝壑惟疏放，自笑狂夫老更狂。

方回：老杜七言律詩一百五十餘首，求其郊野閒適如此者僅三篇。而此之第三篇後四句，亦未免歎貴交之絶，憫貧稚之饑。信矣和平之音難道，而喜起明良之音難值也。然格高律熟，意奇句妥，若造化生成。爲此等詩者，非真積力久不能到也。學詩者以此爲準，爲「吴體」、拗字、變格，亦不可不知。

查慎行：方君云「然格高律熟，意奇句妥。若造化生成」，作詩必得此三昧。

紀昀：此種議論，總是摸索皮毛。

何義門：清風峻節，固窮獨立，比賦相參，不令訐露。「即滄浪」三字，含後半所謂人濁我清也。落句只自嘲，怨而不怒。

紀昀：亦是宋派之先聲，非杜之佳處。

許印芳：前四句不惡，五句太激太露，後三句亦不免傖氣。

題刑部李郎中山亭

秦韜玉

儂家雲水本相知，每到高齋強展眉。瘦竹彈烟遮板閣，捲荷擎雨出盆池。笑吟山色同欹枕，閒背庭陰對覆棋。不是主人多野興，肯開青眼重漁師。

方回：中四句工，尾句亦好。

紀昀：尾句自好，中四句不得云工。

紀昀：根柢淺薄，頗露單窘。五律句法猶可，勉支七律，非才力富健，則竭蹶之態畢見。○「儂家」二字入小詩猶可，入七律不宜；入風懷詩猶可，入閒適詩尤不宜。

僻居酬友人

伍喬

僻居惟愛近林泉，幽徑閒園任蘚連。向竹掩扉隨鶴息，就溪安石學僧禪。古琴帶月音聲正，山果經霜氣味全。多謝故交憐朴野，隔雲時復寄佳篇。

紀昀：亦是小樣。此格作五律已不佳，況於七律？○「蘚連」二字湊。「正」字與「帶月」意不融洽。

秋深閒興

韓致堯〔二九〕

此心兼笑野雲忙，甘得貧閒味甚長。病起乍嘗新橘柚，秋深初換舊衣〔三〇〕裳。晴來喜鵲無窮語，雨後寒花特地香。把釣覆棋兼舉白，不離名教可顛狂。

馮班：四句「舊衣」當作「熟衣」，夏時所着謂之生衣，故秋來換者曰「熟」，方君不知，而改作「舊」，誤矣。

紀昀：語亦淺薄，尚未似秦、伍二詩之瑣纖。次句淺率。

題張逸人園林

韓翃

花源一曲映茅堂，清論閒階坐夕陽。麈尾手中毛已脱，蟹螯樽上味初香。春深黄口羣窺樹，雨後青苔散點牆。更道小山宜助賞，呼兒舒簟醉巖房〔三一〕。

紀昀：三句有典而語鄙。

書懷寄王秘書

張司業

白髮如今欲滿頭，從來百事盡應休。祇於觸目須防病，不擬將心更養愁。下藥遠求新熟酒，看山多上最高樓。賴君同在京城住，每到花前免獨遊。

紀昀：流易有餘，蒼堅未足。

送楊判官

應得烟霞出俗心，茅山道士共追尋。閒憐鶴貌偏能畫，暗辨桐聲自作琴。長嘯每來松下坐，新詩堪向雪中吟。征南幕府多賓客，君獨相知最覺深。

紀昀：三、四瑣屑，餘皆淺俗。

書懷　吴融

傍巖倚樹結簷楹，夏物蕭疏景更清。灘響忽高何處雨，松陰自轉此山晴。見多鄰犬遥相認，來慣幽禽近不驚。争敢便誇饒勝事，九衢塵裏免勞生。

紀昀：三、四自好。六句自然，勝五句。結太直遂。

無名氏（乙）：次聯句高迥出塵。「此山」二字善本作「一峰」，對既跳脱，勢更峻絶。

閒望

三點五點映山雨，一枝兩枝臨水花。蛺蝶狂飛掠芳草，鴛鴦對浴翹暖沙。闕下新居非己業，江南舊隱是誰家？東還西去俱無計，却羡暝歸林上鴉。

馮舒：如此説「閒望」。

馮班：四句「鴛鴦對浴」，熟睡；「翹暖沙」，晴。

紀昀：雖薄而有疏落之致。

許印芳：首聯古調，次聯拗調，三聯平調，尾聯平調兼拗調。三聯與次聯不黏，在拗調體中另是一格，故起住二句與李山甫寒食詩「有時三點兩點雨，到處十枝五枝花」犯複，而皆有生趣，無妨並存。此種詩意味淺薄，不足學。惟格調生新，可爲摹古者變化之助，故録之。

題林逸士〔三〕淝上新屋壁

劉子儀

久厭侯鯖盡室來，卜居隣近〔三〕釣魚臺。舊山鶴怨無錢買，新竹僧同借宅栽。載酒誰從揚子學，棹舟空訪戴逵回。抽毫有污東陽壁，但惜明時老潤才。

方回：三、四須先看上二字，爲小分句；却看下五字，則得其意矣。

紀昀：子儀本學義山。此三、四却近「武功派」。○「潤才」二字生。

無名氏（甲）：漢樓護，王氏五侯競致異饌，合而烹之，名「五侯鯖」。

郊外

王平甫

野曠天寒〔三四〕氣象嘉〔三五〕，浮雲濃淡日初斜。澤中雨漲無鳴鶴，荷下波翻有怒蛙。簫鼓殘聲來帝闕，漁樵歸徑見人家。塵簪羞把黄花插，不耐飛蓬鬥鬢華。

方回：此乃汴京郊外，所以有第五句。

紀昀：三、四似有所寓，五、六佳句。

退居

詹中正

宦情文思競闌珊，利户名樞莫我關。無可奈何新白髮，不如歸去舊青山。須知百歲都爲夢，未信千金買得閒。珍重樽中賢聖酒，非因風月亦開顔。

方回：中正祥符八年蔡齊榜甲科。衢州人。三、四東坡嘗用爲詞，世人不知爲詹白雲詩也。中正又有一聯：「吟餘妓散杯中酒，歸去蝶隨頭上花。」下句佳。

紀昀：三、四格不高而韻勝，五、六太滑。

贈張處士

趙叔靈

應問秋雲學得閒，飄然如不在人間。青藤篋裹詩多怪，紫栗枝邊藥更殷。一作「瘢」。江客對棋曾賭鶴，野僧分屐借登山。仍聞昨日來城市，又抱孤琴踏月還。

方回：清獻家審言詩如此，宜乎乃孫之詩，如其人之清，有自來哉！

紀昀：因工部爲審言之孫，遂呼人祖爲「審言」，杜撰無理。

馮舒：此亦近唐。

紀昀：三、四粗野。

野墅夏晚

錢昭度

一抹生紅畫杏腮，半園沉緑鎖桐材。黄蜂銜退海潮上，白蟻戰酣山雨來。睡思幾家金帶枕，酒香何處玉交杯？太陽西落波東去，惆悵無人喚得回。

方回：三、四詩話所稱。

紀昀：「鎖桐材」三字生。結太頹唐。

湖山小隱

林和靖

道着權名便絶交，一峯春翠濕衡茅。莊生已憤鴟鳶嚇，揚子休譏蝘蜓嘲。潏潏藥泉來石竇，霏霏茶靄出松梢。琴僧近借南薰譜，且併閒工子細抄。

方回：「憤」當作「慣」。

紀昀：此因「憤」字着迹，故疑爲「慣」字之誤。不知「憤」字是嬉笑之怒，更爲着迹。

紀昀：首句及三、四詭激叫囂，殊非雅道。

閒搭綸巾擁縹囊，此心隨分識興亡。黑頭爲相雖無謂，白眼看人亦未妨。雲噴石花生劍壁，雨敲松子落琴牀。清猿幽鳥遥相叫，數筆湖山又夕陽。

方回：三、四亦豪壯，隱君子非專衰懦之人也。

紀昀：二詩皆少淡静之味。

易從上人山亭

湖水汪灣隔數峯，籬門和竹夾西東。閒來此地行無厭，又共吾廬看不同。靈隱路歸秋色裏，招賢庵在鳥行中。屏風若欲相攙見，合把巉巖與畫工。

紀昀：此較有静意，然亦淺。

懷舊隱

陳亞

多媿當年未第閒，卜居人外得清閒。排聯花品曾非僭，愛惜苔錢不是慳。秋閣詩情天淡淡，夕溪漁思月彎彎。而今慚厚明朝禄，敢念藏愚莫買山。

方回：三、四絶佳，亞黄蜀葵詩：「秋風〔三六〕似學金丹術，戲把硫黄製酒杯。」尤佳。

馮班：惡句。

紀昀：三、四傖氣，不得云佳。

郊行即事

程明道

芳原緑野恣行時，春入遥山碧四圍。興逐亂雲穿柳巷，困臨流水坐苔磯。莫辭盞酒十分醉，只恐風花一片飛。況是清明好天氣，不妨游衍莫忘歸。

方回：大儒事業，有大於詩者，不可以詩人例目之。五、六乃朱文公所深取。

紀昀：此評太露依附之意，不及「春日類」中所評，最爲通透。

馮舒：畢竟秦吉了。

馮班：重出。○惡氣味。

紀昀：重出。

小村

梅聖俞

淮闊州多忽有村，棘籬疏敗謾爲門。寒雞得食自呼伴，老叟無衣猶抱孫。野艇鳥翹唯斷纜，枯桑水齧只危根。嗟哉生計一如此，謬入王民版籍論。

方回：此乃村落間事，以附「閒適類」。

紀昀：此詩不宜附此。如此苦境，可謂之「閒適」乎？

馮舒：落句幾不成句。

馮班：落句不工。

紀昀：首句不成語。○七、八，其詞怨以怒。

山中

陳簡齋

當復入州寬作期，人間踏地有安危。風流丘壑真吾事，籌策廟堂非所知。白水春波天澹澹，蒼峯晴雪錦離離。恰逢居士身輕日，正是山中多景時。

方回：參政簡齋陳公，名與義，字去非，洛陽人。自黄、陳紹老杜之後，惟去非與吕居仁亦登老杜之壇。居仁主活法，而去非格調高勝，舉一世莫之能及。初以墨梅詩見知於徽廟：「客子光陰詩卷裏，杏花消息雨聲中。」大爲高廟所賞。欲學老杜，非參簡齋不可。此乃不欲赴召之詩。「風流」、「籌策」一聯，苕溪詩話似乎未會此意。後學宜細味此等詩與許丁卯高下如何。

紀昀：評簡齋確，惟以吕居仁並稱，則究嫌非偶。「江西」亦有一種套子，其俗較丁卯更甚，亦不可不知。

馮舒：只是薄，味短。

紀昀：起二句未佳。後六句風格自健，但無意味耳。

題東家壁

斜陽步屧過東家，便置清樽不煮茶。高柳光陰初罷絮，嫩鳧毛羽欲成花。羣公天上分時棟，閒客江邊管物華。醉裏吟詩空跌蕩，借君素壁落棲鴉。

方回：三、四極天下之工，亦止言景耳。五、六遜「時棟」於天上羣公，而以「江邊」閒客自許。氣岸高峻，骨格開張。殆天授，非人力。然亦力學，則可及矣。

紀昀：「時棟」字出文選，然字太古奥，入律不宜，馮氏抹之是也。

許印芳：文選字句固多古奥，「時棟」則人人能解，何爲古奥，而且云太耶？古奥之字，不宜入律，此論甚當。謂此二字不宜入律，則謬矣。馮氏吹毛求疵，而曉嵐即作應聲蟲，可怪也。〇此詩因過東家飲酒而作，首句點「東家」，次句言置酒，三、四言景。新而不纖，鍊而不碎。且句法渾成，故不礙其氣格之高。五、六言情，上開下合，筆法變化。「物華」二字，又收拾三、四，法最精密。其措詞囫圇，不露圭角，而身分自見，所以爲妙。七句應「置酒」，八句應「東家」，結出作詩題壁之意。「棲鴉」，言不工書法，字形如鴉也。然言塗鴉，則分明此句嫌混嫌晦，故曉嵐不着圈。

雨後至城外

呂居仁本中

日日思歸未就歸，只今行露已沾衣。江村過雨蓬麻長，野水連天鸛鶴飛。塵務却嫌經意少，故人新更得書稀。鹿門縱隱猶多事，苦向人前説是非。

馮舒：清話近人。

馮班：見「晴雨類」。

紀昀：重出。〇三、四清遠，七、八沉着。此居仁最雅潔之作。

孟明田舍

未嫌衰病出無驢，尚喜冬來食有魚。往事高低半枕夢，故人南北數行書。茅茨獨倚風霜下，粳稻微收雁鶩餘。欲識淵明只公是，邇來吾亦愛吾廬。

方回：簡齋詩高峭，吕紫微詩圓活。然必曲折有意，如「雪消池館初晴後，人倚闌干欲暮時」，「荒城日短溪山静，野寺人稀鸛鶴鳴」，皆所謂「清水出芙蓉」也。如此二詩，末句却議論深復，非輕易放過者。

馮班：「兒時愛吾廬」，此句佳矣，然何以服許用晦？

紀昀：此亦清遒。◎起韻「驢」字何不竟用「車」字，想南方不乘車耳。

許印芳：第二句「悲歡」本作「高低」，與「事」字不融洽，故易之，易作「往事悲歡半枕夢」。

習閒

范石湖

習閒成懶懶成癡，六用都藏縮似龜。雪已許多猶不飲，梅今如此尚無詩。閒看猫暖眠氊褥，静聽猧寒叫竹籬。寂寞無人同此意，時時惟有睡魔知。

方回：「梅今如此尚無詩」，亦標致可掬。

馮班：石湖妙作，亦出白公。

紀昀：詞俚而調野，馮氏以體近樂天取之，非也。樂天已有可厭處，況等而下之揣摹形似乎？

親戚小集

避濕違寒不出門，一冬未省正冠巾。月從雪後皆奇夜，天向梅邊有別春。秉燭登臨空話舊，擁爐情味莫懷新。榮華勢利輸人慣，贏得樽前自在身。

方回：石湖風流醞藉，每賦詩必有高致而無寒相，三、四一聯可見。

馮班：石湖不寒。

紀昀：三、四刻意求工而語未渾融。「奇夜」二字生造。結太落套。

登東山

陸放翁

老慣人間歲月催，强扶衰病上崔嵬。生爲柱國細事耳！死畫雲臺何有哉？熟計提軍出青海，未如唤客倒金罍。明朝日出春風動，更看青天萬里開。

方回：放翁詩萬首，佳句無數。少師曾茶山，或謂青出於藍，然茶山格高，放翁律熟；茶山專祖山谷，放翁兼入盛唐。

紀昀：此評確。

馮班：五、六乃放翁口舌語也。若前石湖結句，最近人情。

紀昀：太近頹唐。

無名氏（甲）：韓擒虎將終，曰：「生作上柱國，死爲閻羅王，足矣。」

題庵壁

衰髮蕭疏雪滿巾，君恩乞與自由身。身并猿鶴爲三口，家託烟波作四鄰。十日風號未成雪，一年梅發又催春。漁舟底用勤相覓，本避浮名不避人。

方回：白樂天有云：「身兼妻子都三口，鶴與琴書共一船。」尤佳。此亦小異而律同。

查慎行：梅妻鶴子，何妨算口；泛宅浮家，故可作鄰。若移他用便非。與香山詩句法不殊，而鍊句用意自別。

許印芳：三、四雖襲香山語而變化得妙，故曉嵐取之。首句「霜」字，本作「雪」，與五句犯複；次句本作「君恩乞與自由身」，「身」字與三句犯複。且措語太空，未能爲中後伏脈，故易之，易作「衰髮蕭疎霜滿巾，君恩許住鏡湖邊」。惟中間四用數目字，不能改換耳。○「并」，平聲。

山行過僧庵不入

垣屋參差竹塢深，舊題名處懶重尋。茶爐烟起知高興，棋子聲疏識苦心。淡日晖晖孤市散，殘雲漠漠半川陰。長吟未斷清愁起，已見横林宿暮禽。

方回：詩不但豪放高勝，非細下工夫有針線不可，但欲如老杜所謂「裁縫滅盡針線迹」耳。此詩題目甚奇，「山行」是一節，「過僧菴而不入」又似是兩節。「垣屋參差竹塢深」，只此一句便見山行而過僧菴，及過僧菴而不入矣。「舊題名處懶重尋」，即是曾遊此菴，而今懶入矣。「茶爐烟起知高興」，此謂不入菴而遥見煮茶之烟，想像此僧之不俗也。「棋子聲疎識苦心」，則妙之又妙矣。聞棋聲而不得觀其棋，固已甚妙；於棋聲疎緩之間想見棋者用心之苦，此所謂妙之又妙也。過僧菴而不入，盡在是矣。「淡日」、「殘雲」下一聯，及末句結，乃結煞「山行」一段餘意。前輩詩例如此，須合別有擺脱，老杜縛雞行、山谷水仙花一律皆然。此放翁八十五歲時詩也。

馮舒：詩妙，評亦妙。如此説詩，方君亦匡鼎矣。以余論之，嬾而不入是一篇主意。三、四是不入光景，以下四句却又是因天晚而不入，與第二句破題裂開矣。落句又斡旋補出晚景，大爲費力。不如第二句併出天晚，方爲天成無縫衣，只此句尚有可商。然此非深於詩者不知，吾恐解人之難索也。

紀昀：此自人人共解，不必如此細評。○虚谷謂：「前輩詩例如此，須合別有擺脱，老杜縛雞行、山谷水仙花一律，皆然。」此評是。

馮班：第二句怯，去「懶」字方有力。○第二聯，不入只爲日晚。下四句汲汲補題，俱爲破題「懶」字所累，意晦而不得出。然此詩亦絶妙矣。「懶」字唤不起第二聯。

紀昀：三句「高興」字湊，四句亦小樣，結却有致。○知高興，識苦心，何以又懶重尋？此未免不聯貫。

許印芳：首句點僧菴，次句點不入，三、四從不入轉身，言身不入菴，心却想像菴中之人。曉嵐前評呆講字句，謂不聯貫，非也。茶酒皆可言高興，不得云湊。此二句從窄處細摹神意，菴内、菴外，兩面圓到，乃一篇之警策，亦不得加以「小樣」之名。後半找清山行，「寒日蕭蕭」，原本「淡日暉暉」，語未融洽。「山」字，原本「川」字，未免夾雜，愚皆易之。

閒中書事

病過新年逐日添，清愁殘醉兩厭厭。惜花萎去常遮日，待燕歸來始下簾。堂上清風生玉塵，澗中寒溜滴銅蟾。一生留滯君休歎，意望天公本自廉。

馮班：余二十時作兩句，與此次聯一字不差，乃知古人有偶然相同，非盡偷句也。

一畝山園半畝池，流年忽逮掛冠期。賣花醉叟剥紅桂，種藥高僧寄玉芝。午枕爲兒哦舊句，晚窗留客算殘棋。登庸策免多新報，老子癡頑總不知。

方回：慶元乙卯，寧宗新元除罷，史可考也。

紀昀：二首太淺易。○「玉麈」、「銅蟾」，有何佳處而圈之？

馮班：落句含蓄。

小築

放翁小築寄江郊，屋破隨時旋補茅。暮看白烟横水際，曉聽清露滴林梢。生來不啜猩猩酒，老去那營燕燕巢。目斷鹿門三太息，龐公千載可論交。

方回：「猩猩酒」、「燕燕巢」，公兩用之，誠爲佳句。

紀昀：「猩猩」對「燕燕」，白詩已先用之。

紀昀：格調太平。

窮居

半世倀倀信所之，窮居仍抱暮年悲。燒金術誤囊衣薄，種黍年凶酒味醨。大廈萬間空有志，後車千乘更無期。掩書常笑城南杜，麻屨還朝受拾遺。

方回：窮居而思「萬間」、「千乘」，不得志之言也。然彼得志者，又何如哉！

紀昀：亦是習逕。

西窗

西窗偏受夕陽明，好事能來慰此情。看畫客無寒具手，論書僧有折釵評。虀宜山茗留閒啜，豉下湖蓴喜共烹。酒炙朱門非我事，諸君小住聽松聲。

方回：此詩尾句好，所以不可遺。

馮班：起好。

紀昀：七句太露骨，併結句亦少味。

無名氏（甲）：「寒具」，即油果類。桓玄陳法書名畫，客手汙之，於是不設寒具。〇懷素論書有「折釵脚」，言其勁也。

耕罷偶書

新溉東皋畝一鍾，烏犍粗足事春農。灞橋風雪吟雖苦，杜曲桑麻興本濃。老大斷非金谷友，生存惟冀酒泉封。莫嘲野餉蕭條甚，箭茁蓴絲亦且供。

方回：四句四事皆巧對。

許印芳：是工非巧。

紀昀：格力甚遒。放翁原非盡用平調，而選者多以平調取之，遂滅放翁之聲價。五、六似爲韓侂胄作南園記而發，語自沉着。

小築

小築湖邊避俗囂，幾年於此寓簞瓢。雖無隱士子午谷，寧愧詩人丁卯橋。羅雀門庭無俗駕，緣雲磴路有歸樵。詩情酒興常相屬，堪笑傍人説寂寥。

方回：子午谷、丁卯橋亦巧。

紀昀：亦小樣。

紀昀：平淺無味。

無名氏（甲）：子午谷在洋縣，丁卯橋在丹陽。

過鄰家戲作

久脱朝冠岸幅巾，時時乘興過比鄰。瓶無儲粟吾猶樂，步有新船子豈貧。醅甕香浮花露熟，藥欄土潤玉芝新。「玉芝」謂鬼臼，山家多有之。相從覓笑真當勉，又過浮生一歲春。

方回：三、四陶、韓語，工。

紀昀：平而不庸。○「比鄰」之「比」，平仄兼讀。

簡鄰里

今年意味報君知，屬疾雖頻未苦衰。獨坐冷齋如自訟，三舍法行時，嘗上書言事者，屏置一齋，曰「自訟」。小鐫殘俸類分司。樂天詩云：「猶被妻孥教漸退，莫求致仕且分司。」閒撑野艇漁簑濕，亂插山花醉帽欹。有興行歌便終日，逢人那識我爲誰。

方回：「自訟」、「分司」雖戲語，下一聯又自好。

紀昀：亦無深味。總之作詩太多，便無許多意思，只以熟套換來換去，此放翁一生病根。

戲詠閒適

涉世心知百不能，閉門懶出病相仍。簞瓢味美如烹鼎，鄰曲人淳似結繩。半夥鴉殘牆外杏，一枝鵲裹澗邊藤。蕭然掃盡彈冠興，敢爲詩情望武陵。

查慎行：三、四對句，出人意表。

紀昀：純是窠臼。末句未詳。

閒中頗自適戲書示客

髮猶半黑臉常紅，老健應無似放翁。烹野八珍邀父老，燒窮四和伴兒童。「野八珍」，見王履道詩。世又有窮四和香法。剪紗新製簪花帽，乞竹寬編養鶴籠。巢許夔龍竟誰是？請君下語勿匆匆。

方回：縱説、横説、爛熟。

紀昀：爛熟正是大病痛。

馮班：俗而不套。

紀昀：「臉常紅」三字不雅，次句大率，三、四調不大雅。

幽居述事

曾會蘭亭醉墮簪，後身依舊住山陰。琴傳數世漆文斷，鶴養多年丹頂深。滌硯灘頭無漬墨，吹簫月下有遺音。小詩戲述幽居事，後有高人識此心。

頹然掩户不妨奇，又賦幽居第二詩。大藥鼎成令虎守，精思床穩用龜支。壺中自喜乾坤别，局上元知日月遲。更就羣童閒鬥草，人間何處不兒嬉。

落葉平溝日滿廊，幽居又賦第三章。喜無俗事干靈府，恨不終年住醉鄉。上樹榜船雖老健，疏泉移竹亦窮忙。山僧欲去還留話，更盡西齋一炷香。

舴艋東歸喜遂初，頓拈枯筆賦幽居。細燒柏子供清坐，明點松肪讀道書。蒼爪嫩芽開露茗，紅根小把瀹烟蔬。年來自許機心盡，頗怪飛鷗自作疏。

方回：四詩皆八十歲之作，脱灑奇妙。

馮班：八十翁而賦詩清灑如此，古今亦少其儔。若曰奇妙，似過矣。

紀昀：四詩純學香山。第二首、第三首又間以打油諢語，更不足觀。惟第四首稍可，然亦放翁自套。

村居

陳止齋

業已將身落耦耕，時於觀物悟浮生。擇棲未定鳥離立，避礙已通魚並行。野老窺巢占太歲，牧童敲角報殘更。絶勝倚市看郵置，客至還無菜甲羹。

紀昀：多不成語。○「落」字有病。○五句用鵲巢背太歲事，不成語。

閒詠

姜梅山

坐叨厚廩飲醇醪，不押文書不坐曹。檢點園花爲日課，哀尋詩草計年勞。仍將書册供慵卧，時喚盃盤佐老饕。感激大恩何以報，惟祈聖壽與天高。

方回：此乃奉祠時所作，否則爲婺州總戎時也。

紀昀：粗淺。

負暄

不是羲和德澤流，寒鄉何處覓温柔。絶憐天上黄綿襖，大勝人間紫綺裘。旋挾胡牀隨影轉，更携書卷與閒謀。天和妙處誰能會，欲獻君王卻自羞。

方回：古所謂曝背之樂，欲獻之天子者。此詩乃佳。

紀昀：尤粗淺。

書懷

趙彦先

柳影槐陰緑遶村，日長細得話詩情。迎風紫燕忽雙去，隔雨黄鸝又一聲。筆墨生涯成冷淡，筍蔬盤饌易經營。世間微利真刀蜜，有底驅馳取重輕。

方回：雪齋趙子覺字彦先，超然居士令衿之子。爲嚴倅時，放翁爲郡守。楊誠齋以詩寄放翁，謂「幕中何幸有詩人」，又曰「青眼何妨顧德鄰」，謂子覺也。此詩亦似放翁。

紀昀：起韻太借，不得以唐人藉口。○「又」字何不用「時」字？情景既佳，聲調亦諧。○結太淺俗。

移居謝友人見過

趙師秀

賃得民居亦自清，病身於此寄漂零。筍從壞砌磚中出，山在鄰家樹上青。有井極甘便試茗，無花可插任空瓶。巷南巷北相知少，感爾詩人遠叩扃。

方回：小巧有餘。

紀昀：此評是。然能言此語之小巧，而不肯言他詩之小巧，則門户之見奪其是非之心也。

紀昀：三句太鄙，四句自佳。○「閒適」一類，虚谷最所加意，而所選至不佳。由其意取矯激以爲高，句取纖瑣以爲巧。根柢既錯，故愈加意愈背馳耳。

校勘記

〔一〕四句　馮班、紀昀：「四」原訛作「八」。〔二〕鶯啼　李光垣：「鳥」訛「鶯」。〔三〕開筵　許印芳：「筵」一作「軒」。〔四〕按：康熙五十一年本、紀昀刊誤本題作「東陂遇雨率爾貽謝南池」。〔五〕猶臘味　馮班：「猶」一作「仍」。〔六〕蜀酒　馮班：「蜀」，古本作「濁」。〔七〕草屋　馮班：「屋」一作「堂」。〔八〕即如　李光垣：「即如」字衍。〔九〕有吾廬　李光垣：「有」字或是「在」字之訛。〔一〇〕紉庵：作者當爲賈浪仙。〔一一〕揀書卷　馮班：「揀」一作「收」。〔一二〕耿漳　馮班、紀昀：「漳」原訛作「緯」。〔一三〕畏客　馮班：「畏」一作「媿」。何義門：「媿」字佳。〔一四〕故人　馮班：「故」一作「野」。〔一五〕雀飛散　馮班：「雀飛」一作「飛鴉」。〔一六〕滿山　馮班：「山」一作「庭」。〔一七〕師事五千言　馮班：「師事」一作「自注」。〔一八〕華軒馮班：「華」一作「軒」。〔一九〕莫强教　馮班：「莫强」一作「何事」。〔二〇〕微官　馮班：「官」一作「言」。〔二一〕未創　按：康熙五十二年本、紀昀刊誤本「創」作「割」。〔二二〕石田　馮班、何義門：「石」當作「名」。〔二三〕寄聲同燕社　紀昀：疑作「寄身同社燕」，再校。〔二四〕未銜　查慎行、李光垣：「斜」訛「銜」。〔二五〕點圈　無名氏（乙）：當作「鍛煉」。〔二六〕未全　馮班：「未」一作「不」。〔二七〕纔深　查慎行：「深」作「添」。〔二八〕相送　馮班：「送」一作「對」。〔二九〕致堯　紀昀：「堯」原訛作「光」。〔三〇〕舊衣　馮班：「舊」，舊本作「熟」。〔三一〕巖房　李光垣：「旁」訛「房」。〔三二〕逸士　馮班：「逸」一作「處」。〔三三〕隣近　查慎行：「隣」原訛「臨」。〔三四〕天寒　許印芳：「寒」一作「清」。〔三五〕氣象嘉　李光垣：「佳」訛「嘉」。〔三六〕秋風　馮班：「秋」當作「欹」。

瀛奎律髓彙評卷之二十四　送別類

送行之詩，有不必皆悲者，別則其情必悲。此類中有送詩，有別詩，當觀輕重。又送人之官，言及風土者，已於「風土類」中收之。間亦見此，不可以一律拘也。

紀昀：虛谷云「當觀輕重」。有何輕重？

五言　八十七首

送崔著作東征

陳子昂

金天方肅殺，白露始專征。王師非樂戰，之子慎佳兵。海氣侵南部，邊風掃北平。莫賣盧龍塞，歸邀麟閣名。

方回：平仄不黏，唐人多有此體。陳子昂才高於沈佺期、宋之問，惟杜審言可相對。此四人唐律，在老杜以前，所謂律體之祖也。

紀昀：必簡亦未足當伯玉，昌黎云：「國朝盛文章，子昂始高蹈。」蓋定論也。虚谷欲引子美以重「江西」，遂因子美而媚必簡。門户之論，不足爲憑。

紀昀：末二句用田疇事，無理。況三、四已含此意，必説破，亦嫌太盡。

無名氏(甲)：盧龍塞在今永平府。曹操平烏丸，欲封田疇，疇不肯賣盧龍塞以邀利。

許印芳：陳子昂，字伯玉，射洪人。官麟臺正字，轉右拾遺。爲詩高古雄渾，上掃六朝陋習，下開盛唐正派，時稱海内文宗。

送魏大從軍

匈奴猶未滅，魏絳復從戎。悵别三河道，言追六郡雄。雁山横岱北〔一〕，狐塞接雲中。勿使燕然上，獨有漢臣功。

方回：刊本以「狐塞」爲「孤塞」，予爲改定。唐之方盛，律詩皆務雄渾。尾句雖拘平仄，以前六句未用意立論，只説行色形勢，末乃勉勵之。此一體也。

紀昀：得此評，乃知今本「惟留漢將功」乃後人改本。

馮舒：二首結一例。

紀昀：陳、隋彫華，漸成飣餖，其極也反而雄渾。盛唐雄渾，漸成膚廓，其極也一變而新美，再變而平易，三變而恢奇幽僻，四變而綺靡。皆不得不然之勢，而亦各有其佳處，故皆能自傳。元人但逐晚唐，是爲不識其本，故降而愈靡。明人高語盛唐，是爲不知其變，故襲而爲套。學者知雄渾爲正宗，而復知專尚雄渾之流弊，則庶幾矣。〇次句借姓，開小巧法門。

許印芳：曉嵐此論，指點學者最爲親切。其要旨在「知變」二字，學者當細參。〇末句不黏，今不可學。

無名氏（甲）：三河，河南、河北、河東。六郡，即隴西、北地、上郡、雲中等處。

送朔方何侍郎

宋之問

聞道雲中使，乘驄往復還。河兵守陽日，塞虜失陰山。拜職嘗隨驃，銘功不讓班。旋聞受降日，歌舞入蕭關。

方回：漢武時有從驃合騎侯，故此云「嘗隨驃」。「不讓班」，一用將軍號，一用人姓。

紀昀：昌黎好單押姓名，蓋源於此。

紀昀：此詩却無佳處。

豈不惜賢達，其如高尚何！

方回：此詩會稽有石刻，朱文公爲倉使時讀之，最喜起句雄健，偶忘記後六句，當俟尋索足之。

紀昀：此恐終是文公誤記，未可據爲定説。

送賀知章歸四明

唐明皇

知章年八十六卧病上表乞爲道士還鄉上許之捨宅爲觀賜名千秋仍賜鑑湖剡水一曲詔令供帳東門百僚祖餞御製賜詩云

遺榮期入道，辭老競抽簪〔二〕。豈不惜賢達，其如高尚心？寰中〔三〕得秘要，方外散幽襟。獨有青門餞，羣英悵别深。

方回：今以中二句爲首，又非元韻，恐誤記耶？

馮班：予按尤文簡唐詩話，明皇詩序亦是「簪」字韻，而「何」字韻無所考。

紀昀：此題乃記事之詞，當依前篇三題爲是。〇吴孟舉曰：「送别類」明皇送賀知章歸四明全篇似是後人補入，非虚谷原本。

永嘉浦逢張子容

孟浩然

逆旅相逢處，江村日暮時。衆山遥對酒，孤嶼共題詩。廨宇隣鮫室，人烟接島夷。鄉園萬餘里，失路一相悲。

方回：永嘉得孤嶼中川之名，自謝康樂始。此詩五、六俊美。

紀昀：雍容閒雅，清而不薄。此是盛唐人身分。虚谷但賞五、六，是仍以摘句之法求古人。〇永嘉、襄陽，不至「萬餘里」。

查慎行：三、四自然有遠致，五、六有遠景。然質實，少意致。

送孟六歸襄陽

張子容

杜門不復出，久與世情疏。以此爲長策，勸君歸舊廬。醉歌田舍酒，笑讀古人書。好是一生事，無勞獻子虚。

方回：元詩二首見浩然集，今取其一。子容亦志義之士，浩然嘗有詩送應進士舉。子容今送浩然歸，乃爲此骨鯁之論，其甘與世絶，懷抱高尚，可想見云。

紀昀：必以「甘與世絶」爲高，終是僻見。

查慎行：三、四與襄陽同調。

紀昀：子容詩略似孟公。然氣味較薄，意境較近，故終非孟之比。○結却太盡。

送友人入蜀

李太白

見説蠶叢路，崎嶇不易行。山從人面起，雲傍馬頭生。芳樹籠秦棧，春流遶蜀城。升沉應已定，不必問君平。

方回：太白此詩，雖陳、杜、沈、宋不能加。

查慎行：前四句一氣盤旋。

紀昀：一片神骨，而鋒鋩不露。

許印芳：李白，字太白，自號青蓮居士，隴西人，官翰林供奉。

送張舍人之江東

張翰江東去，正值秋風時。天清一雁遠，海闊孤帆遲。白日行欲暮，滄波杳難期。吴洲如見月，千里幸相思。

方回：「一雁」、「孤帆」之句，亦以寓吾道不偶之歎。下句引「白日」、「滄波」，而云「行欲暮」、

「杳難期」，意可見也。

許印芳：此詩立格在古律之間。其調法，在律體中有不可效用者。起二句，分之則首句乃平調，次句乃拗調，皆律體也；合之則上下不黏，乃古體也。五句本是拗調，而六句以古句作對，上下相黏亦古體也。此皆律體之所禁忌，不得以古人偶有此格而效用之。○又按：「滄波」句與上句相黏，似是律體；不知古詩亦有平仄相黏處，不但律詩也。

衡州送李大夫勉赴廣州

杜工部

斧鉞下青冥，樓船過洞庭。北風隨爽氣，南斗避文星。日月籠中鳥，乾坤水上萍。王孫丈人行，垂老見飄零。

方回：此詩氣蓋宇宙，不待贅說。老杜送人詩多矣，此爲冠。

紀昀：此因五、六粗獷，近「江西派」耳，其說不足據。以此冠杜送行詩，尤謬。

查慎行：李，隴西望族，故稱「王孫」。

何義門：日月不居，長似籠中之鳥；乾坤雖大，還同水上之萍。下三字皆賦公之身世。若解作籠鳥比「日月」，水萍比「乾坤」，成何文義耶？○五、六自傷垂老飄零，却翻作壯語，怪怪奇奇。

夏日楊長寧宅送崔侍御常正字入京探韻得深字

醉酒揚雄宅，升堂子賤琴。不堪垂老鬢，還對欲分襟。天地西江遠，星辰北斗深。烏臺俯麟閣，長夏白頭吟。

方回：五、六悲壯，惟老杜長於此。

紀昀：悲壯之什，唐人多有，不止杜擅長。

紀昀：較前詩「日月」二句，雅俗相去遠矣。

無名氏（甲）：烏臺御史、麟臺正字，分切二人。

送段功曹歸廣州

南海春天外，功曹幾月程。峽雲籠樹小，湖日落船明。交趾丹砂重，韶州白葛輕。幸君因估客，時寄錦官城。

方回：才大則氣盛。此小詩八句，若轉石下千仞山。而細看只四十字，非如他人補綴費力，酸嘶破碎也。

紀昀：此言詩家老境。然以評少陵他作則可，此詩不足當此評。

紀昀：「功曹」字只作君字用，言君行幾月程耳。然不出「行」字，五字遂不相連。第三句「小」字未妥。

送韋郎司直歸成都

竄身來蜀地，同病得韋郎。天下兵戈滿，江邊歲月長。别筵花欲暮，春日鬢俱蒼。爲問南溪竹，抽梢合過牆。

方回：一直説將去，自然工密。起句如晚唐而亦作對。尾句必换意，乃詩法也。

紀昀：换意與否，視乎文勢。古人名篇一意到底者多矣，「必」字有病。

紀昀：前四句猶是常語。五、六情景交融，結亦不落習逕。故爲深至。

送張二十參軍赴蜀州因呈楊五侍御

好去張公子，通家别恨添。兩行秦樹直，萬點蜀山尖。御史新驄馬，參軍舊紫髯。皇華吾善處，於汝定無嫌。

方回：三、四只言地形，五用「驄馬」事以指楊，六用髯參軍事以指張，尾句有託庇之欲〔四〕。亦一體也。

馮舒：髯參軍合一「紫」字及「吾善處」三字，畢竟不雅純。雖不必爲老杜病，然必是不好處。黄、陳偏學此等，所以不佳。

何義門：首句「好去」二字呼動後半。○楊奉使而張爲輔行。「新」字言其意方盛，「舊」字言閲歷已深。但善處之，即必相得無間。「吾」與「汝」，皆指張也。

紀昀：三、四警拔。通體風骨遒健。

無名氏（甲）：後漢桓典常乘聰馬。○髯參軍郄超，短主簿王珣。

無名氏（乙）：叶「尖」字韻自先生始，後來無出其右者。

送陵州路使君赴任

王室比多難，高官皆武臣。幽燕通使者，岳牧用詞人。國待賢良急，君當拔擢新。佩刀成氣象，行蓋出風塵。戰伐乾坤破，瘡痍府庫貧。衆僚宜潔白，萬役但平均。霄漢瞻佳士，泥塗任此身。秋天正摇落，迴首大江濱。

方回：此詩十六句，當作四片看。前四句以初用儒者爲喜，實論時也。次四句，美路使君也。又四句，教之以爲政也；選同僚、平庶役，則乾坤之破尚可救也。尾四句又感慨之，不得已也。

紀昀：此解清析。

查慎行：一篇有韻之文，感時策勛，託意深厚。

紀昀：風骨老重，語亦沉着。然尚非杜之極筆。○「成氣象」三字未妥。「衆僚」二句理不可易，而語太板實。

無名氏（乙）：以史筆爲詩，醒快奪目。辭嚴義正，不粉飾一筆。審時事以立言，忠君愛友之誠，藹然流露。

送遠

帶甲滿天地，胡爲君遠行？親朋盡一哭，鞍馬去孤城。草木歲月晚，關河霜雪清。別離已昨日，因見古人情。

方回：前四句悲壯。亂世之別也。

馮舒：妙在落句。

何義門：末二句已別而復送，又以時艱行遠，情不能已也。

紀昀：「已」字必「如」字之誤，此用江淹古別離語。

無名氏（乙）：起得矯健。

送舍弟穎赴齊州

岷嶺南蠻北，齊關東海西。此行何日到，送汝萬行啼。絶域惟高枕，清風獨杖藜。時危暫相見，衰白意都迷。

方回：三首取一。此骨肉之别也。第二首云：「風塵久不開，汝去幾時來？兄弟分離苦，形容老病催。」尤佳而悲痛。

紀昀：起二句却是小巧，勿以杜而效之。〇結語淡而真。

無名氏（甲）：岷山在岷州。

許印芳：下「行」字音杭。

奉濟驛重送嚴公

遠送從此别，青山空復情。幾時杯重把，昨夜月同行。列郡謳歌惜，三朝出入榮。江村獨歸處，寂寞養殘生。

方回：此知己之别也。「遠送從此别」，此一句極酸楚。末句尤覺徬徨無依。後嚴武再帥蜀，卒於位，公遂去蜀云。

查慎行：三、四説兩頭，空着中間，與「眼復幾時暗，耳從前月聾」同一句法。

紀昀：三、四對法活。義山馬嵬、飛卿蘇武詩，俱從此出。後半稍平直。

許印芳：第四句乃逆挽法。老杜慣用此法，學杜者亦多用之，不獨温、李二家。曉嵐謂後半平直，未免苛刻。紀公評詩最嚴細，然太嚴細則有苛刻之病，此類是也。○「重」字義從平聲，音從去聲。

申凫盟：三、四别緒淒然，若下句意在前，則索然矣。

無名氏（甲）：武歷肅、代、德三朝，居内外大任。

泛江送客

二月頻送客，東津江欲平。烟花山際重，舟楫浪前輕。淚逐勸杯落，愁連吹笛生。離筵不隔日，那得易爲情。

方回：此所送之人未知爲誰。「淚逐勸杯落」，足見離别之苦。下一句亦對得好。

紀昀：下句猶套。

查慎行：結與起相應。

紀昀：此在他人亦非佳作，無論老杜。

李天生：起結好。悲不在「客」，而在「送客」；不在「送」而在「頻送」也，故脱所送之人。

暮秋將歸秦留別湖南幕府親友

水闊蒼梧野，天高白帝秋。途窮那免哭，身老不禁愁。大府才能會，諸公德業優。北歸衝雨雪，誰憫弊貂裘？

方回：三、四極羈旅瑣瑣之態。五、六雖無華麗，非老筆不能，然其實雄深雅健也。末句十字可憐甚矣，諸親友能無情乎？

紀昀：五、六乃應酬庸熟之詞，評語殊有意標格。

馮舒：出題却在五、六，高甚。

贈別鄭鍊赴襄陽　峨嵋杜所留，峴首鄭所赴。

戎馬交馳際，柴門老病身。把君詩過日，念此別驚神。地闊峨眉晚，天高峴首春。爲於耆舊内，試覓姓龐人。

方回：鄭鍊蓋能詩者，而其詩不傳。三、四悲哀而新異，五、六工甚。此等詩可學也。

紀昀：謂以「首」對「眉」爲工耳，所見殊陋。

何義門：但把其詩，則不見其人矣，轉出「別」字最妙。
紀昀：亦平平無奇。
無名氏（甲）：習鑿齒有襄陽耆舊傳。

贈別何邕

生死論交地，何由見一人。悲君隨燕雀，薄宦走風塵。綿谷元通漢，沱江不向秦。五陵花滿眼，傳語故鄉春。
方回：三、四係十字句法。
紀昀：語語沉着。
無名氏（甲）：綿谷在蜀，通漢江。東別爲沱，則向楚而不向秦矣。

酬別杜二

嚴武

獨逢堯典日，再覩漢官時〔五〕。未效風霜勁，空慚雨露私。夜鐘清萬户，曙漏拂千旗。並向殊庭謁，俱承別館追。斗城憐舊路，渦水〔六〕惜歸期。峯樹還相伴，江雲更對垂。試回滄海棹，莫妒敬亭詩。祇是書應寄，無忘酒共持。但令心事在，未肯鬢毛衰。最悵巴山裹，清猿惱夢思。

方回：武自蜀帥趨朝，老杜送之有詩，而武以此酬之也。詩雖不及老杜之勁健宏闊，然亦間架齊整。近世富貴鉅公，妄自標矜，未有斯作，故特取之。老杜元是六韻詩，所謂「諸將應歸盡，題書報旅人」者。再別詩八句，酸楚之甚，已見此前。

紀昀：論詩耳，何必動生議論？

紀昀：無甚佳處。

送李太保充渭北節度 即太尉光弼弟也

岑　參

詔出未央宫，登壇近總戎。上公周太保，副相漢司空。弓抱關西月，旗翻渭北風。弟兄皆許國，天地荷成功。

馮班：此種詩决不可及。

無名氏（甲）：漢相大司馬爲上，故司空稱副。

許印芳：岑參，字未詳。南陽人。官嘉州刺史。

送張都尉歸東都

白羽緑弓弦，年年只在邊。還家劍鋒盡，出塞馬蹄穿。逐虜西踰海，平胡北到天。封侯應不遠，燕頷豈徒然。

紀昀：二詩皆應酬之作，但音調響亮耳。

送懷州吴別駕

灞上柳枝黄，壚頭酒正香。春流飲去馬，暮雨濕行裝。驟路通函谷，州城接太行。覃懷人總喜，別駕得王祥。

方回：學老杜詩而未有入處，當觀老杜集之所稱詠敬歎，及所交遊倡酬者，而求其詩味之，亦有入處矣。其稱詠敬歎者，蘇武、李陵、陶潛、庾信、鮑照、陰鏗、何遜、陳子昂、薛稷、孟浩然、元結之類。其所交游倡酬者，李白、高適、岑參、賈至、王維、韋迢之類是也。此岑參三送人詩，皆壯浪宏闊，非晚唐手可望。

馮班：此論好。

紀昀：無處不引杜爲重。自元以來，終無人謂虛谷得杜法也，其亦徒勞也已。

何義門：懷州爲西京咽喉，兼之控帶澤、潞，故勸其以睢寧自待也。

紀昀：嘉州難得此鮮華之韻。

無名氏（甲）：懷州，懷慶府。

送秘書虞校書虞鄉丞

花綬傍腰新，關東縣欲春。殘書厭科斗，舊閣别麒麟。虞坂臨官舍，條山映吏人。看君有知己，坦腹向平津。

紀昀：「科斗」二字與「麒麟」作對，終湊泊。「坦腹」二字亦未妥。

無名氏（甲）：今蒲州舜都蒲坂有中條山。末句當是妻父爲使相也。

送張子尉南海

不擇南州尉，高堂有老親。縣樓重〔七〕蜃氣，邑里雜鮫人。海暗三山雨，江明〔八〕五嶺春。此鄉〔九〕多寶玉，慎莫〔一〇〕厭清貧。

馮舒：落句有古人之風。

陸貽典：結寓規諫。

查慎行：南海不聞出玉，且爲政寳珠玉，何等下劣？○一、二兩句高。

何義門：落句言不擇官而仕，止求禄養耳，不可爲貧而忘薏苡之嫌也。深婉有味。

紀昀：結作戒詞，得古人贈言之意。妙於入手先揭破爲貧而仕，已伏末句之根。

無名氏（乙）：留三百篇元氣。

餞李尉武康

潘郎腰綬新，霅上縣花春。山色低官舍，湖光映吏人。不須嫌邑小，莫即耻家貧。更作東征賦，知君有老親。

方回：岑參此三詩，梅聖俞送行詩似之。「官舍」、「吏人」一聯，兩首相似，蓋熟套也。

紀昀：講唐調者，不可不知此語。

紀昀：起二句俗，五、六頽唐，已微兆香山風氣。

無名氏（甲）：武康，在湖州。

送從舅成都丞廣南歸蜀

盧綸

巴字天邊水，秦人去是歸。棧長山雨響，溪亂火田稀。俗富行應樂，官雄禄豈微。魏舒終有淚，還濕甯家衣。

方回：三、四佳。

紀昀：次句未詳。五、六凡近。結切「舅」字，亦用得無味。

許印芳：盧綸，字允言。河中人。官户部郎中。

送康判官往新安得江路西南尹（一）

皇甫冉

不向新安去，那知江路長。猿聲比廬霍，水色勝瀟湘。驛樹收殘雨，漁家帶夕陽。何須愁旅泊，使者有輝光。

方回：唐人詩，多前六句説景物，末兩句始以精思議論結裹。亦一體也。「新安」、「江路」，實如所言。

紀昀：此種已開「九僧」、「四靈」先鍊腹聯，後裝頭尾一派。

馮舒：清麗。

馮班：頷聯可用。

紀昀：五、六如畫。結雖近鄙，然不落套。

許印芳：皇甫冉，字茂政，丹陽人，官右補闕。

送單于裴都護赴西河

崔　顥

征馬去翩翩，城秋月正圓。單于莫近塞，都護欲臨邊。漢驛通烟火，湖沙〔三〕乏井泉。功成須獻捷，未必去經年。

方回：盛唐人詩，師直爲壯者乎？

紀昀：起句矯健，次句雄闊。匈奴常以月滿進兵，次句用古無痕。○起四句壯極，結亦須以壯語配之，此是定法。若以惜别衰颯語作收，則非選聲配色之謂矣。

許印芳：選配之説精當，他詩可以類推。

許印芳：胡稱君曰「單于」，音蟬紆，廣大貌，猶漢言天子。亦以稱地名。○「去」字複。○崔顥，字未詳。汴州人。官司勳員外郎。

賦得秤送孟孺卿

包　何

願以金秤錘，因君贈别離。鈎懸新月吐，衡舉衆星隨。掌握須平執，錙銖必盡知。由來投分審，莫放弄權移。

方回：合收入「着題詩」，以入「送餞類」亦可。三、四賦秤甚妙，餘皆工。

馮舒：可謂奇而切。然一落格，便入俚醜。

紀昀：無情牽合。題已欠通，詩安得情通理愜？故句句闘合，極用意而終歸小樣。

送泉州李使君之任

傍海皆荒服，分符重漢臣。雲山百越路，市井十洲人。執玉來朝遠，還珠入貢頻。連年不見雪，到處即行春。

方回：第四句絕妙。

紀昀：亦未見的是泉州，凡通海處皆可用。

查慎行：猶有高、岑氣格。

無名氏（甲）：泉州，在福建。○浙東、閩、廣，總稱「百越」。

送王汶宰江陰

郡北乘流去，花間竟日行。海魚朝滿市，江鳥夜喧城。止酒非關病，援琴不在聲。應緣米五斗，數日值淵明。

方回：三、四好。

紀昀：情而近薄。
無名氏(甲)：江陰在常州，故以首句擒題。

送德清喻明府

李　頻

棹返霅溪雲，仍參舊使君。州傳多古跡，縣記是新文〔一三〕。水栅横舟閉，湖田立木分。但如詩思苦，爲政即超羣。

方回：五、六盡水鄉之妙，尾句尤清而有味。

紀昀：亦是效其婦翁。

馮班：五、六再思索，深矣。
查慎行：建州集中五律居大半，格調俱穩稱。
何義門：五、六新，落句暗藏「授之以政，不達」意，深妙。
紀昀：尾句别致。
無名氏(甲)：德清，屬湖州。

送鳳翔范書記

西京無暑氣，夏景似清秋〔一四〕。天府來相辟，高人去自由。江山通蜀國，日月近神州。若共將軍話，河南地未收。

方回：晚唐詩鮮壯健，頻却有此五、六一聯。

紀昀：後四句自好。

無名氏（甲）：此時吐蕃尚盜河、隴，末聯甚有關係，異於宋人浮浪之筆矣。

送孫明秀才往潘州謁韋卿

北鳥飛不到，北人今去遊。天涯浮瘴水，嶺外問潘州。草木春冬茂，猿猱日夜愁。定知遷客淚，只敢對君流。

紀昀：起超脱，接挺拔。○「只敢」字妙，言非至相知，則不免有所避耳。

送友人之揚州

一别長安後，晨征便信雞。河聲入峽急，地勢出關低。緑樹叢垓下，青蕪闊楚西。路長知不惡，隨處好詩題。

方回：頻，睦州人，姚合婿也。詩雖晚唐，却多壯句。

查慎行：中二聯四用地名，却是第七句總承得好。
紀昀：敷衍少味，次句欠妥。

送曹椅

司空曙

青春三十餘，衆藝盡無如。中散詩傳畫，將軍扇賣書。楚田晴下雁，江日暖多魚。惆悵空相送，歡娱自此疏。

方回：綺麗。
紀昀：虚谷論詩，不欲用事、用人名。此因三、四有「中散」、「將軍」字，故以綺麗目之。其實非是。
紀昀：次句笨。

雲陽館與韓升卿宿别

故人江海别，幾度隔山川。乍見翻疑夢，相悲各問年。孤燈寒照雨，深竹暗浮烟。更有明朝恨，離杯惜共傳。

方回：三、四一聯，乃久别忽逢之絶唱也。

紀昀：四句更勝。

送李員外院長分司東都

韓昌黎

去年秋露下，羈旅逐東征。今歲春光動，驅馳别上京。飲中相顧色，送後獨歸情。兩地無千里，因風數寄聲。

方回：前四句謂之扇對，唐詩多有之。五、六曲盡離别之狀，甚妙。李員外乃李正封也。元和十二年秋，退之、正封從裴晉公討蔡，在郾城有聯句。

查慎行：扇對白香山詩中最多。

馮舒：「色」字不能易，但亦未洒落。

陸貽典：「色」字下得生，他人不敢。

紀昀：亦無深致。

送遠吟

孟東野

河水昏復晨，河邊相别〔一五〕頻。離杯有淚飲，别柳無枝春。一笑忽然斂，萬愁俄已新。東波與西日，不借遠行人。

方回：東野不作近體詩。昌黎謂「高處古無上」是矣。此近乎律。「離杯有淚飲」，猶老杜「淚逐勸杯落」，而深切過之矣。

馮班：余每怪退之於郊奬飾過實，至曰「高處古無上」。今郊集俱在，試讀而求之，其在「古無上」者幾耶？右作固可觀，然郊之詩盡於此矣，不能變也。余生平不喜讀。

查慎行：「有」字弱，「逐」字、「落」字精神。

紀昀：正是拗律，非近也。

馮舒：真高奇。

何義門：集編此詩入「樂府」。

紀昀：刻意苦吟，字字沉着。苦語是東野所長。

許印芳：孟郊字東野。武康人。官溧陽尉，私謚爲貞曜先生。

送楊八給事赴常州

白樂天

無嗟别青瑣，且喜擁朱輪。五十得三品，百千無一人。須勤念黎庶，莫苦憶交親。此外無過醉，毘陵何限春。

方回：三、四新。

紀昀：未見新處。

查慎行：五、六句法變，上一字讀稍頓。

紀昀：通體頹唐，後半尤甚。

洛陽送牛相公出鎮淮南

北闕至東京，風光十六程。坐移丞相閣，春入廣陵城。紅旆擁雙節，白鬚無一莖。萬人開路看，百吏立班迎。閫外君彌重，樽前我亦榮。何須身自得，將相是門生。

方回：元注：「元和初，牛相公應制登第三等。予爲翰林考覆官。」樂天元和元年應制科，自盩厔尉除集賢校理。踰月，即入翰林爲學士。時年三十五歲。牛奇章又其所考制科門生也。此可爲座主門生故事。作此詩時，樂天爲河南尹。

紀昀：六句俚甚，七、八二句更俗惡。

送河南皇甫少尹赴絳州

劉夢得

祖帳臨周道，前旌指晉城。午橋羣吏散，亥字老人迎。詩酒同行樂，別離方見情。從茲洛陽社，吟詠欠書生。

方回：自洛赴絳，故以亥字老人事，上搭對午橋爲偶，詩家常例也。五、六方有味，前四句只是形模，不下「周道」、「晉城」四字，則「午橋」亦喚不來。

馮班：前四句精工，若曰詩家常例，似非公議。

陸貽典：此論極當，用古者不可不知。

紀昀：前半工而無味，後半亦平淺。

無名氏（甲）：午橋在河南。

送陸侍御歸淮南使府五韻 用「年」字

江左重詩篇，陸生名久傳。鳳城來已熟，羊酪不嫌羶。歸路芙蓉府，離堂玳瑁筵。泰山呈臘雪，隋柳布新年。曾忝揚州薦，因君達短牋。

方回：元注：「時段丞相鎮揚州，嘗辱表薦。」選此詩知唐人五言律有五韻者。「芙蓉府」、「玳瑁筵」，詩家可有不可多。

馮舒：聯者聯續之義，故必雙。世人多不知，方公以五韻爲異者以此也。

紀昀：楊師道還山宅詩先有五韻，末二語是。

紀昀：四句用字粗笨，七句「呈」字不妥，八句「布」字亦不貫。

送友人歸武陵　崔魯

聞道桃源住，無村不是花。戍旗招海客，廟鼓集江鴉。别島垂橙實，閒田長荻芽。遊秦未得意，看即便離家。

方回：此八句俱有思致。前二句喝起題目，中四句俱言景物，末二句微立議論情思繳之。此又一格。

紀昀：句意皆無出色處。

無名氏（甲）：武陵，常德府。

送許棠　張喬

離鄉積歲年，歸路遠依然。夜火山頭市，春江樹杪船。干戈愁鬢改，瘴癘喜家全。何處營甘旨，波濤浸薄田。

紀昀：三、四絶佳，寫景警策。

許印芳：張喬，字未詳，池州人，隱九華山。

秋日送方干遊上元

曹松

天高淮泗白，料子趣修程。汲水疑山動，揚帆覺岸行。雲離京口樹，雁入石頭城。後夜分遥念，諸峰霧露生。

方回：中四句俱有位置處分。

紀昀：此評未詳。

紀昀：「修程」二字腐，三、四景真而語拙。

送謝夷甫宰鄮縣〔一六〕

戴叔倫

君去方爲縣，兵戈尚未消。邑中殘老小，亂後少官僚。廨宇經山火，公田没海潮。致時應變俗，新政滿餘姚。

方回：高仲武中興間氣集謂叔倫詩骨氣稍軟，然此詩五、六佳。

紀昀：容州七律，大抵風華流美，而雄渾不足。五律尚不甚覺。

紀昀：「殘老小」三字俚。

無名氏：鄮在淮、徐間。末句乃云餘姚，未知可是鄮縣否？況「海潮」句亦可疑也。

送溧水唐明府

韋蘇州

三爲百里宰，已過十餘年。祇歎官如舊，旋聞邑屢遷。魚鹽瀕海利，桑柘〔一七〕傍湖田。到此安民俗，琴堂又晏然。

方回：蘇州五言古體最佳，律詩亦雅潔如此。

紀昀：語殊平俗，以爲雅潔，非是。

何義門：落句推其賢，嘆其屈，勉其終，無不包藴風雅之旨。

送張侍御秘書江右覲省

莫歎都門路，歸今駟馬車。繡衣猶在篋，芸閣已觀書。沃野收紅稻，長江釣白魚。晨飡亦可薦，名利欲何如？

方回：「篋」字，刊本作「篋」，當考。

紀昀：純是諷其歸隱，當日必有爲而發。

送澠池崔主簿

邑帶洛陽道，年年應此行。當時匹馬客，今日縣人迎。暮雨投關郡，春風別帝城。東西殊不遠，朝夕待佳聲〔一八〕。

方回：二詩皆整淨。

紀昀：「家」疑是「嘉」，再校。

秋夕與友話别

崔　塗

懷君非一夕，此夕倍堪悲。華髪猶漂泊，滄洲又别離。冷禽棲不定，衰葉墮無時。況值干戈隔，相逢未可期。

方回：别情可掬。第六句妙，尾句近老杜。

紀昀：不似老杜口吻。

陸貽典：五、六是比。

紀昀：五以比飄泊，六以比老病，故七、八可以直接。

許印芳：層層轉進，如此方無膚淺平直之病。三、四用意在「猶」字「又」字，五句總承「飄泊」、「別離」而言，乃束上也。曉嵐但解爲「比飄泊」，謬矣。六句轉進老病一層，七句又轉進干戈一層，亦非直接之筆。尾句果近老杜，曉嵐駮之非是。○崔塗，字禮山，光啓時進士。

旅舍別故人

一日又欲暮，一年春又〔二九〕殘。病知新事少，老別舊交難。山盡路猶險，雨餘春尚寒。那堪試回首，烽火到長安〔三〇〕。

方回：三、四好，尾句亦近老杜。「那堪」二字，詩中不當用，近乎俗。

馮舒：此等見識，遂開王、李。

紀昀：此因干戈烽火字以杜常用耳。詩論神韻，不在字句。虛谷以「那堪」二字近俗，「江西」俗字甚於此二字者多矣，此亦故爲刻論。

查慎行：第四句白香山亦有之。

何義門：第三反呼末句，蓋指甘露事也。五、六極言老病難行，却無奈時事如此，不得不別也。用筆甚曲折。

送鄒明府遊靈武

賈浪仙

曾宰西畿縣，三年馬不肥。債多平劍與，官滿載書歸。邊雪藏行徑，林風透卧衣。靈州聽曉角，客館未開扉。「平」一作「憑」。

方回：三、四極佳。今宰邑者能如此，何患世之不治耶？第二句「三年馬不肥」亦好。

馮舒：第二句便異。

查慎行：第二句，「官清馬骨高」本此。

紀昀：起得別致，妙於不澀不纖。

無名氏（甲）：靈武，今寧夏靈州。

送朱可久歸越中

石頭城下泊，北固暝鐘初。汀鷺潮衝起，船窗月過虚。吴山侵越衆，隋柳入唐疏。日欲供〔二〕調膳，辟來何府書。

方回：汀上之鷺，潮衝之而見其起。舟中之窗，月過之而見其虚。可謂善言吴中泊舟之趣。「吴山」、「隋柳」一聯，近乎粧砌太過。趙紫芝全用此聯，爲「瀟水添湘澗，唐碑入宋稀」，殊爲可笑。所選二妙集於浪仙取八十一首。其非僧道而送行者，凡取十首，獨不取此一首。蓋欲以蒙蔽蹈襲之罪非耶！

馮舒：趙昌父選賈島、姚合爲二妙集，賈八十一首，姚一百二十一首。

紀昀：尚不甚礙，然此論有理。

查慎行：第六句自不可棄。

紀昀：結句未健。

送李騎曹

歸騎雙旌遠，懽生此別中。蕭關分磧路，嘶馬背寒鴻。朔色晴天北，河源落日東。賀蘭山頂草，時動卷帆〔三〕風。

方回：此詩謂「嘶馬背寒鴻」，則雁南向而人北去。又謂「河源落日東」，河源當在西，今返在落日之東，則身過河源又遠矣。所謂賀蘭山，蓋回紇之地也。

紀昀：此解甚謬。上句又如何解？

紀昀：「帆」字當是「旗」字，再校本集。

無名氏（甲）：蕭關在平涼，河源軍在賀州，賀蘭山在寧夏。

送王子遵赴衡陽丞

趙昌父

王郎妙人物，獨步向江東。昔尉既不醉，今丞寧肯聾？相依脣齒國，忽去馬牛風。清絶官曹外，何年着我同？

方回：「醉尉」、「聾丞」事，融化神妙。五、六尤善用事。

馮舒：與唐人用事之法遠矣。

馮班：次聯「江西」惡句，用此二事何爲？不通。虚谷不解用事。如此用事，「江西」毛病。

陸貽典：宋人用事，終不如唐人自然。

紀昀：忽拆昌父一詩置此，不可解。大抵此書編次最草率。○鄙野之甚，殆不足譏。

送喻鳧校書歸毘陵

姚合

主人庭葉黑，詩稿更誰書？闕下科名出，鄉中賦籍除。山春烟樹衆，江晚遠帆疏。吾亦家吴者，無因到弊廬。

方回：姚少監合詩選入二妙者百二十一首，比浪仙爲多。此「四靈」之所深嗜者。送人詩三十餘首，以余再選，僅得三首。爲武功尉時詩八首最佳。其餘有左無右，有右無左。前聯佳矣，後或不稱。起句是矣，皦句或非。有小結裹，無大涵容。其才與學，殊不及浪仙也。此詩「鄉中賦籍除」，疑登第人免役不免賦，合考。

紀昀：評武功是，而以浪仙壓之則非。浪仙亦有小結裹，無大涵容也。

紀昀：起二句野調，三、四鄙惡至極。

送韋瑶校書赴越

寄家臨禹穴，乘傳出秦關。霜落葉滿地，潮來帆近山。相門賓益貴，水國事多閒。晨省高堂後，餘歡杯酒間。

方回：第二句言「乘傳出秦關」，忽插入「霜落」、「潮來」，似乎不甚貫穿。然其聯單看自好。

紀昀：詩豈可單看？

送李侍御過夏州

酬恩不顧名，走馬覺身輕。迢遞河邊路，蒼茫塞上城。沙寒無宿雁，虜近少閒兵。飲罷揮鞭去，傍人意氣生。

方回：此詩以「虜近少閒兵」一句能道邊塞間難道之景，故取之。上聯「迢遞河邊路，蒼茫塞上城」兩句似泛，亦無深病也。大抵姚少監詩不及浪仙，有氣格卑弱者，如：「瘦馬寒來死，羸童餓得癡。」「馬爲賒來貴，童因借得頑。」皆晚輩之所不當學。如王建「脱下御衣偏得着，放來龍馬每教騎。」不惟卑，而又俗矣。東坡謂元輕白俗，然白亦不如是之太俗也。又姚詩如：「茅屋隨年借，盤飧逐日炊。無竹栽蘆看，思山叠石爲。」兩句一般無造化。又如：「簷燕酬鶯語，隣花雜絮飄。」粧砌太密，則反若〔三〕淺拙。予以公論評之至此。其細潤而甚工者，亦不可泯没，又當於他詩下備論而表出之。

馮舒：必流水對，決弱而小矣。「兩句一般無造化」，此言半是半不是，應細參而得之，則縱横如意矣。

紀昀：此詩佳在末二句。「虜近少閒兵」句殊不見工。○邊塞詩如此者甚多，不必寫出地名方爲切題。必以此論，則第六句臨邊之地，何處不可用？評摘武功疵病皆是。所謂細潤而工者，則不盡然。

紀昀：武功詩之極渾成者。落句得神。

無名氏（甲）：夏州在河套内。今廢，遂以寧夏爲夏州。

送祖擇之赴陝州

梅聖俞

古來分陝重，猶有召公棠。此樹且能久，後人宜不忘。君從金馬去，郡在鐵牛旁。山色臨關險，河聲出地長。樽無空美酒，魚必薦嘉魴。天子憂民切，何當務勸桑。

方回：「金馬」、「鐵牛」，人皆可對。必如此穿成句，則見活法。「山色」、「河聲」一聯，不減盛唐。「美酒」、「嘉魴」一聯，句法亦新。

馮舒：次聯因避板對，便弱而小矣。

紀昀：不失清穩。

無名氏（甲）：唐時河橋有鐵牛繫索，今廢。

送王待制知陝府

東周尊夾輔，西漢重行春。風化本從召，河山來自秦。選良存舊詔，出守必名臣。導從馳千騎，朱丹照兩輪。宴杯深畏卯，湖水浄連申。重見甘棠詠，争傳樂府新。

方回：「召」、「秦」、「卯」、「申」四句工。

紀昀：工而無味。固已無取於工，況此四句並不工耶？此評謬。

送張景純知邵武軍

賭却華亭鶴，圍棋未肯還。方爲剖符守，又近爛柯山。魚稻荆揚下，風烟楚越間。小君能賦詠，應得助餘閒。元注：「張，華亭人。近輸鶴與馮仲達。」

方回：後四句好。言荆、揚、楚、越之美，又有能詩之内以佐之也。前四句言賭棋輸鶴，得郡復近爛柯山，殆戲其嗜棋耳。

紀昀：善求新徑，而氣格渾融，勝於彫鏤一字兩字以爲新。

無名氏（甲）：邵武，在福建，與浙東相近，故第四句云然。

許印芳：詩貴求新。然必如何而後能新？且必如何而後每有新製，皆入作家之室？此中奧義宜細心研究。如此詩只就眼前實事鎔鑄成章，一切油熟語自然屏除浄盡，其故何哉？蓋天地間人物事理，時時不同，在在不同。偶有同者，其始與終畢竟有不同處。文字專從不同處落想，同者亦隨之而化矣。此詩所言華亭鶴、爛柯山，皆故事也，此與古人同者也。圍棋賭鶴，新事也，此與古人不同者也。故事而串以新事，遂化臭腐爲神奇。愚者但知挨用故事，拘者又每禁用故事，皆非善求新徑者也。詩徑新矣，若但解雕鏤字句，或鍊一字而成句，或鍊兩字而成聯，有句則無聯，有聯則無篇。此等詩費盡畢世苦心，但可採摘一二語收入詩話耳。若論家數，正如人有四體，體不備不成人也。聖俞此詩高在取徑新而運以盛唐人氣格，不向瑣碎處用工夫，故能使章法渾成，痕迹融化。命曰作家，斯爲無愧。學者細玩聖俞之詩，細味曉嵐之評，當知鍊詞鍊意據實事，鍊氣鍊格法古人，詩文求新之道在是矣。

送錢駕部知邛州

細雨梅初熟，輕寒麥已秋。路危趨劍道，夢穩過刀州。秦粟非吳食，巴粳類越疇。當壚無復舊，試似長卿求。

方回：錢，吳越人，故有此五、六句。「劍道」、「刀州」絶工，末句又不走了邛州事也。

紀昀：「秦粟」二句非即浪仙之「吳山」兩句、紫芝之「瀟水」二句耶？於彼則力排之，而於此則置而不論，徒以聖俞之詩爲素所推慕者耳。論詩如此，豈復更有是非？「劍道」、「刀州」，蜀中的對。人人習用，聖俞剿之耳。不得謂之絶工。

馮舒：豈有做知州者，反勸他偷婦人之理？

陸貽典：落句非體。豈有送人之官而用相如、文君事乎？

紀昀：末句意無所取，徒切邛州，無益也。

送洪州通判何太博若谷先歸新淦

拜官江上客，乘馬不乘船。獨畏鮫龍浪，將歸風雨天。葛花侵野徑，源水入腴田。君住巴丘下，西山道路連。

方回：五、六以言新淦之景。近世詩人下苦工夫，不能作此等語。

紀昀：未見必是新淦，亦未見宋人不能作。此等總是門户習氣。

紀昀：此與送張景純詩同一切合用事，而工拙相懸。次句笨甚，結更少力。

送邵户曹隨侍之長沙

青袍會稽掾，采服湘江行。水館魚方美，犀舟枕自清。鷓鴣啼欲雨，蝃蝀見還晴。風土雖卑濕，醇醪可養生。

方回：起句十字拗律變换，詩家所許，又却切題，但不可篇篇如此耳。五言律，聖俞之所長。而送人詩至於五言律尤工，無作爲，不刻畫，據事言情，而有無窮之味。乃知近人學晚唐，出於强揠而無真趣也。

紀昀：此論自是，而推許聖俞則太過。凡論詩須心氣和平，消除私意，乃不疑誤後人。梅詩欲以沖澹成家，而斧鑿之痕則未化，不免純是作爲，何得如虚谷所道耶？

無名氏（甲）：用温嶠燃犀照牛渚事。

送鹽官劉少府古賢

我祖南昌尉，時危棄去仙。劉郎從宦日，天子治平年。燥茗山中火，熬波海上烟。吴民不爲盜，惟此撓君權。

送陸介夫學士通判秦州〔二四〕

從來戎馬地，饗士日椎牛。介胄奉儒服，詩書參將謀。隴雲連塞起，渭水入關流。豈似瀛洲下，窮年事校讎。

紀昀：總不渾融。

無名氏（甲）：秦州在甘肅。

送徐君章秘丞知梁山軍

蒼壁束江流，孤軍水上頭。蛟龍驚鼓角，雲霧裛衣裘。午市巴姑集，危灘楚客愁。使君才筆健，當似白忠州。

方回：宋人詩善學盛唐而或過之，當以梅聖俞爲第一。善學老杜而才格特高，則當屬之山谷、後山、簡齋。且如「午市巴姑集」，唐人之精者僅能之。下一句難對，却云「危灘楚客愁」，其妙如此。是三詩者，又皆有尾句，令人一唱三歎。

馮舒：都官亦俚，姚合、王建輩耳，便云過盛唐，非也。

馮班：「危灘楚客愁」，好。

馮班：梅公送行詩無一字套話。

紀昀：此首較爲渾老。○虚谷云「宋人詩善學盛唐而或過之」，談何容易！

無名氏（甲）：梁山，在四川。

送秦覯二首

陳後山

士有從師樂，諸兒却未知。欲行天下獨，信有俗間疑。秋入川原秀，風連鼓角悲。目前豘犬類，未必慰親思。

馮班：惡詩。只是直議論，無長言詠歌之意。

紀昀：横插「秋入」二句，上下脈却不甚貫。

師法時難得，親年富有餘。端爲李君御，盡讀鄴侯書。結友真莫逆，論才有不如。折腰終不補，可但曳長裾。

方回：東坡元祐中補外，知杭州。秦少游之弟少章從行，爲師法故耳。時人或譏其舍親而出，故前詩六句、後詩四句皆及之。世固有莫逆之友，亦當戒乎不如己之友。得從東坡，則師友之際，可謂得之矣。「折腰終不補」，後山自謂也。「可但曳長裾」，言少章從人門下，豈無貧賤未遇之歎？而屈身狗禄者，亦何所補益？於己不必以仕爲得，未仕爲失也。諸平正熟爛、綺靡餖飣詩中，見後山詩，猶野鶴之在雞羣云。

紀昀：結句亦晦。

送外舅郭大夫夔路提刑

天險連三峽，官曹據上游。百年雙鬢白，萬里一身浮。可使人無訟，寧須意外憂。平生晏平仲，能費幾狐裘？

方回：後山妻父郭槩，頗喜功利，前爲西川提刑，以妻及三子託之。送行古詩有云：「功名何用多？莫作分外慮。」今又爲夔路提刑，謂身已老矣，使民無訟，自當無意外憂。晏平仲一狐裘三十年，外物亦不足多也。蓋規戒之。

馮班：詞不達意，突然而來，拙也。

紀昀：五、六太腐。

送吴先生謁惠州蘇副使

聞名欣識面，異好有同功。我亦慚吾子，人誰恕此公。百年雙白鬢，萬里一秋風。爲説任安在？依然一禿翁。

方回：此吴子野有道術者。東坡以紹聖元年謫惠州，意謂子野之訪東坡，我其門下士亦慚之也。任安禿翁事，後山自以不負東坡。自潁教既罷之後，紹聖中不求仕也。

馮班：腹聯學杜，套。

查慎行：第六遜前。止言景，景中無情。落套。

紀昀：題目好，詩自伉爽。三句「我」、「吾」字複，五、六未免自套。

無名氏（甲）：衛青失勢，賓客皆歸去病，唯任安不去，與韓長孺共一老禿翁。見魏其武安傳。

別劉郎

一別已六載，相逢有餘哀。公私兩多事，災病百相催。無酒與君別，有懷向誰開。深知百里遠，肯爲老夫來。

方回：三、四老勁，尾句逼老杜。四十字無一字風、花、雪、月，凡俗之徒所以閣筆也。

馮舒：老氣，尚未至老人頭氣。

馮班：此首好，全學老杜。

紀昀：不免太露吃力之痕，而筆力要爲沉摯。

許印芳：虚谷、曉嵐之評，皆有未當處。宋以前好詩不知幾許，非盡無風、花、雪、月字，亦非以無此等字爲高。宋人出而有「江西派」，始尚言情，擺脱風景。虚谷從而和之，此僻見也。此詩通體自然，近乎率易，而出語老辣，絶似少陵集中不經意之作。曉嵐反斥其太吃力，此謬説也。〇又按：次句、六句，皆用古調，此格不可輕用。四十字中四字犯複，此病不可效尤，初學宜知之。〇「相」「别」「有」「百」，四字俱複。

别鄉舊

數有中年别，寬爲滿歲期。得無魚口厄，聊復雁門踦。齒脱心猶壯，秋清意自悲。平時郡文學，鄧禹得三爲。

方回：此棣州教時所作。蓋徐教、潁教，凡三任也。

馮班：用鄧禹事不妥切。○知落句之病，可與言用事矣。得事便用，全無古人刀尺，工夫少而筆拙也。

紀昀：五、六本常語而異常老健。末句用鄧禹事，馮云不妥切。

別伯恭

陳簡齋

樽酒相逢地，江楓欲盡時。猶能十日客，共出數年詩。供世無筋力，驚心有別離。好爲南極柱，深慰旅人悲。

方回：此長沙帥向子諲，字伯恭。此詩絶似老杜。

許印芳：評是。

紀昀：後四句言己已衰朽，不得報國，惟以立功望故人耳。四句連讀，方見其意。

再別

多難還分手，江邊白髪新。公爲九州督，我是半途人。政爾須全節，終然却要身。平生慕温嶠，不必下張巡。

方回：温嶠、張巡之説，當觀時義。殷有三仁，或死或不死，自靖、自獻而已。

紀昀：此陰解出郭迎降之事。

查慎行：向子諲宋室懿親，此詩似指韓平原，候考。

紀昀：六句未醒豁。

送宜黃宰任滿赴調　元注：「君修邑學及拒賊，有聲績。」　韓子蒼

聽説宜黃政，他邦總不如。里門喧誦讀，村落罷追胥。縱未分侯印，猶當擁使車。此詩無麗句，聊代薦賢書。

方回：吕居仁引韓入「江西派」，子蒼不悦，謂所學自有從來。此詩非「江西」而何？大抵宣、政間忌蘇、黄之學，王初寮陰學東坡文，子蒼諸人皆陰學山谷詩耳。

馮舒：陵陽集實不學山谷。

紀昀：未見必是「江西」。

馮班：餒甚。

紀昀：結太粗率。

送常子正赴召二首　吕居仁

屬者居閒久，今來促召頻。但能消黨論，便足掃胡塵。衆水因歸海，殊塗必問

津。如何彼黠虜，敢謂漢無人。

紀昀：三、四切中當時之弊。

疾病老逾劇，交親窮轉疏。惟公不變舊，怪我未安居。日月干戈裏，江山瘴癘

餘。因行見李白，亦莫問何如。

方回：常子正諱同。二詩俱有少陵風骨。

馮班：似是而非。

馮班：「江西」惡語。太露。

紀昀：三句太質，後四句自好。

別李德翁

尤延之

長恨古人少，斯人今古人。二難俱益友，兩載覺情親。世態深難測，心期久益真。相看俱半百，此別倍酸辛。

方回：不用景物，語意一串，古淡有味。此台州任滿別二李，一曰才翁。

馮班：餒甚。

紀昀：平穩之作。

送趙成都二首

趙昌父

蜀道當謀帥，維城孰愈公。夷陵護江左，斜谷顧關中。北虜心豺虎，南蠻勢蟻蠭。守攻雖有異，鎮撫不妨同。

查慎行：所見者大，不獨爲蜀道得帥而發。

紀昀：此首老重。

不但元戎貴，仍兼制使雄。深沉天與度，簡敬學成功。人士薰陶内，兵民教訓中。祗應先郤縠，寧復後文翁。

方回：昌父詩參透「江西」而近後山，此追廹老杜矣。丞相忠定公趙汝愚子直，淳熙中爲四川制置安撫知成都府。送詩中選此二首。「夷陵」、「斜谷」，壯哉語也！

紀昀：前首近之，後首談何容易！

紀昀：中四句鄙俚之至。

送陳郎中棟知嚴州

翁續古

頻年經虎害，人望使君來。地重分旌節，官清管釣臺。涼天星象動，吉日印符開。帝擢平津策，曾知有用才。

方回：「頻年經虎害」，太淺露。指前太守或一切官吏乎？須要分曉，不可波及無辜。只有「官清管釣臺」一句佳。上一句言係節度州，又似不切，大都皆然。

馮舒：説得好。

馮班：方君云「又似不切」，不必精切。

紀昀：謂太淺露，誠然。然以己亦曾任此州，而咎其語無分曉，則非論詩之道，詩語豈能指姓名爲某甲乎？細玩語意，乃翻用猛虎渡河事，非指摘官吏，虚谷自鶻突耳。

馮班：實事，非寓託也。嚴州多虎，由無好官。

紀昀：起不但太露，且亦太突。六句鄙甚。

七言　七十一首

送路六侍御入朝　杜工部

童稚情親四十年，中間消息兩茫然。更爲後會知何日〔二五〕，忽漫相逢是别筵。不分桃花紅勝錦，生憎柳絮白於綿。劍南春色還無賴，觸忤愁人到酒邊。

查慎行：第四句方入題。何等纏綿委婉！

何義門：第三先起「别」字，曲折有力。〇路入朝返命，不顧私留滯者獨我。結句得體有味。

紀昀：五、六究非雅音，七句承五、六來。

許印芳：中四句皆用虚字裝頭，亦是一病。〇「分」，去聲。

送韓十四江東省覲

兵戈不見老萊衣，歎息人間萬事非。我已無家尋弟妹，君今何處訪庭闈？黄牛峽静灘聲轉，白馬江寒樹影稀。此别應須各努力，故鄉猶恐未同歸。

何義門：一路水聲、樹影。兵戈之後，尋訪良難。然不可不努力也。〇結句雙收。

紀昀：純以氣勝，而復極沉鬱頓挫，不比莽莽直行。○因峽「静」而聞灘聲之「轉」，因江「寒」而見樹影之「稀」。四字上下相生，虛谷却未標出。

無名氏（甲）：此走夔州出陜，故云。

許印芳：此評尤當。觀前段可悟鍊氣之法，觀後段可悟鍊句之法。○對結。

送王十五判官扶侍還黔中得開字

大家東征逐子回，風生洲渚錦帆開。青青竹筍迎船出，白白江魚入饌來。離別不堪無限意，艱危須仗濟時才。黔陽信使應稀少，莫怪頻頻勸〔二六〕酒杯。

方回：「大家」指言王判官母，以班氏比之也。後漢曹世叔妻，班彪之女，名昭，字惠姬，和帝召入宫，令皇后貴人師事焉，號曰大家。子穀爲陳留長垣縣長，大家隨至官，作東征賦以敍行李。王母子同行，故用孟宗筍、王祥魚，而善融化如此。

紀昀：筍、魚自序江行風物，此説穿鑿無謂。

馮舒：三、四如不用事。

馮班：箋：「『白白』一作『日日』」，云：『姜詩母嗜魚，每旦出雙魚供饌。』」曰「每旦」，當以「日日」爲是。

紀昀：五、六未渾老。

公安送韋二少府匡贊

逍遥公後世多賢，送爾維舟惜别筵[二七]。念我能書[二八]數字至，將詩不必萬人傳。時危兵甲[二九]黄塵裏，日短江湖白髮前。古往今來皆涕淚，斷腸分手各風烟。

方回：老杜七言律詩一百五十餘首。唐人粗能及之者僅數公，而皆欠悲壯。晚唐人工於五言律，於七言律甚弱。觀此所選送行四詩，能並肩者幾人哉？

馮班：方君云「唐人粗能及之者僅數公而皆欠悲壯」，「江西」學杜只如此。

紀昀：老杜豈專以悲壯爲長？

何義門：五、六淒壯。○如此對結，何曾費力？

紀昀：起句鄙，後四句自是老筆。杜七律雄壓三唐，此四首却非極筆，除送韓十四一首外，餘三首皆頹唐之作。

無名氏（甲）：韋夐隱居自樂，宇文周時號逍遥公。

許印芳：通篇皆老筆。老而健舉鋭入，前半爽朗沈著，全無頹唐之意。曉嵐以爲頹唐，又獨取後半，皆苛論也。首句是應酬語，而較世俗爲溢美之詞貢諛獻媚者大有分别。以此爲鄙，凡應酬詩之敍門第、頌功德者，皆當屏絶矣，此又好爲高論而實不近人情者也。又按律詩對起猶易，對結最難，七律對結尤難。蓋爲對偶所拘，每苦兜收不住。此詩以當句對作結，有神無迹，足見本領之大。閣夜詩亦以當句對作結，而不及此遠甚，惟題終明府水樓詩可匹敵耳。

同樂天送河南馮尹學士〔三〇〕

劉夢得

可憐玉馬風流地，暫輟金貂侍從才。閣上掩書劉向去，門前修刺孔融來。崤陵路静寒無雨，洛水橋長晝起雷。共羡府中棠棣好，先於城外百花開。

方回：自館閣出爲河南尹，故三、四用事如此之精。

紀昀：後四句不佳。

無名氏（甲）：自西京至洛陽，路出二崤山。

送渾大夫赴豐州

鳳啣新詔降恩華，又見旌旗出渾家。故吏來辭辛屬國，精兵願逐李輕車。氊裘君長迎風懼〔三一〕，錦領酋豪蹋雪衙。其奈明年好春日，無人喚看牡丹花。

方回：夢得詩句句精絶。其集曾自删選，故多佳者。視樂天之易不侔也。

馮舒：送行之聖。

何義門：「衙」字當從玉篇作「參」字解。

紀昀：無深味，而爽朗可頌。○「渾」，上聲。羅江東詩亦同。

無名氏（甲）：辛武賢爲護羌校尉、酒泉太守，領降戎。

送姚杭州赴任因思舊遊

白樂天

與君細話杭州事，爲我留心莫等閒。閭里固宜勤撫恤，樓臺亦要數躋攀。笙歌縹緲虛空裏，風月依稀夢想間。且喜詩人重管領，遥飛一盞賀江山。

紀昀：詩太涉理則近腐。然如此三、四，輕民事而重宴遊，又未免太不近理。

渺渺錢塘路幾千，想君到後事依然。静逢竺寺猿偷橘，閒看蘇家女採蓮。故妓數人頻問信，新詩兩首倩流傳。舍人雖健無多興，老校當時八九年。

方回：此送姚合也。詩律雖寬，自是「白體」，有味有韻。

馮舒：必黄、陳而後嚴，嚴他何用？

紀昀：三、四粗鄙，五句亦非體。

送蘄州李十九使君赴郡

可憐官職好文詞，五十專城未是遲。曉日鏡前無白髮，春風門外有紅旗。郡中何處堪携酒，席上誰人解和詩。惟有交親開口笑，知君不及洛陽時。

方回：八句皆可取。

紀昀：無一句可取。

紀昀：第四句俚。

送陜州王司馬建赴任

陜州司馬去何如，養静資貧兩有餘。公事閒忙同少尹，料錢多少敵尚書。祇携美酒爲行伴，唯作新詩趁下車。自有鐵牛無詠者，料君投刃必應虚。

方回：第二句詩句之有關鍵者，尾句方見得是陜府也。

紀昀：亦須看詩句如何，非切於地名即佳也。

紀昀：三句承「養静」，四句承「資貧」，殊不成語。

長樂亭留别

灞滻風烟函谷路，曾經幾度别長安。昔時蹙促爲遷客，今日從容自去官。優詔幸分四皓秩，祖筵慚繼二疏歡。塵纓世網重重縛，迴顧方知出得難。

方回：樂天以刑部侍郎除太子賓客，分司東都，作此詩别之。事同而味不同如此。

紀昀：通體淺易，結尤粗率。

留别微之

平時久與本心違，悟道深知前事非。猶厭勞形辭郡印，那將趁伴着朝衣。五千言裏教知足，三百篇中勸式微。少室雲邊伊水畔，比君校老合先歸。

方回：白詩自然。五、六何其易之至也？此蘇州病告滿去時詩。

馮舒：「式微」意作「歸」字用。

紀昀：此較雅馴。○唐人用「式微」字只作歇後語，右丞「即此羨閒逸，悵然吟式微」句亦然，然細推終是語病。

送刁景純學士使北

梅聖俞

常聞朔北寒尤甚，已見黃河可過車。驛騎駸駸持漢節，邊風慘慘聽胡笳。朝供酪粥冰生椀，夜卧氊廬月照沙。侍女新傳教坊曲，歸來偷賞上林花。

方回：祖宗時與契丹盟好甚篤，故凡送使人詩亦不敢輕易及邊事。熙、豐以來，人人抵掌，務欲生事於西北，遂致靖康之禍。悲夫！

查慎行：此評深中事機。

紀昀：風格遒健，惟後二句語意不甚了了。

許印芳：宛陵集勿論古今體皆能自出手眼，不肯依傍古人。其七律於排比之中，每寓拗峭以避平熟，起一句多不用韻，亦每用拗峭之筆以取勢，如送欒職方云：「長堤凍柳不堪折，窮臘使君單騎行。」送張少卿云：「朱旗畫舸一百尺，五月長江水拍天。」皆妙。集中此體多蒼老遒勁之作，送行作尤多。虚谷但選五首，而可取者又止二首，由於選擇不精也。

送唐紫微知蘇臺

洞庭五月水生寒，盧橘楊梅已滿盤。泰伯廟前看走馬，閶閭城下見驂鸞。吳娃結束迎新守，府吏趨蹡拜上官。曾過揚州能慣否，劉郎盞底勸須寬。

方回：聖俞詩似唐人而渾厚過之。如此篇者是。

紀昀：每每作此過情語。

馮舒：府吏蹌趨，不足入韻。

紀昀：五、六二句不佳。

送張待制知越州

滄海東邊會稽郡，朱輪遠下相臣家。已同雲漢星辰轉，不與鑑湖風月賒。越箭抽萌供美茹，秦山堆翠照高牙。買臣嚴助前時貴，破盜論功未足誇。

方回：末句議論是。

紀昀：三、四粗笨。

送余少卿知睦州

青山峽裏桐廬郡，七里灘頭太守船。雲霧未開藏宿鳥，坡原將近見燒田。養茶摘蕊新春後，種橘收包小雪前。民事蕭條官政簡，家書時問霅溪邊。

方回：中四句皆佳。但嚴陵今乏橘，惟衢州多。末句有味。

紀昀：此詩但泛述土風，不見送意。〇「蕭條」二字不妥，上四句非蕭條景也，若作「蕭閒」即得。

無名氏(甲)：聖俞要爲宋詩之美者，以其初猶守唐規也。

送趙諫議知徐州 及

鹿車幾兩馬幾匹，軫建朱幡騎彀弓。雨過短亭雲繼續，鶯啼高柳路西東。呂梁水注千尋險，大澤龍歸萬古空。莫問前朝張僕射，毬場細草緑蒙蒙(三二)。

方回：五、六切於徐州。

紀昀：切地亦送行習逕，無用標置。末更切。

紀昀：此詩較健拔。〇昌黎有諫張僕射打毬書。結處大有所諷，趙殆好燕遊者。

送沈待制陝西都運 邈

歐陽永叔

幾歲瘡痍近息兵，經營方喜得時英。從來漢粟勞飛輓，當使秦人自戰耕。道左旌旗諸將列，馬前弓劍六蕃迎。知君材力多閒暇，剩聽陽關醉後聲。

查慎行：名臣之言。

紀昀：第二句頗凡庸，後六句精神飽滿。

送鄆州李留後

北州遺頌藹嘉聲，東土還聞政有成。組甲光寒圍夜帳，綵旗風暖看春耕。金釵墜鬢分行立，玉麈高談四座傾。富貴常情誰不羨？愛君風韻有餘清。

查慎行：「富貴」、「風韻」緊頂，五、六分結。

紀昀：亦應酬之作。起二句庸俗惡套，三、四較可。

無名氏（甲）：鄆州，山左東平府。

送王平甫下第　安國

歸袂揺揺心浩然，曉船鳴鼓轉風灘。朝廷失士有司恥，貧賤不憂君子難。執手聊須爲醉別，還家何以慰親懽。自慚知子不能薦，白首胡爲侍從官？

方回：細味歐陽公詩，初與梅聖俞同官於洛，所作已超元、白之上，一掃「崑體」。其古詩甚似韓昌黎，以讀其文過熟故也。其五言律詩不濃不淡，自有一種蕭散風味。其七言律詩，自然之中有壯浪處，有閑遠處，又善言富貴而無辛苦之態。未嘗不立議論，而斧鑿之痕泯如也。如送王平甫下第詩三、四已似「江西」，末句尤見好賢樂善之誠心。所與交遊及門下士，爲宋一代文人巨擘焉。詩乃公之一端，後之作者亦無所容其喙也。

馮舒：超元、白未敢許，只元、白以上亦能許之。

紀昀：詩是論詩，每遇元祐名人、洛閩道學，必有詩外推尊評論，以爲依草附木之計，亦是一種習氣。

查慎行：第六句極淡，却有觔兩，真情至之語。

紀昀：三、四調法不雅。五、六真切感人。七、八句生吞王右丞送丘爲詩，殊爲可怪。

送德之提刑郎中赴廣西

王平甫

天扶開寶至熙寧，和氣薰蒸瘴癘停。五管閭閻如按堵，六朝仁聖喜祥刑。欲推恩澤求膚使，果見謀猷簡大庭。嗟我白頭甘抱槧，看君歸日上青冥。

方回：善言朝廷祥刑脈絡。語意一串。

紀昀：尚是一氣流出，惟嫌字句多腐耳。四句複衍首二句。

無名氏（甲）：廣中有五節度，故稱「五管」。「六朝」謂太祖、太宗、真、仁、英、神。

送文淵使君郎中赴當塗

看花金谷屢啣杯，先後歸時出處乖。朝日衣冠辭魏闕，春風旗鼓過秦淮。談間威愛連雲屋，事外懽娛付水齋。回首未成東下計，可無書札寫離懷。

紀昀：五、六太湊。

無名氏（甲）：當塗，太平府。

送李子儀知明州

兒童劇戲甬東天，一别侵尋二十年。海岸樓臺青嶂外，人家簫鼓白鷗邊。哀容愁問州民事，勝槩欣逢太守賢。爲我剩題蕭散句，還聞鳳沼待詩仙。

紀昀：三、四句不接起二句。五句上不接四句，下不貫六句。○「哀」、「愁」字複。

無名氏（甲）：明州，即寧波府，又名甬東。

送馬子山給事赴揚州

都人供帳國門東，淮海兵符節制中。青瑣議思虛夜月，朱轓游衍值秋風。侯嗟誰在思張仲，民喜重臨得次公。内外忘懷能自適，何時談笑一樽同？

方回：平甫詩壯而整。

紀昀：壯則有之，句多湊泊，不得云整。

馮班：「嗟」字未妥。

紀昀：三句未穩，五句「侯」字再考詩箋。

次韻孔常父送張天覺河東提刑

蘇東坡

送君應典鸘鷞裘，憑仗千鍾洗別愁。脱帽風流餘長史，埋輪家世本留侯。子河駿馬方争出，昭義疲兵亦少休。定向秋山得佳句，故關黄葉滿行舟〔三〕。

方回：諸家元注：「麟府馬出子河汊，昭義步兵，澤、潞弓箭手。」公自注謂：「天覺好草書而不工，故以張旭事爲戲云。」

馮舒：首句無謂。

馮班：用文君事不切。

紀昀：氣象自是不同。

無名氏(甲)：冀北出名馬。唐澤、潞爲昭義軍。

送龔鼎臣諫議移守青州

蘇子由

稷下諸公今幾人，三爲諫議髮如銀。梁王宮殿歸留鑰，尚父山河屬老臣。沂水絃歌重曾點，菑川故舊識平津。過家定有金錢費，千里爭看衣錦身。

紀昀：亦是應酬，而大段清妥，無折腰齵齒之態。○四句四人名，礙格。

無名氏(甲)：青州，在山東。○齊威宣時坐徂丘，議稷下，常數百人。○「梁王」句言綴南京留守而去也。

西山負海古諸侯，信美東南第一州。勝槩未容秦地險，奇花僅比雒城優。新絲出盎冬裘易，貢棗登場歲事休。鈴閣虛閒官釀熟，應容將佐得遨遊。

方回：周益公嘗問陸放翁以作詩之法，放翁對以宜讀蘇子由詩。蓋詩家之病忌乎對偶太過，如此則有形而無味。三洪工於四六而短於詩，殆胸中有先入者，故難化也。放翁其以此箴益公歟？或問蘇子瞻勝子由否？以予觀之？子瞻浩博無涯，所謂「詩濤洶退之」也。不若所謂「詩骨聳東野」，則易學矣。子由詩淡静有味，不拘字面事料之儷，而鍛意深，下句熟。老坡自謂不如子由，識者宜細咀之可也。

紀昀：放翁亦有對偶太工之病。○子由詩究不及東坡，此論似高而非。

查慎行：龔必齊人，由歸德移守青州者。

送青州簽判俞退翁致仕還湖州

不作清時言事官，海邦那復久盤桓。早依蓮社塵緣少，新就草堂歸計安。富貴暫時朝露過，江山故國水精寒。宦遊從此知多事，收取楞伽静處看。

方回：吴興俞汝尚以御史召，力辭不允，竟歸。子由爲齊州記室，作此送之。第五句乃虚説，第六句乃實事，自然高妙。汝尚四世孫澂，淳熙丁未守筠陽，併其高祖和詩刊置欒城集中，蓋亦不附荆公者也。

紀昀：六句自好。

無名氏(甲)：湖州稱水晶宫。

送顧子敦赴河東三首　黄山谷

頭白書林二十年，印章今領晉山川。紫參可掘宜包貢，青鐵無多莫鑄錢。勸課農桑誠有道，折衝樽俎不臨邊。要知使者功多少，看取春郊處處田。

馮舒：如何忽作人語，都捐惡習？

紀昀：三詩語微傷直，而風旨要爲可取。第二首無甚深意，似可删也。

許印芳：「參」音森。

家在江南不繫懷，愛民憂國有從來。月斜汾沁催驛馬，雪暗嵩嵐傳酒杯。塞上金湯惟粟粒，胸中水鏡是人才。遥知更解青牛句，一寸功名心已灰。

紀昀：第二句率。「粟粒」二字未老。

無名氏（甲）：青牛，老子所乘。

攬轡都城風露秋，行臺無妾護衣篝。虎頭墨妙能頻寄，馬乳蒲萄不待求。上黨地寒應强飲，西河民病要分憂。猶聞昔在軍興日，一馬人間費十牛。

方回：元祐元年夏，顧臨子敦除河東漕。東坡有古詩，山谷押云「西連魏三河，東盡齊四履」是也。予竊謂「一寸功名心已灰」，此句有病。以元祐之時勸其退，豈子敦有不滿乎？「行臺無妄護衣篝」，此亦小事，近乎不莊。大抵山谷詩律高，而用意亦多出於戲。如「折衝樽俎不臨邊」，意好，却犯子敦名。「兩河民病要分憂」，「一馬人間費十牛」，始是惻怛愛民之意。山谷送人律詩少，外集有送徐隱父宰餘干有云：「贅叟得牛民少訟，長官齋馬吏争廉。」末云：「治狀要須存豈弟，此行端爲霽威嚴。」極佳。山谷詩自任淵所注之外，有外集，有别集。外集中詩不可謂之不逮前集。任淵所注，亦多鹵莽。止能注其字面事料之所出，而不識詩意。如次韻文潛同遊王舍人園「自移竹淇園」下至「牽黄臂老蒼」十三韻，皆稱美王才元園林、田疇、屋廬、聲色、花竹之美，所謂「買田宛丘間，江漢起濫觴」，乃指才元所以致富之本也。注乃謂山谷爲歸老之漸，不亦謬乎！如此詩「一馬人間費十牛」，蔡卞切齒，謂谷譏熙、豐政事。陳留史禍，亦本於此，而淵不能注。

查慎行：任注「漸爲歸老之計」，原指王舍人，非謂山谷也。此評謬。

紀昀：「行臺無妄護衣篝」，言其之官清況，不攜家累耳，與浪仙「三年馬不肥」句同意，虚谷未之詳也。○釋事志義，李善注文選亦然，此注家之通者。然後人注少陵、注義山，牽引史傳，紛紛穿鑿，又不如但注事料，其意義聽人自領耳。

許印芳：虚谷謂「折衝」句犯諱，亦是俗腸。古人但避君父諱，而臨文且不諱。後世臨文皆諱，已非古禮。如虛谷論朋友亦諱，可笑也。○自來注詩集者莫善於施元之注東坡全集，任淵之注山谷内集。二君皆南渡初年人，去蘇、黄兩公未遠，雖於兩公所用典故未能盡知出處，而於兩公時事見聞親切，證據詳審，其注本詮次諸詩，皆仿少陵詩史，用編年體，不分門類。施注蘇詩於注題之下發明詩意。任注黄詩，於目録每條之下總挈大綱，使讀者考其歲月，知其遭際，因以推求作詩之本旨。此其所爲善本也。任氏之注，於詩中意旨亦能逐處發明，如此二詩任氏解前章云：「欲其務本業。」後章云：「欲其惜民力。」可謂明白了當。「一馬」句，指熙、豐弊政。任氏亦已注明。至虛谷所傳，蔡卞切齒，山谷得禍，此詩外事，注家何能周知？虛谷以任氏不知而笑之，且譏其不識詩意，皆非也。

許印芳：「馬」字複。

送蘇迨　陳後山

胸中歷歷着千年，筆下源源赴百川。真字飄揚今有種，清談絶倒古無傳。出塵悟解多爲路，隨世功名小着鞭。白首相逢恐無日，幾時筆札到林泉。

方回：迨，字仲豫，東坡次子也。

紀昀：此無佳處。○「多爲路」三字未詳。

寄送定州蘇尚書

初聞簡策侍前旒，又見衣冠送作州。北府時清惟可飲，西山氣爽更宜秋。功名不朽聊通袖，海道無違具一舟。枉讀平生三萬卷，貂蟬當復出兜鍪。「出」字一作「自」，又云作「兜牟」。

方回：元祐八年九月東坡出知定州，時宣仁上仙，時事已變，勸東坡省事高退，其意深矣。明年乃有惠州之謫，久之又謫海外。然當是時，坡雖欲退身，殆亦無地自藏矣。此乃國家大氣數也。

紀昀：語雖直致，而東坡、後山之交情，安危之際，自不暇更作婉轉，此又當論其世也。○「出」字有典，「自」字、「作」字皆非是。

無名氏（甲）：定州，真定。

北橋送客

張宛丘

橋上垂楊繫馬嘶，橋頭船尾插紅旗。船來船去知多少，橋北橋南長別離。亭上幾傾行客酒，遊人自唱少年詞。百年回首皆陳迹，浮世飄零亦可悲。

方回：此詩似張司業。
紀昀：本色老健。前四句恣逸特甚，然不是率筆，故佳。六句好在對面落墨，感慨殊深。
趙熙：五、六妙。

送楊補之赴鄂州支使

相逢顧我尚童兒，二十年來鬢有絲。涕淚兩家同患難，光陰一半屬分離。扁舟又作江湖別，千里長懸夢寐思。何日粗酬身世了，卜鄰耕釣老追隨。

方回：此文潛姊夫也。
馮舒：太襲。
紀昀：三、四沉痛，情真語切，詩人之筆。
無名氏（甲）：鄂州，武昌。

送三姊之鄂州

兄弟分飛各一方，老來分袂苦多傷。兩行別淚江湖遠，五月征車歧路長。休歎伯鸞甘寂寞，所欣楊惲好文章。甥克一苦爲詩。北歸會有相逢地，只恐塵埃鬢易蒼。

方回：此即文潛之姊。甥克一能文，故有五、六一聯，用事極佳。

紀昀：姊已見題，甥已見注，此評贅。

紀昀：詩亦真切，結尤渾厚。

無名氏(甲)：楊惲，太史公外孫。

許印芳：首聯「分」字既複，意亦合掌，且末句方恐鬢蒼，何遽言老？愚併改之：首聯易作「少日離羣各一方，中年分袂苦多傷」；末句易作「只恐塵埃鬢易蒼」。○「好」，去聲。

送曹子方赴福建運判

平生鄴下曹公子，家世風流合有文。橫槊尚傳瞞相國，紫髯不是畫將軍。詔書寬大民何怨，刺史威嚴吏合勤。好作楚詞更下俚，雲中一降武夷君。

方回：曹輔子方，亦詩豪也，與文潛考試，有同文倡和。此詩三、四用其姓事，尤切。

馮舒：不成語。

馮班：呼魏武爲「瞞相國」，刺耶？美耶？曹霸亦不聞「紫髯」。

查慎行：杜詩有曹將軍畫馬歌。

紀昀：此無佳處。○「瞞相國」三字欠通。

無名氏（甲）：閩有武夷山。

送畢平仲西上 畢字夷直。庚午五月歷陽賦。

賀方回

吟鞭西指鳳皇州，好趁華年訪昔遊。新樣春衫裁白紵，舊題醉墨滿青樓。鳴蛙雨細生梅潤，颶燕風高報麥秋。須念江邊桃葉女，定從今日望歸舟。

方回：賀鑄方回慶湖遺老詩集，每一詩必自注所與之人，所作之地，及歲月於題目下。其詩鏗鏘整暇。本武人，以蘇公軾、范公百禄薦授從事郎。然即請岳祠，兩爲通判，年五十八便求致仕。再以荐起家，再致仕。宣和二年卒於常州，年七十四。葬宜興縣北山，程公俱銘其墓，仍序其詩。此篇風致頗如其詞，以詞之尤高也，故世人不甚知其詩，而余獨愛之。

李光垣：五十八、四十七必有一誤。

紀昀：畢蓋好狹斜之遊，故詩皆規語，妙，非腐詞。

許印芳：方回善填詞，有「梅子黄時雨」句，人呼爲「賀梅子」。

送客出城西

陳簡齋

鄧州誰亦解丹青，畫我羸驂晚出城。殘年政爾供愁了，末路那堪送客行。寒日滿川分衆色，暮林無葉寄秋聲。垂鞭歸去重迴首，意落西南計未成。

方回：五、六一聯絶妙，「分」字、「寄」字奇。

紀昀：簡齋風骨自不同。六句警絶，前人未道。以「分」字、「寄」字取之，淺矣。

許印芳：「那」，平聲。次聯與首聯不黏。首句借韻。

送熊博士赴瑞安令

衣冠衮衮相逢處，草木蕭蕭未變時。聚散同驚一枕夢，悲歡各誦十年詩。山林有約吾當去，天地無情子亦饑。笑領銅章非失計，歲寒心事欲深期。

方回：簡齋詩氣勢渾雄，規模廣大。老杜之後，有黃、陳，又有簡齋，又其次則吕居仁之活動，曾吉甫之清峭，凡五人焉。

紀昀：語語沉着。

送曾宏父守天台

曾茶山

莫作陽關墮淚聲，丹丘勝事要君聽。興公賦裏雲霞赤，子美詩中島嶼青。天近豈無宣室召，地偏猶有草堂靈。巒坡飛上勤回首，記取來遊舊客星。

方回：三、四於台州切。

紀昀：三、四俗格，後半自可。

無名氏（甲）：天台，台州。○孫綽，字興公。○鄭虔謫此，子美有詩。

送呂倉部治先守齊安

齊安剖竹要循良，分付吾家坦腹郎。賸有江山連赤壁，略無訟獄到黃堂。鈴齋晝永宜深念，邊瑣秋高合過防。此地元之遺烈在，勉旃幸未鬢毛蒼。

方回：呂倉部大器字治先，茶山之壻，是生東萊先生呂成公。「黃堂」、「赤壁」、「深念」、「過防」四句皆佳。

馮舒：此杜家莊僕。

馮班：次聯是政成後語，豈是送語？腹聯方是送。

查慎行：「深念」用史記。

紀昀：此殊粗野。

適越留别朱新仲

扁舟緑漲漕渠時，解釋離懷政用詩。管鮑交朋無變態，朱陳嫁娶有佳期。元注：「新仲次子已議定女孫，有姻期矣。」長洲茂苑着身久，秦望鏡湖行脚宜。二浙中間才一水，短書莫使寄來遲。

方回：三、四整雅。

紀昀：此又頽唐。

送嚴堉侍郎北使

葉少藴

朔風吹雪暗龍荒，荷橐驚看玉節郎。楛矢石砮傳地産，毉閭析木照天光。傳車玉帛風塵息，盟府山河歲月長。寄語遺民知帝力，勉抛鋒鏑事耕桑。

方回：石林葉夢得少藴以妙年出蔡京之門，靖康初守南京，當罷廢。胡文定公安國以其才，奏謂不當因蔡氏而棄之。實有文學，詩似半山。然石林詩話專主半山而陰抑蘇、黄，非正論也。南渡後，位執政，帥金陵，卜居霅川，福壽全備。此詩「楛矢石砮」、「毉閭析木」一聯佳，取之。秦檜之和，雖萬世之下，知其非是。後四句含糊説過，無一豪忠義感慨之意，則猶是黨蔡尊舒、紹述之徒常態也。

紀昀：「栝矢」一聯亦無佳處。○末數語確。

馮班：此詩何足選？

送丘宗卿帥蜀　楊誠齋

人似隆中漢卧龍，韻如江左晉諸公。四川全國牙旗底，萬里長江羽扇中。玉壘頓清開宿霧，雪山增重起秋風。近來廊廟多西帥，出相誰言只在東。

諭蜀宣威百萬兵，不須號令自精明。酒揮勃律天西椀，鼓卧蓬婆雪外城。二月海棠傾國色，五更杜宇説鄉情。少陵山谷千年恨，不遇丘遲眼爲青。

紀昀：三詩俱好，此首尤佳。誠齋極謹嚴之作。○五、六豔而警。

蜀人詫蜀不能休，花作江山錦作州。老我無緣更行脚，羨君來歲領遨頭。碧雞金馬端誰見，酒肆琴臺訪昔遊。收入西征詩集裏，憶儂還解記〔三四〕儂不。

方回：右見江東集。

無名氏(甲)：五、六用王褒、相如故事，俱蜀人。

逢贛守張子智左史進直敷文閣移帥八桂

龍尾名臣進寶奎，虎頭移鎮赴榕溪。握刀將帥迎牙纛，解辮戎蠻貢象犀。翠浪玉虹餘昨夢，碧篸羅帶入新題。鳳池雞樹公棲處，早箇雲飛不要梯。

紀昀：此首用字太冗。

無名氏(甲)：龍尾道，虎頭牌。○「翠浪」、「玉虹」，言内廷之景。山似玉簪，水如羅帶，言桂、廣之景。

拋官九載卧柴荆，有底生涯底友生。白鷺鷫鷞雙屬玉，青鞋布襪一笭箵。贛江府主憐逋客，樽酒綈袍篤故情。天上故人今又去，碧雲西望暮天横。右見退休集。

方回：五詩皆壯麗。「白鷺」、「青鞋」一聯變體俊快。

紀昀：此二詩殊不佳。五詩並舉，非是。「白鷺」一聯尤不佳；以爲俊快，亦非是。

紀昀：次句不成句法。

送族弟子西赴省

吾家詞伯達齋翁，阿季文名有父風。筆陣千軍能獨掃，馬羣萬古洗來空。嗟予還笏歸林下，看子乘船入月中。淡墨榜頭先快睹，泥金帖子不須封。見退休集。

方回：送士人赴省及鹿鳴宴，舉世難得好詩。此「乘船入月中」一句奇。

馮班：亦未好。

紀昀：起句率，餘亦凡庸。

別林景思

尤遂初

二年無德及斯民，獨喜從游得此君。囊乏一錢窮到骨，胸蟠千古氣凌雲。論交却恨相逢晚，別袂真成不忍分。後夜相思眇空闊，尺書應許雁知聞。

方回：吴興林憲字景思，少從其父宦遊天台，因留蕭寺寓焉。初賀參政允中奇其才，妻以女孫，而不取奩田，貧甚。爲詩學韋蘇州。淳熙五年戊戌，尤延之爲守，爲作雪巢記，又爲雲巢小集序。「柔櫓晚湖上，寒燈深樹中。」「汲井延晚花，推窗數新竹。」延之謂唐人之精者不是過。此詩相別，有古人交道意。

紀昀：通體頹唐。結句趁韻，尤不妥。

送晦菴南歸

二年摩手撫瘡痍，恩與廬山五老齊。合侍玉皇香案側，却持華節大江西。鼎新白鹿諸生學，築就長虹萬丈堤。待哺饑民偏戀德，老翁猶作小兒啼。

方回：淳熙八年辛丑三月初四日，朱文公在南康除江西提刑。先是嘗有任滿奏事之旨，故延之詩云耳。

紀昀：此詩殊爲庸劣，虚谷以文公故存之耳。

送提舉楊大監解組西歸

征轅已動不容攀，回首棠陰蔽芾間。爲郡不知歌舞樂，憂民贏得鬢毛斑。澄清未展須持節，注想方深便賜環。從此相思隔烟水，夢魂飛不到螺山。

方回：三首取一。此楊誠齋萬里也。知常州滿除廣東提舉，尤延之家居，作此詩送之。首篇有云：「歸裝見説渾無物，添得新詩數百篇。」即所謂荆溪集，傳於世。

紀昀：亦不足存。

送吴待制帥襄陽二首

方持紫橐侍西清，忽領雄藩向暑行。誰謂風流貴公子，甘爲辛苦一書生。詞源筆下三千牘，武庫胸中十萬兵。從此君王寬北顧，山南東道得長城。

欲將盤錯試餘鋒，故擁旗麾訖外庸。南峴北津形勝地，前羊後杜昔賢蹤。不妨倒載同民樂，自有輕裘折虜衝。努力功名歸報國，莫思山月與林鐘。

方回：元注：「公詩『飽看七寶山頭月，慣聽三茅觀裏鐘。』」此吴環也，琚之弟，高宗吴后之姪。

紀昀：亦潦倒應酬語。

送親戚錢尉入國

丁文伯

正是朔風吹雪初，行縢結束問征途。不能刺刺對婢子，已是昂昂真丈夫。常惠舊曾隨屬國，蘇武傳：「蘇武中郎將及假吏常惠等。」烏孫今亦病匈奴。不知漢節歸何日，準擬殷勤説汴都。

方回：丁涎溪黼居池州，寶慶初正人也。嘉定以來，士大夫能詩如任斯菴、清叟與公皆是。而任合於史彌遠，至參政。公忤於史，後帥蜀。成都破，死之。此詩三、四佳，五、六善用事。

馮班：觀詩可以知人。

紀昀：後半自好，三、四太粗野。

送陸務觀得倅鎮江還越 三首取一

韓無咎

高文不試紫雲樓，猶得聲名動九州。金馬漸登難避世，蓬萊已近却回舟。燒城赤舌知何事，許國丹心惜未酬。歸臥鏡湖聊洗眼，雨餘萬壑正争流。

方回：放翁詩亦有云：「赤口能燒萬里城。」

紀昀：五句不佳，三、四自好。

無名氏（甲）：即今俗占朱雀、赤口之象，主訟主火也。

送陸務觀福建提倉

觥船相對百分空，京口追隨一夢中。落紙雲烟君似舊，盈巾霜雪我成翁。春來茗葉還争白，臘近梅梢儘放紅。領略溪山須妙語，少迂使節上凌風。

方回：元注：「僕爲建安宰，作凌風亭。」此詩淳熙五年戊戌作，前詩隆興元年癸未作，相去一十六年。放翁已入蜀而出，亦年五十四矣。

查慎行：起句犯牧之。

紀昀：格不高而吐屬修整。

無名氏（甲）：茶品以白者爲上。

杜叔高秀才雨雪中相過留一宿而別口誦此詩以送之

陸放翁

久客方知行路難，關山無際水漫漫。風吹欲倒孤城遠，雪落如篵野寺寒。暮挈衣囊投土室〔三五〕，晨沽村酒掛驢鞍。文章一字無人識，胸次徒勞萬卷蟠。

方回：此金華杜旃也，杜斿其同氣，俱登科，有詩名。斿至端平從官。

查慎行：三、四寒氣逼人，却成奇警。

紀昀：後四句凡近。

送陳懷叔赴上臯酒官却還都下

奇才初試發硎刀，疋馬秋風到上臯。地近雖同三輔重，時平無復五陵豪。極知穩步烟霄路，却要微知郡縣勞。歸去平津首開燕，吐茵應復忤西曹。

方回：兩聯皆佳。

紀昀：五、六勝三、四。

紀昀：五、六深婉。

無名氏（甲）：丞相丙吉出，馭吏大醉，吐其茵。

送任夷仲大監 元受之子

往者江淮未撤兵，丹陽邂逅識耆英。叩門偶綴諸公後，倒屣曾蒙一笑迎。敢意癡頑成後死，相從髣髴若平生。小詩話别初何有，一段清愁伴觵聲。

方回：元注：「昔在京口，與陳應求、馮國仲、查元章、張欽夫諸人從先提刑游，今三十九年矣。」放翁詩似此瘦健者少矣。

紀昀：不甚塗飾耳，亦非瘦健。

紀昀：「後」字複。

送王簡卿歸天台二首 劉改之

枚數人才難倒指，有如公者又東歸。班行失士國輕重，道路不言心是非。載酒青山隨處飲，談詩玉麈爲誰揮。歸期趁得春風早，莫放梅花一片飛。「枚」一作「欲」。

千巖萬壑天台路，一日分爲兩日程。事可語人酬酢易，面無慚色去留輕。放開筆下閒風月，收斂胸中舊甲兵。世事看來忙不得，百年到手是功名。

方回：王居安字資道，一字簡卿。台州人。淳熙十四年丁未探花。韓侂胄之死，驟入言路，尋即去國。此送詩殆其時也。後起家帥江西，與湖南漕帥曹彦伯同平峒寇，位至侍從。改之吉州人，所謂龍洲道人劉過也。以詩遊謁江湖，大欠鍼線。侂胄嘗欲官之，使金國而漏言，卒以窮死。惟此二詩可觀。前詩三、四用歐陽公送王平甫句意「歸期趁得東風早」與「世事看來忙不得」，兩句太俗，「忙不得」者，何等議論？衰颯甚矣。

馮班：方君云「兩句太俗」。不俗。俗不妨，只要下得好。

紀昀：此評確。

馮舒：「江湖」詩全不雅馴。

馮班：淺露。

紀昀：二詩皆粗獷。

送劉改之

王簡卿

劉子堂堂七尺軀，高談世事奮髯鬚。觀渠論到前賢處，據我看來近世無。出語令人驚辟易，處窮無鬼敢揶揄。倘徉鬧市渾無畏，要是人間烈丈夫。

方回：即前注王居安也。第一首云：「名滿江湖劉改之，半生窮困但吟詩。人言季布恐難迹，我謂鄭老真其師。」後四句不稱。第二首：「不識劉郎莫便語，酒酣耳熱未全疎。士當窮困能無慊，我自斟量愧不如。横槊賦詩俱有分，輕裘緩帶特其餘。當今四野無塵土，宜有奇才在草廬。」非不豪爽，但欠平妥優游之意。亦足以見改之乃一俠士。然外俠内餒，作詩多干謁乞索態云。

紀昀：評亦是。

馮舒：正是對手，村夫可敵莽漢。

馮班：粗惡。

查慎行：通首未能免俗。

紀昀：粗野之極，不足置議。

送王伯奮守筠陽　　樓攻媿

三槐名德萃清門，七葉爲州賴有君。道院無忘山谷賦，郡齋當寄潁濱文。君應膝上憐文度，我向東牀憶右軍。振起家聲差易耳，便看奏最躡青雲。

方回：攻媿集第九卷此詩後有别王恭叔詩、别長女淯詩：「遠侍雙親官道院，爲同畫室餞西橋。」又云：「老我年來百念輕，文姬助我以琴鳴。」蓋攻媿長女淯嫁王恭叔，隨侍其父赴筠守也。攻媿此詩三、四切於其州，五、六用王氏二事，以見伯奮之愛子，己之愛壻。皆工。

紀昀：亦極庸，下四人名亦礙格。

無名氏（甲）：筠州，今名端州，屬江西。○山谷，江西分寧人，曾監筠州酒稅。

次韻知常德袁尊固監丞送别 八月十日　　魏鶴山

細把行藏爲子評，只知盡分敢徼名。出如有益殷三聘，用不能行魯兩生。此道古人如飲食，後來竈婢或猜驚。子雲亦號知書者，猶把商山作採榮。

孔訓元無實對名，只言爲己與求人。能知管仲不爲諒，便識殷賢都是仁。義利兩途消處長，古今一理屈中伸。自從聖學寥寥後，千百年誰信得真？

別來歲月爾滔滔，流落天涯忽此遭。萬木辭榮秋意澹，百川歸壑岸容高。笑看海上兩蝸角，閒禿山中千兔毫。若向顔曾得消息，直須奴僕命離騷。

查慎行：儒者氣象，刊落浮華。○少陵用「岸容」爲舒柳生情，此「容」字與「百川歸壑」少關會。

夕陽春處是吾家，水繞山環路轉賒。蹙蹙四方渾未定，茫茫大化渺無涯。歸來已恨十年晚，老却空嗟雙鬢華。各願及時崇令德，萬鍾於我本何加。

方回：鶴山魏公寶慶乙酉謫靖州，凡七年。後紹定辛卯歸蜀。此云「八月十日」，蓋是歲也。其在謫無一毫戚嗟憔悴之言，亦不通史彌遠一字。大儒德言，非區區小詩人可企及也。

馮舒：憑他德言，去詩實遠。

紀昀：大儒原不必定以詩見。以其大儒而引以自重，不復計詩之工拙，所見殊陋。

馮班：惡詩。

送趙子直帥蜀得須字

尤遂初

射策當年首漢儒，去登雲路只斯須。飽聞治最誇閩部，已有先聲到益都。壯略定羌元自許，宗英帥蜀舊來無。前驅叱馭休辭遠，看取東歸上政塗。

帝念西南在一隅，簡求才德應時須。羌夷種落誇威令，秦隴關河聽指呼。自古功名多少壯，及今談笑定規模。玉山舊政人誰記，應掃棠陰看畫圖。

方回：元注云：「公前夢玉山汪端明，次日有帥蜀之命。」校其出處，大略相似。且俱以四十七歲入蜀，其夢玉山持帚相拜，故用東坡送周文儒「帥梓棠陰」之語。成都太守，自國朝以來，至今皆畫像云。玉山汪應辰諱端明，趙子直諱汝愚，皆狀元出身，以宗室帥蜀自子直始。後以爲相，亦越前此也。

紀昀：遂初詩已列前，又列此，編次太草草。二詩皆應酬凡語。○此卷後半最惡，殆不可耐。

校勘記

〔一〕岱北　李光垣：「代」訛「岱」。〔二〕競抽簪　李光垣：「竟」訛「競」。〔三〕寰

中　許印芳：「寰」，誤，當作「環」。〔四〕欲　李光垣：「意」訛「欲」。〔五〕官時　馮班：「官」當作「儀」。〔六〕渦水　按：「渦」原訛作「鍋」，據康熙五十二年本、紀昀刊誤本校改。〔七〕縣樓重　馮班：「縣樓」一作「樓臺」。許印芳：「縣樓」，俗本誤作「樓臺」。〔八〕江明　馮班：「江」，別本作「花」。許印芳：「江」字較妥。〔九〕此鄉　馮班：「鄉」一作「方」。〔一〇〕慎莫　許印芳：「莫」一作「勿」，亦可。〔一一〕許印芳：題當作「送康判官往新安賦得江路西南永」。「江路西南永」，此句乃小謝詩。〔一二〕湖沙　查慎行：「湖」當作「胡」。〔一三〕新文　馮班：「新」一作「誰」。〔一四〕夏景似清秋　馮班：「夏景」一作「節候」，「清」一作「全」。〔一五〕相別　許印芳：「別」一作「送」。「別」與下犯重，不可從。〔一六〕鄮縣　查慎行：「鄮」原訛作「鄸」。〔一七〕桑柘　按：康熙五十二年本、紀昀刊誤本「桑」作「薑」。〔一八〕佳聲　按：「佳」原作「家」，據元至元本校改。〔一九〕春又　馮班：「春」一作「看」。〔二〇〕到長安　馮班：「到」一作「是」。〔二一〕欲供　馮班：「供」一作「躬」。〔二二〕卷帆　紀昀：「帆」字當是「旗」字，再校本集。〔二三〕反若　按：「若」原訛作「返」，據康熙五十二年本、紀昀刊誤本校改。〔二四〕秦州　按「秦」原訛作「泰」，據元至元本校改。〔二五〕何日　馮班：「日」一作「地」。〔二六〕頻頻勸　馮班：「頻頻」一作「頻煩」。〔二七〕別筵　許印芳：「別」一作「此」。〔二八〕念我能書　許印芳：「能書」一作「常能」。〔二九〕兵甲　許印芳：「甲」一作「革」。〔三〇〕馮

〔三一〕迎風懼　查慎行：「懼」當作「馭」。〔三二〕緑班：題下闕「自大鴻臚拜家承舊勳」。〔三三〕行舟　查慎行：「舟」，集作「輈」。蒙蒙　查慎行：「蒙蒙」，集作「茸茸」。〔三五〕土室　按：「土」原訛作「上」，據康熙五十二年〔三四〕解記　李光垣：「寄」訛「記」。本，紀昀刊誤本校改。

瀛奎律髓彙評卷之二十五　拗字類

拗字詩在老杜集七言律詩中謂之「吴體」，老杜七言律一百五十九首，而此體凡十九出。不止句中拗一字，往往神出鬼没。雖拗字甚多，而骨格愈峻峭。今「江湖」學詩者，喜許渾詩「水聲東去市朝變，山勢北來宫殿高」、「湘潭雲盡暮山出，巴蜀雪消春水來」，以爲丁卯句法。殊不知始於老杜，如「負鹽出井此溪女，打鼓發船何郡郎」、「寵光蕙葉與多碧，點注桃花舒小紅」之類是也。如趙嘏「殘星幾點雁横塞，長笛一聲人倚樓」，亦是也。唐詩多此類，獨老杜「吴體」之所謂拗，則才小者不能爲之矣。五言律亦有拗者，止爲語句要渾成，氣勢要頓挫，則换易一兩字平仄，無害也，但不如七言「吴體」全拗爾。

馮舒：周顒、劉繪、沈約輩之聲病，止論五音。沈、宋之律詩，兼嚴四聲。拗字不妨爲律詩，以其原論聲病也。虚谷不知源流，遂立此一類，其爲全不知詩信矣。然此書於詩派甚明，至宋人，每每論其世「九僧」、「四靈」、「西崑」，諸詩僅存此本；劉、錢以降，亦自説得細膩。足爲王、李、鍾、譚輩鍼砭，所以不可廢也。詩只取一字，是此公作倆。

馮班：七言自梁、陳、沈、宋多有拗字，天寶以後乃如今格耳。拗字詩，老杜偶爲之耳。黄、陳偏學此等處，而遂謂之格高，寃哉！

紀昀：拗字各類皆有，何必别出一門！○此亦有定法，非隨意换易也。飴山老人聲調譜言之詳矣。虚谷此序，於拗法尚未盡了了也。

五言 十首

巳上人茅齋

杜工部

巳公茅屋下，可以賦新詩。枕簟入林僻，茶瓜留客遲。江蓮摇白羽，天棘蔓青絲。空忝許詢輩，難酬支遁詞。

方回：「入」字當平而仄，「留」字當仄而平，「許」、「支」二字亦然。間或出此，詩更峭健。又「入」字、「留」字乃詩句之眼，與「摇」字、「蔓」字同，如必不可依平仄，則拗用之，尤佳耳。如「雲散灌壇雨，春青彭澤田」，亦是。

馮舒：諸注俱夢。

紀昀：此論雙拗法是。

馮舒：落句是舊法。

馮班：重出。

紀昀：此又見四十七卷「釋梵類」，評語不同。

暮雨題瀼西新賃草屋（二）

欲陳濟世策，已老尚書郎。不息豺虎鬭，空慚鴛鷺行。時危人事急，風逆羽毛傷。落日悲江漢，中宵淚滿床。

方回：「濟世策」三字皆仄，「尚書郎」三字皆平，乃更覺入律。「豺虎」、「鴛鷺」又是一樣拗體。「時危」一聯，亦變體也。

馮舒：不必爭。

紀昀：此亦雙拗，乃「濟」、「尚」二字迴換，非三平、三仄之謂。

何義門：「悲江漢」，自嘆朝宗無期也。

紀昀：上句二四不諧，下句第三字必用平聲以救之，亦是定格。

上兜率寺

兜率知名寺，真如會法堂。江山有巴蜀，棟宇自齊梁。庾信哀雖久，何顒〔一〕好不忘。白牛連遠近，且欲上慈航。

方回：此寺棟宇自齊、梁至今，則所用「自」字决不可易，亦既工矣。江山有巴蜀，「有」字亦决不可易，則不應换平聲字，却將「巴」字作平聲一拗，如「詩應有神助」、「吾得及春遊」亦是。

馮舒：俱不是。

紀昀：此單拗法。單拗者，本句三、四平仄互换也，惟用於出句，不用於對句。

馮班：重出。

紀昀：又見四十七卷「釋梵類」，評語不同。○此乃巴蜀，「巴」字不可易，以「有」字拗之耳，下説非是。

無名氏（甲）：兜率寺在蜀中牛頭山。

無名氏（乙）：用虚字作句中眼。三、四俯仰形勝，上下今古，只在一兩字中。於此可悟鍊字之法。

酬姚校書

賈浪仙

因貧行遠道，得見舊交遊。美酒易傾盡，好詩難卒酬。公堂朝共到，私第夜相留。不覺入關晚，别來林木秋。

方回：「易」「難」二字拗用，句意俱佳。尾句「入」、「林」字亦拗。詩人如此者多。

早春題湖上友人新居

近得雲中路，門長侵早開。到時猶有雪，行處已無苔。勸酒客初醉，留茶僧未來。每逢晴暖日，惟見乞花栽。

紀昀：二首俱重出。

門不當官道，行人到亦稀。故從飱後出，多是夜深歸。開篋收詩卷，掃牀移卧衣。幾時同買宅，相近有柴扉。

方回：前篇「客」字、「僧」字拗對，詩家甚多。後篇收詩前句不拗，只「掃床移卧衣」拗一字。「掃」字既仄，即「移」字處合平，亦詩家通例也。

馮舒：不必説。

紀昀：此亦單拗法。又有一字雙救者，如「高閣客竟去，小園花亂飛」是也。

次韻楊明叔

黄山谷

全德備萬物，大方無四隅。身隨腐草化，名與太山俱。道學歸吾子，言詩起老夫。無爲蹈東海，留作濟川桴。

方回：「腐草」之「腐」，不容不拗，緣一定字不可易，如「備萬物」、「無四隅」亦然。所以選此詩者，不專爲拗字而止。「身隨腐草化」，所謂語小莫能破。「名與太山俱」，所謂語大莫能載。「身在菰蒲中，名滿天地間。」「九鼎安磐石，一身轉秋蓬。」皆是也。五首選一。

陸貽典：虚谷迂論。

馮舒：一生與此公無緣。○第三句變了螢火蟲。○結尾惡句。

紀昀：此真腐陋之見。山谷本意不如此。

紀昀：起二句是拗字，次句自應二平。「腐草化」得用三仄，乃正格。以爲拗字，謬甚。

次韻答高子勉

雪盡虚簷滴，春從細草回。德人泉下夢，俗物眼中埃。久立我有待，長吟君不來。重玄鎖關鑰，要待玉匙開。

方回：十首摘一。以「我」對「君」，雖非字之工者，亦見拗句之健。起句十字言景，中四句皆言情，豈近世四體所得拘？黄、陳詩有四十字無一字帶景者，後學能參此者幾人矣？「德人」謂東坡。

紀昀：亦不必定不言景，此等總是方隅之見。

別負山居士

陳後山

田園相與老，此別意如何。更病可無醉，猶寒已自和。高名胡未廣，詩句尚能多。沙草東山路，猶須一再過。

方回：「更病可無醉」，所用「可」字不容不拗。此詩全在虛字上着力，除「田園」、「沙草」、「山路」六字外，不曾黏帶景物。只於三、四箇閒字面上斡旋妙意，其苦心亦已甚矣。

紀昀：晚唐詩敷衍景物，固是陋格。如以不黏景物爲高，亦是僻見。古人詩不如此論。

馮舒：「胡未」、「尚能」，時文講談？

紀昀：「可」字仄而下句第三字不以平聲救之，却是失調，不可標以爲式。

寄答李方叔

平生經世策，寄食不資身。孰使文章著，能辭轍跡頻。帝城分不入，書札詗何人。子未知吾嬾，吾寧覺子貧。

方回：「帝城分不入」，「分」字不可不拗。又此詩四十字無一字黏景物，惟趙昌父能之。漢書陳咸傳：「咸滯於郡守。時王晉〔三〕輔政，信用陳湯。咸數賂遺湯子書曰：『即蒙子公〔四〕力，得入帝城，死不恨。』」「詗」，漢書注：「偵伺也。」櫟按：誠齋送人下第云：「孰使文章太驚俗，何緣場屋不遺才。」即用後山此詩三、四一聯句法意度，然皆老杜「文章憎命達」之遺意。

紀昀：此自稱櫟者爲誰？然則此書經後人之附益多矣。

紀昀：此亦失調，不可訓。

七言 十八首

題省中院壁　杜工部

掖垣竹埤梧十尋，洞門對雪〔五〕常陰陰。落花遊絲白日靜，鳴鳩乳燕青春深。腐儒衰晚謬通籍，退食遲回違寸心。袞職曾無一字補，許身愧比雙南金。

方回：此篇八句俱拗，而律呂鏗鏘。試以微吟，或以長歌，其實文從字順也。以下「吴體」皆然。「落花遊絲白日静，鳴鳩乳燕青春深。」此等句法惟老杜多，亦惟山谷、後山多，而簡齋亦然。乃知「江西詩派」非江西，實皆學老杜耳。因附見於下：「清江碧石傷心麗，嫩蕊穠花滿月斑。」「珠簾繡柱圍黄鶴〔六〕，錦纜牙檣起白鷗。」老杜也。「頭白眼花行作吏，兒婚女嫁望還山。」「青春白日無公事，紫燕黄鸝俱好音。」「釣溪築野收多士，航海梯山共一家。」「舊管新收幾粧鏡，流行坎止一虚舟。」「霜髭雪鬢共看鏡，萸糝菊英同送秋。」山谷也。「語鵲飛烏春悄悄，重簾深院晚沉沉。」「來牛去馬中年眼，朗月清風萬里心。」「問舍求田真得計，臨流據石有餘清。」「熟路長驅聊緩步，百全一發不虚弦。」後山也。「寒食清明愁客子，暖風遲日醉梨花。」「前江後嶺通雲氣，萬壑千巖送雨聲。」簡齋也。東坡亦有之：「白砂碧玉味方永，黄紙紅旗心已灰。」「經卷藥爐新活計，舞衫歌扇舊因緣。」如歐陽公「金馬玉堂三學士，清風明月兩閒人」，皆兩句中各自爲對，或以壯麗，或以沉鬱，或以勁健，或以閒雅。又觀本意如何，予亦不能悉數，姑舉一二，更不別出。

馮舒：「清江」兩聯並無拗字，其以句中各自對爲法，總非詩之妙處。

馮班：老杜偶爲之耳。黄、陳偏學此等處，而此老遂謂格高，寃哉！

查慎行：「清江碧石傷心麗」，「麗」字便廓落難學，雖句法出老杜，不可學也。

紀昀：「吴體」與拗法不同，其訣在每對句第五字以平聲救轉，故雖拗而音節仍諧。○以此種句法爲學老杜，杜果以此種爲宗旨乎？博引繁稱，徒增支蔓耳。

查慎行：三、四「静」字、「深」字，起妙親切。劉須溪以此聯爲籠罩乾坤句。

紀昀：三、四天然深妙。

許印芳：七律拗字，雖以第三、第五爲眼目，而關鍵全在第五字。如作平韻七言古詩，上句五字拗作仄，下句五字拗作平，此通例也，亦常法也。然作全拗詩，若但知句句拗五字，便嫌挨板，且嫌油熟。少陵妙手，慣用流水對法，側卸而下，更不板滯，此又布置之妙也。又按：杜集七律，連用平起調者凡數篇。此詩之外，有所思篇，「苦憶荆州」云云，後三聯皆平起，與此詩同；而次句與尾聯皆不拗，與此詩不同。又有城西陂泛舟詩「青蛾皓齒」云云，即事詩「暮春三月」云云，前三聯皆平起，詩皆平調。而西城詩拗次句，即事詩拗首聯，便不雷同。十二月一日三首，第二首「寒輕市上」云云，亦前三聯用平起，通首作拗體，而首句參用平調，六句及尾聯參用古調，與前二詩不同。第一首「今朝臘月」云云，四聯皆平起，重沓甚矣，而句法參用平調、拗調、古調，便不嫌其重沓。此數詩同是連用平起調，每篇上下聯及上下句，平仄各有轉换，無雷同者，亦無挨板者。學者須從變化處細心探討，始知結構之法。至於三聯、四聯連用仄起調，盛唐人王右丞每有此格。高、岑二家，間亦有作。而杜集無之，殆嫌仄起聲調不揚，力難振拔耳。然兩聯仄起調猶不弱，三聯、四聯則疲苶矣。後學以杜爲師可也。杜、王詩詳見本集，兹不備録。〇又按：七律連章詩最難出色，古來惟杜擅長。詠懷古跡五首、諸將五首、秋興八首，魄力雄厚，法律精密，後學誦習，受益無量。虚谷此書「秋日類」批杜詩云：「老杜秋興不專言秋，又以詩多，不能備取。」○紀批云「以此不取秋興，所見甚陋」，而「忠憤類」取「聞道長安」一首。○紀批云「八首取一，便減多少神采」，此等去取可謂庸妄至極。今抄杜詩不抄此篇，學者當取全詩誦習，勿如虛谷以管窺天也。○「洞門對雪常陰陰」，「雪」當作「雷」，春深不應有雪。末句亦是對結。

愁

江草日日喚愁生，巫峽泠泠非世情。盤渦鷺浴底心性，獨樹花發自分明。十年戎馬暗南國，異域賓客老孤城。渭水秦山得見否，人今罷病虎縱橫〔七〕。

方回：「南國」一本作「萬國」，說如前。

紀昀：此詩殊無可采。

何義門：言草又生而不得歸也。三、四言樂子之無知。

紀昀：此四首皆「吴體」，全不入律，與前首用拗法者不同。

晝夢

二月饒睡昏昏然，不獨夜短晝分眠。桃花氣暖眼自醉，春渚日落夢相牽。故鄉門巷荆棘底，中原君臣豺虎邊。安得務農息戰鬬，普天無吏横索錢。

何義門：落句言夢想唯此耳。

暮歸

霜寒碧梧白鶴棲，城上擊柝復烏啼。客子入門月皎皎，誰家擣練風淒淒？南渡桂水闕舟楫，北歸秦川多鼓鼙。年過半百不稱意，明日看雲還杖藜。

馮班：重出。○妙極，勢甚闊。

紀昀：重出。

早秋苦熱堆案相仍

七月六日苦炎蒸，對食暫餐還不能。每愁夜中自足蝎，況乃秋後轉多蠅。束帶發狂欲大叫，簿書何急來相仍。南望青松架短壑，安得赤脚踏層冰？

方回：老杜詩豈人所敢選？當晝夜著几間讀之。今欲示後生以體格，乃取「吴體」五首如此。他如鄭駙馬宴洞中、九日至後崔氏草堂、曉發公安等篇，自當求之集中。

紀昀：杜詩亦有工拙，須有别裁，不至效其所短。此等依草附木之説，最悮後人。

許印芳：此論極允當。虚谷原選拗字類。此詩之前有拗體四首，其佳者已抄入第三卷中，劣者抄此一首。餘詩批語無所發明，故舍之。

何義門：此篇在「古詩」中，非「吴體」也。

紀昀：此杜極粗鄙之作。以此求杜公，杜公遠矣。

題落星寺

黄山谷

星宫遊空何時落，着地亦化爲寶坊。詩人晝吟山入座，醉客夜愕江撼牀。蜂房各自開户牖，蟻穴或夢封侯王。不知青雲梯幾級，更借瘦藤尋上方。

馮舒：第六句無謂。

馮班：妙甚。第六句凑，第五句妙甚。

紀昀：意境奇恣。此種是山谷獨闢。

落星開士深結屋，龍閣老翁來賦詩。小雨藏山客坐久，長江接天帆到遲。燕寢清香與世隔，畫圖絶妙〔八〕無人知。元注：「僧隆畫甚富，而寒山、拾得畫甚妙。」蜂房各自開户牖，處處煮茶藤一枝。

方回：此學老杜所謂拗字「吴體」格，而編山谷詩者置外集「古詩」中，非是。「各開户牖」真佳句，恐以此遂兩用之。

紀昀：拗字與「吴體」不同。

馮舒：寺中有蜂，一句亦不妨。兩言之，則冗矣。

馮班：「蜂房」比僧舍也。

查慎行：「蜂房」句在此首又位置落句，便不見佳。

紀昀：無一句而連篇兩用之理。此必後一首爲初稿，前一首爲改定之本，後人不知而存耳。

許印芳：山谷本集落星寺詩共四首，皆載外集中。史氏注：「前二首題云題落星寺。第三首題云題落星寺嵐漪軒。此三詩皆拗體七律。第四首題云往與劉道純醉卧嵐漪軒夜半取燭題壁間。此詩乃七言絶句，四詩非同時作。後人類聚於此，故詩語有重複，不可指其歲月。」此説是也。虚谷不細考本集，選其拗律二章，題目不分，概爲題落星寺，且謂「蜂房」句以其佳而兩用之。曉嵐又謂連篇無兩用之理，後詩乃未定之稿。皆誤。今從史氏注分題録詩。二詩之境界既清，其真面目始出。「蜂房」重句之病，亦不可掩矣。又按史氏注：「龍閣老翁謂山谷舅氏李公擇。元祐三年，公擇充龍圖直學士。山谷此詩，當是與公擇遊寺而作。」此説亦是。姚姬傳先生今體詩鈔選落星寺詩獨取此章，批云：「此詩真所謂似不食烟火人語。」其他選本亦多取此章，而曉嵐以重句之故，疑而不取，可怪也。○又按：「吴體」之名，始見少陵集中，愁字詩題下自注云：「强戲爲『吴體』。」其詩云：「江草日日唤愁生，巫峽泠泠非世情。盤渦鷺浴底心性，獨樹花發自分明。十年戎馬暗萬國，異域賓客老孤城。渭水秦山得見否，人今疲病虎縱横。」前三聯皆對偶，首句、四句、六句是古調，次句、三句、五句是拗調，每聯中古調、拗調參用，上下聯不黏，是爲拗調變格。尾聯上句仍用拗調，下句以平調作收，變而不失其所，此「吴體」所以爲律詩，不能混入「古詩」也。少陵集中，此體最多，不知者或誤爲古詩。山谷學杜，亦喜作此體。外集第二卷有「吴體」，詩題云二月丁卯喜雨吴體爲北門留守文潞公作，其詩云：「乘興齋祭甘泉宮，遣使駿奔河岳中。誰與至尊分旰食，北門卧鎮司徒公。微風不動天如醉，潤物無聲春有功。三十餘年霖雨手，淹留河外作時豐。」前半散行用拗調，第三句却不拗，後半用平調，第六句却拗「春」字。通首上下相黏，全是律體，不用古調。與杜詩參用古調者迥然不同，而題目明標「吴體」。即此而觀，可見「吴體」即是拗體，亦不必盡如杜詩之奇古。虚谷批語每稱爲「拗字吴體」，原自不錯。曉嵐處處駁之，蓋未嘗遍考唐、宋以來律詩之正變，而固執己見，妄議古人。愚抄杜詩已駁紀批之誤。今抄黄詩，復詳辨之。欲學者以杜、黄二家之詩爲憑，勿爲曉嵐無稽之言所惑也。○附録：王直方詩話：「洪龜父，山谷甥也。山谷嘗問曰：『甥愛老舅何等篇？』龜父舉『黄流』、『碧樹』一聯及『蜂房』、『蟻穴』一聯，以爲深類老杜。山谷曰：『得之矣。』」○落星寺在江州廬山東。○「開」字複。

汴岸置酒贈黄十七

吾宗端居懷百憂，長歌勸之肯出遊。一作「百丈暮捲篙人休，侵星争前猶幾舟。」黄流不解涴明月，碧樹爲我生涼秋。初平羣羊置莫問，叔度千頃醉即休。一作「詩吟吾黨夜來句，酒買田翁社後芻。」誰倚柁樓吹玉笛，斗杓寒掛屋山頭。

方回：此見山谷外集。亦「吴體」。學老杜者，注脚四句可參看。必從「吾宗」起句，則五、六「初平」「叔度」黄姓事爲切。若止用「百丈」「暮捲」起句，則「吾黨」「田翁」一聯亦可也。

查慎行：可悟作詩之法。

紀昀：初平不姓黄，亦不以「吾宗」字領出。且「初平」二句不必定當用「吾宗」。

馮班：亦有氣。

紀昀：「百丈」二句對面襯出兩人汴岸間坐，勝「吾宗」二句。三、四絶佳。五、六言神仙可不必學，且與世浮沉，取醉爲佳耳。

李光垣：「休」韻重。

許印芳：曉嵐取「百丈」二句，眼力固高。而三聯取「初平」二句，切姓可厭。押韻又與「百丈」句複，斷不可從。故愚仍依虚谷之説，録「吾黨」、「田翁」一聯云。○黄名幾復。○「黄流」，黄河也。「涴」音盱，汙也。

題胡逸老致虛菴

藏書萬卷可教子，遺金滿籯常作災。能與貧人共年穀，必有明月生蚌胎。山隨宴坐畫圖出，水作夜窗風雨來。觀水觀山皆得妙，更將何物汙靈臺。

方回：末句一作「莫將世事侵兩鬢，小菴觀静鎖靈臺。」三、四謂賑饑者必有後，此理灼然。五、六奇句也，亦近「吴體」。又山谷永州題淡山巖前詩亦全是此體。

紀昀：「莫將世事侵兩鬢，小菴觀静鎖靈臺。」二句凡近。○此雙拗，非「吴體」也。

馮班：腹聯佳。

紀昀：三、四好在理語不腐。此詩不甚入繩墨，略其玄黄可矣，不以立法。

許印芳：律詩上下聯叠用風月山水等字，山谷以前作者皆用在前半，而且上聯總起，下聯分承，如沈雲卿龍池篇、杜子美吹笛篇是也。山谷此詩却命在後半，上聯分説，下聯總收，變化得妙，惟氣脈與前半微嫌隔閡，曉嵐所謂不甚入繩墨也。○虚谷本第五句作「畫圖出」而本集乃「圖畫出」，較爲峭健，今從本集。○「作」字複。山水叠用不爲複。「汚」讀去聲。

寒　食〔九〕

張宛丘

暗空無星雲抹漆，邑犬吠野人履霜。歲云暮矣風落木，夜如何其斗插江。屋頭眠雞正寂寂，野縣嚴鼓先逢逢。摩娑老面起篝火，春色牀頭酒滿缸。

紀昀：峭拔而雄渾，與「江西」野調不同。

許印芳：「野縣」，語大不妥，且不對出句，「野」字又複次句，故易作「縣署」。○「霜」押通韻，「頭」字複。

曉意

城頭清角已三奏，樹間眠鳩方一鳴。風霜凄緊雁南向，星河横斜天左傾。待旦枕戈無怨敵，將朝盛服非公卿。不如衲被蒙頭睡，直至東窗海日生。

方回：宛丘「吴體」二首，皆頓挫有味，窮而不怨。蓋謫黄州時詩也。

紀昀：此篇後半不佳。○前拗後諧，亦是古法。前諧後拗，則非法。

聞徐師川自京師歸豫章

謝無逸

九衢塵裏無停輈，君居陋巷不出遊。滿城惡少〔一〇〕弋鳧雁，對面故人風馬牛。别後〔一一〕夢寒燈火夜，歸來眼冷江湖秋。馮驩老大食不飽，起視八荒提蒯緱。

方回：謝幼槃之兄也。此「吴體」。

紀昀：此拗律，非「吴體」。

馮舒：但言「食無魚」，不言「食不飽」。唐人决不作此語。

紀昀：三句不甚可解。結句蒼莽。

飲酒示坐客

謝幼槃

身前不吝作蟲臂，身後何須留豹皮。劬勞母氏生育我，造物小兒經紀之。牙籌在手彼爲得，塊石支頭吾所師。偶逢名酒輒徑醉，兒童拍手云公癡。

方回：臨川謝薖字幼槃。兄逸，字無逸。二人俱入「江西詩派」。此學山谷，亦老杜「吴體」。三、四尤極詩之變態。

馮舒：若云「豹死何必更留皮」，文理方順。此句兼「人」字在内，則人死何緣留豹皮耶！○「江西」詩，須多學乃可作。近世李、何、王、李詩法不用近代事，至有不讀漢以後書者。視坡、谷諸公，得不自失耶？

馮班：亦有氣力。○次句文理不順。「留豹皮」亦可，只是天然不好。

紀昀：通體粗野，三、四尤甚。

張子公召飲靈感院

曾茶山

竹輿響肩觵啞嘔，芙蕖城曉六月秋。露華猶泫草光合，晨氣欲動荷香浮。給孤獨園賴君到，伊蒲塞供爲我修。僧窗各自占山色，處處熏爐茶一甌。

方回：茶山曾公學山谷詩，有「案上黄詩屢絶編」之句。此其(三)生逼山谷，然亦所謂老杜「吴體」也。此體不獨用之八句律，用爲絶句尤佳，山谷荆江亭病起十絶是也。茶山有一絶云：「自公退食入僧定，心與香字俱寒灰。小兒了不解人意，正用此時持事來。」深有三昧。

紀昀：杜已先有「吴體」絶句，不始山谷。

馮班：亦好。

陸貽典：落句直抄山谷落星寺結，然却妙。

紀昀：此首較雅。

無名氏(乙)：「芙蕖」，即「荷」也。一詩中並見，何耶？

南山除夜

薰風吹船落江潭，日月除盡猶湖南。百年忽已度强半，十事不能成二三。青編中語要細讀，蒲團上禪須飽參。兒時顏狀聽渠改，瀟湘水色深挼藍。

方回：合入「時序」詩中，以其爲「拗字」、「吴體」，近追山谷，上擬老杜，故列諸此。

紀昀：五、六、七句並粗野。

次韻向君受感秋　汪浮溪

向侯拄笏意千里，肯爲俗彈頭上冠。何時盛之青瑣闥，妙語付以烏絲欄。日邊人去雁行斷，江上秋高楓葉寒。向來叔度倘公是，一見使我窮愁寬。

方回：翰林汪公彦章長於四六，中興第一，存詩不多。此效「吴體」。

紀昀：順筆直走，亦落落有致。○詩用虚字最難工，故論者以爲厲禁。然「江西」拗體間入虚字，却不妨其格，本如是也。就詩論詩，言各有當。○末有落落自喜之意。

許印芳：拗體用虚字，老杜已然，不獨「江西」，詳見杜集。○「向」字複。「盛」音成。○汪藻字彦章，號浮溪。

張禕秀才乞詩　呂居仁

元注：「張舊與前輩名士往還甚衆。」

白蓮菴中張居士，夢斷世間風馬牛。風塵表物自無意〔二三〕，神仙中人聊與游。澄江似趁北城曉，苦雨不放南山秋。君當先行我繼往，勾吴東亭留小舟。

方回：自山谷續老杜之脈，凡「江西派」皆得爲此奇調。汪彦章與吕居仁同輩行，茶山差後，皆得傳授。茶山之嗣有陸放翁，同時尤、楊、范皆能之。乃後始盛行晚唐，而高致絶焉。

馮舒：詩之妙豈在拗字？

紀昀：此體杜亦偶爲之，不專以此爲高致，此論太僻。

陸貽典：次句不通，餘亦少味。

過三衢呈劉共父

胡澹庵

別離如許每引領，邂逅幾何還着鞭。微服過宋我何敢，大國賜秦公不然。衰鬢彫零已子後，高名崒嵂方丁年。即看手握天下砥，山中宰相從雲眠。

方回：元注：「予自兵侍罷歸，從三衢城外遵陸，以兩夫肩籃輿，太守劉共父謂予云：『兩夫肩輿，甚似微服過宋。』因作此戲簡，效『吴體』。」○澹菴名銓，字邦衡。上書乞斬秦檜，坐謫嶺外及海外二十餘年，檜死乃移衡州。孝廟時始召用，至從官。平生所作精覈，效「吴體」者甚多。

馮班：老杜「吴體」，渾然天成，雖聱牙而細潤。山谷得之，便覺有似粗處。類中諸作絶妙無敵矣，下此張宛丘也，吕居仁也。曾茶山二首，則太粗而直致矣。然茶山佳者甚多，此不盡耳。

紀昀：三、四雖有本事，然終不佳。澹菴一代偉人，可不必更以詩見。

校勘記

〔一〕暮雨題瀼西新賃草屋　馮班：「雨」一作「春」，「屋」一作「堂」。〔二〕何顒　無名氏（甲）：「何」當作「周」。〔三〕王晉　陸貽典：「晉」當作「音」。〔四〕子公　按：原訛作「公子」。陸貽典：漢書作「子公」。亦是咸遺湯書，無湯子事，虛谷引或有別據，俟考。〔五〕對雪　查慎行、許印芳：「雪」當作「雷」。〔六〕黃鶴　查慎行：「鶴」當作「鵠」。〔七〕虎縱橫　馮班：別本「虎」訛作「馬」。〔八〕絶妙　許印芳：「妙」亦作「筆」。〔九〕寒食　馮班：題有誤。洪謂「食」當是「夜」。紀昀：題有誤，再校本集。許印芳：「食」當作「夜」。〔一〇〕滿城惡少　紀昀：「惡少」一作「少年」。〔一一〕別後　按：原訛作「後別」，據康熙五十二年本、紀昀刊誤本校改。〔一二〕此其　紀昀：「其」當作「直」。〔一三〕無意　紀昀：「無」必「有」之誤。

瀛奎律髓彙評卷之二十六　變體類

周伯弜詩體，分四實四虚、前後虚實之異。夫詩止此四體耶？然有〔一〕大手筆焉，變化不同。用一句説景，用一句説情。或先後，或不測。此一聯既然矣，則彼一聯如何處置？今選於左，併取夫用字虚實輕重。外若不等，而意脈體格實佳，與凡變例之一二書之。

馮舒：伯弜三體，每讀使人笑來。○方君此書全不解説景處。○「四實四虚」之説，胡説也。

馮班：虚實無定體，情不離景，景不離情，何輕何重，此類誠屬多事。多讀古人書，自然變化出没，不爲偶句所束。汲汲然講變體，又增一重障礙。○何以不取崔顥黄鶴？

紀昀：「此一聯既然矣，則彼一聯如何處置？」此二句上下文俱無着，殊欠通順，可以删却。

五言 十首

上巳日徐司録林園宴集

杜工部

鬢毛垂領白，花蘂亞枝紅。欹倒衰年廢，招尋令節同。薄衣臨積水，吹面受和風。有喜留攀桂，無勞問轉蓬。

方回：「鬢毛垂領白」，言我之形容，情也；「花蘂亞枝紅」，言彼之物色，景也。既如此開劈，下面似乎難繼，却再着一句應上句，形容其老爲可憐；又着一句，言不孤物色之意。然後五、六一聯，皆是以情穿景，然結句亦不弱也。尚雙峙力緻，惟老杜能之，惟黄、陳能之，惟曾茶山、趙章泉能之。如重過何氏四句云：「蹉跎暮容色，悵望好林泉。何日沾微禄，歸山買薄田。」此等變格，豈小手段分二十字巧粧纖刻者能之乎？

馮舒：體有何常？以此爲變，真眯目妄談也。○看此詩即可知詩無常體，乃反謂此類爲變體耶？○大害詩者，此等議論也。

紀昀：説前六句自細密。七句「有喜」二字終湊。

無名氏（乙）：下句尤自然，類學道有得之語。

江漲又呈竇使君

向晚波微緑，連空岸却青。日兼春有暮〔二〕，愁與醉無醒。漂泊猶杯酒，踟躕此驛亭。相看萬里別〔三〕，同是一浮萍。

方回：日且暮，春亦且暮，景也。愁不醒，醉亦不醒，情也。以輕對重爲變體。且交互四字，如秤分星云。

馮舒：情不能離景，景不能離情，何輕何重？

馮班：漂泊情也，杯酒即景也，合五字讀之則情景俱在，何處硬分？下句亦同意。

紀昀：五、六生動。此亦變體，而虚谷不言。

無名氏（乙）：「轉添愁伴客，更覺老隨人。把君詩過目，念此別傷神」之類，正以次聯二句合寫見致，精神鎔冶，不屑屑在字而求變。

許印芳：此詩三、四句，不但對法是變體，句法亦是變體，虚谷未之知也。又按詩守常法，則爲筌伯。虚谷知講變體，可謂有識。然變體莫善於杜，亦莫備於杜。自來傳誦諸名篇，其獨開生面處，不可勝計。虚谷選變體詩，乃收此等平易之作爲楷式，且但於對偶間斤斤較量輕重，豈非學問淺陋故耶！

屏跡

用拙存吾道，幽居近物情。桑麻深雨露，燕雀半生成。村鼓時時急，漁舟箇箇輕。杖藜從白首，心跡喜雙清。

方回：或問「雨露」二字雙重，「生成」二字雙輕，可以爲法乎？「雨」自對「露」，「生」自對「成」，此輕重各對之法也。必善學者始能之。

馮班：若曰「雨」對「露」、「生」對「成」，便是不知老杜矣。蓋「生成」二字，即是造化。資生資始，力量相敵。後山得之矣。

紀昀：存此以爲對法則可，詩則不過清妥，非杜之極筆。

無名氏(乙)：此種詩沖融自得，意思深厚，當從大處研求。

許印芳：紀批允當，方批「重」字宜作「實」字，「輕」字宜作「虛」字。江漲又呈竇使君之批亦然。

憶江上吳處士

賈浪仙

閩國揚帆去，蟾蜍虧復圓。秋風吹渭水，落葉滿長安。此地聚會夕，當時雷雨寒。蘭橈殊未返，消息海雲端。

方回：或問此詩何以謂之變體？豈「秋風吹渭水，落葉滿長安」爲壯乎？曰：不然。此即唐人「春還上林苑，花滿洛陽城」也。其變處乃是「此地聚會夕，當時雷雨寒」，人所不敢言者。或曰：以「雷雨」對「聚會」，不偏枯乎？曰：兩輕兩重自相對，乃更有力。但謂之變體，則不可常爾。

馮舒：方君云「兩輕兩重自相對，乃更有力」，不是，都不是。

馮班：只曰以重對輕，亦曰一變例，何必曰自相對乎？

紀昀：云「不能」猶可，有何「不敢」？末二句乃爲通論。

馮舒：次聯直凌二謝。

馮班：此詩高處只在次聯，直敵過仲宣「灞陵」句矣。以區區對偶論之，去之千里。

紀昀：天骨開張，而行以灝氣。浪仙有數之作。而以五、六逆挽爲佳處，淺矣。

許印芳：唐人詩，勿論古體、律體，皆有借押通韻之例。此詩用「寒」韻，而首聯借押「先」韻，蓋「寒」、「先」通用故也。或謂「圓」字乃「團」字之訛，然「圓」字較渾雅，不必改也。

病起

嵩丘歸未得，空自責遲回。身事豈能遂，蘭花又已開。病令新作少，雨阻故人來。燈下南華卷，祛愁當酒杯。

方回：老杜此等體，多於七言律詩中變。獨賈浪仙乃能於五言律詩中變，是可喜也。昧者必謂「身事」不可對「蘭花」二字，然細味之，乃殊有味。以十字一串貫意，而一情一景自然明白。下聯更用「雨」字對「病」字，甚爲不切，而意極切，真是好詩變體之妙者也。若「往往語復默，微微雨灑松」，則其變太匡異而生澁矣。

馮舒：高不在此。

馮班：唐人頷聯常直下，何妨？

查慎行：巧生於熟則可，初學不可。

紀昀：虚谷謂「獨賈浪仙乃能於五言律詩中變」，按：亦不獨浪仙。此語欠考。○虚谷謂「以十字一串貫意，而一情一景自然明白。下聯更用『雨』字對『病』字，甚爲不切，而意極切」，此論亦允。

無名氏(乙)：骯髒不聊，在次聯十字傾瀉。

寓北原作

登原見城闕，策蹇畏炎天。日午路中客，槐花風處蟬。遠山秦樹上，清渭漢陵前。何事居人世，皆從名利牽。

方回：「日午路中客」一句似粗疏，「槐花風處蟬」句却細密，亦變體也。「秦樹」、「漢陵」及尾句俱佳。

紀昀：三、四以對照見意：人苦熱，蟬自涼耳。此烘托之法，詩家常格，非變體。

許印芳：三、四固是烘托法，然以物對人，與前病起詩「身事」、「蘭花」同一變格。虚谷之言亦自不錯，曉嵐不駁前批，而獨駁此批，何耶？

紀昀：三、四高老，惜五、六落套，結尤不成語。

無名氏（乙）：生峭。

寄宋州田中丞

古郡近南徐，關河萬里餘。相思深夜後，未答去年書。自別知音少，難忘識面初。舊山期已久，門掩數畦蔬。

方回：「相思深夜後，未答去年書。」初看甚淡，細看十字一串，不喫力而有味。浪仙善用此體，如「白髮初相識，秋山擬共登」，如「羨君無白髮，走馬過黄河」，如「萬水千山路，孤舟一月程」，皆句法之變也。如「自別知音少，難忘識面初」，又當截上二字下三字分爲兩段而觀，方見深味。蓋謂自相别之後，知音者少。「自别」二字極有力；而最難忘者，尤在識面之初。老杜有此句法，「每語見許文章伯」之類是也。「不寐防巴虎，全生狎楚童」，亦是也。山谷「欲嗔王母惜，稍慧女兒誇」，亦是也。

紀昀：此一段議論俱細密。

紀昀：一氣清空。在長江集又是一格。

許印芳：三、四用流水對，五、六用逆挽法，與前詩同一用筆。虛谷所論，一句分爲兩段者，即詩家所謂折腰句也。然此格猶止兩層意思，又有一句三轉灣法，意思尤深厚，如老杜「感時花濺淚，恨别鳥驚心」、「地平江動蜀，天闊樹浮秦」、「勳業頻看鏡，行藏獨倚樓」、「古牆猶竹色，虛閣自松聲」之類是也。凡五律句法，一意直下者，味薄氣弱，每難出色。須參以兩折、三折之句，疏密相間，方臻妙境，學者宜知之。

寄張文潛舍人

陳後山

今代張平子，雄深次子長。名高三俊上，官立右螭傍。車笠吾何恨，飛騰子莫量。時平身早達，未用夢凝香。

方回：「君乘車，我戴笠，他日相逢下車揖。」此所謂車笠之盟也。「車笠」二字實，以對「飛騰」

二虚字，可乎？曰：老杜「雨露」對「生成」有例；後山又有詩曰：「預知河嶺阻，不作往來頻。」「聲言隨地改，吴越到江分。」皆是以輕對重。

馮舒：子長如何只説雄深？

馮班：首句有病。次句湊，不讀書人語。

紀昀：綽有老健之氣。

許印芳：「子」字複。

老柏

勝果院後有柏，見之二十餘年，疏瘦如故。予寓其舍，數以水灌之，遂有生意。

紀昀：後山集誤以序爲題，賴此校正。

許印芳：序前但言柏樹疏瘦，不言枯朽。序末「生意」句遂覺突出無根，此不可學。

庭柏無生意，摧殘二十秋。稍沾杯水潤，已與歲寒謀。黄裏青青出，愁邊稍稍瘳。會看笙鶴下，暮雀莫深投。

方回：「黄裏青青出」，用三箇顔色字。「愁邊稍稍瘳」，却只平淡不帶顔色字，此與「襟三江，帶五湖，控蠻荆，引甌越」同例。如張宛丘七言有曰：「白頭青鬢有存没，落日斷霞無古今。」互换錯綜，而此尤奇矣。是爲變體。

查慎行：句中自相對，古有此格。如此詩「青」可對「黄」。若「稍」如何對「愁」？且句意亦拙。

紀昀：文潛二句是就句對，又别一格。引類未的。

許印芳：此詩五、六句，即前詩以虚對實之法。虚谷引類不合，曉嵐駁之甚是。

馮舒：第四殆不解捉筆。

許印芳：「稍」字複。

歲月那能記，風霜亦飽經㈣。槁乾仍故節，潤澤出新青。色與江波共，聲留静夜聽。輝輝垂重露，點點綴流螢。

方回：尾句謂柏葉之上，「輝輝垂重露」，遥見之者如「點點綴流螢」也。試嘗於月下看樹木，皆然。老杜云：「月明垂葉露。」此句暗合。唐人詩「聽雨寒更盡，開門落葉深」、「微陽下喬木，遠燒入秋山」，與此同例。是爲變體。

紀昀：末一語自佳。然作結句，則少味、少力。不比「微陽下喬木」、「聽雨寒更盡」二詩，用作偶句，尚有結裹在也。

許印芳：虚谷所論，自是詩家一格。然亦未可拘泥。蓋此詩尾聯，本是對句。如虚谷解兩句串作一事，未免單弱，是以作結，少味、少力。若截然分爲兩事，以之收拾全詩，且有餘勁，曉嵐尚得斥其少味、少力哉！

七言 十九首

江上值水如海勢聊短述

杜工部

爲人性僻耽佳句，語不驚人死不休。老去詩篇渾漫興〔五〕，春來花鳥莫深愁。新添水檻供垂釣，故着浮槎替入舟。焉得思如陶謝手，令渠述作與同游。

方回：以「詩篇」對「花鳥」，此爲變體。後來者又善於推廣云。

馮班：若只搜索幾個字，何難之有？

查慎行：此篇借題以寓作詩之法，觀起結可見。

何義門：「水如海勢」，驚人之景。乃止「短述」，「漫興」云爾。

紀昀：此詩究不稱題。論者曲爲之説，殊爲附會。

無名氏（乙）：味次句，學詩者豈可安庸鈍乎？杜公教我矣。

許印芳：詩於江水如海，全未着筆。五、六雖説水，却是常語，不稱如海之勢，故曉嵐貶之。起二句立志甚高，然必説破，便嫌淺露。次句尤嫌火氣太重，大非雅人吐屬。此等皆不可學。

九日

重陽獨酌〔六〕盃中酒，抱病起登〔七〕江上臺。竹葉於人既無分，菊花從此不須開。殊方日落玄猿哭，舊國霜前白雁來。弟妹蕭條各何在，干戈衰謝兩相催。

方回：此「竹葉」，酒也，以對「菊花」，是爲真對假，亦變體。「於人既無分」「從此不須開」，於虛字上十分着力。

紀昀：此常格。○真對假乃常格，不得謂之變體。前四句筆筆峭健，後四句以哀曼收之，聲情俱佳。

查慎行：牧之七律，得法於此三、四句。

何義門：首聯「衰謝」，腹聯「干戈」。

無名氏（乙）：八句對，清空一氣如話。○次聯十四字句磊落伉健，揮洒極筆，又接以頸聯之陡振，千古一人而已。○如此大手筆，何屑屑以變體論？

許印芳：八句對。

去年登高郪縣北，今日重在涪江濱。苦遭白髮不相放，羞見黃花無數新。世亂鬱鬱久爲客，路難悠悠長傍人。酒闌却憶十年事，腸斷驪山清路塵。

方回：此兩首皆當入「節序類」。以其爲變體之祖，故入此。「白髮」，人事也。「黃花」，天時也。亦景對情之謂。後人九日詩，無不以「白髮」對「黃花」，皆本老杜。如「即今蓬鬢改，但愧菊花開」，亦是。「苦遭」「羞見」，乃虚字着力處。

紀昀：此亦正對。如此種皆謂之變體，則除丁卯板對以外，無非變體矣。

紀昀：此首未佳。

無名氏（乙）：高亮。無此健筆，即不堪爲此體。○亦十四字屈盤如鐵，情思激昂不歇。

許印芳：「白髮」、「黃花」之對，自老杜創出，後人公然勦襲。如陳後山「九日清樽欺白髮，十年爲客負黃花」之類，指不勝屈，已成濫套，不可效尤。後山九日詩又有句云：「人事自生今日意，寒花只作去年香。」對法亦本老杜，而不襲其詞，變化得妙。學者當以此種爲法。○此拗律之正變相參者，一、三聯是變格，二、四聯是正格。○「年」字、「路」字皆複。

齊山〔八〕

杜牧之

江涵秋影雁初飛，與客携壺上翠微。塵世難逢開口笑，菊花須插滿頭歸。但將酩酊酬佳節，不用登臨怨落暉。古往今來只如此，牛山何必淚沾衣〔九〕。

方回：此以「塵世」對「菊花」，開闔抑揚，殊無斧鑿痕，又變體之俊者。後人得其法，則詩如禪家散聖矣。

馮舒：牧之才大，對偶收拾不住，何變之有！

查慎行：第四句少陵成語。

何義門：此詩變幻不測，體自渾成。

紀昀：前四句自好，後四句却似樂天。「不用」、「何必」，字與意并複，尤爲礙格。

無名氏（乙）：次聯名句不磨，胸次豁然。

送春

蘇東坡

夢裏青春可得追，欲將詩句絆餘暉。酒闌病客惟思睡，蜜熟黄蜂亦嬾飛。芍藥櫻桃俱掃地，鬢絲禪榻兩忘機。憑君借取法界觀，一洗人間萬事非。

方回：「酒闌病客惟思睡」，我也，情也。「蜜熟黄蜂亦嬾飛」，物也，景也。「芍藥櫻桃俱掃地」，景也。「鬢絲禪榻兩忘機」，情也。一輕一重，一來一往，所謂四實四虚。前後虚實，又當何如下手？至此則知繫風捕影，未易言矣。坡妙年詩律頗寬，至晚年乃神妙流動。

馮舒：亦是才高，故可縱横如意，執變體二字擬之，千里萬里。

馮班：大手自然不同，豈可以尋常蹊徑束之乎？

何義門：此亦和子由。

紀昀：三、四兩句是對面烘染法。好在「亦」字，上下鎔成一片。

無名氏（乙）：四句一氣揮斥，曲折排宕。惟坡公沛然爲之有餘，是天才，不可及。

許印芳：紀昀批本集云：「第四句對得奇變。此對面烘托法。末聯上句用五仄落脚，下句『萬』字宜用平聲。此亦小疵。」按：七律平起式，上句第五字拗作仄，下句第五字宜拗作平以救之。若第五、第六皆拗作仄，尤不可不救，此正格也。有不救者，乃是變格，古人詩中亦多有之，却不得指爲疵病。曉嵐之言，殆未博考詩家變格耳。〇「觀」，去聲。

首夏官舍即事

安石榴花開最遲，絳裙深樹出幽菲。吾廬想見無限好，客子倦遊胡不歸？座上一樽雖得滿，古來四事巧相違。令人却憶湖邊寺，垂柳陰陰晝掩扉。

方回：此詩變體，他人殆難繼也。首唱兩句自説榴花，下面如何着語，似乎甚難。却自想吾廬之好，而恨此身之未歸。第五、第六却又謂不是無酒，只是心事自不樂爾。至尾句却又擺脱，而歸宿於湖上之寺。蓋謂雖未可遽歸，一出遊僧舍亦可也。變體如此難學，姑書之以見蘇公大手筆之異。如初夏賀新郎詞後一段全説榴花，亦他人所不能也。如老杜「即看燕子入山扉」以下四句説景，却將四句説情，則甚易爾。善變者將四句説景括作一句，又將四句説情括作一句，以成一聯，斯謂之難。

馮舒：何用許多閑講？

紀昀：説此詩意甚細確。

馮班：趁筆所之，自然如意。

何義門：時新自杭倅遷密守，故有落句。

無名氏（乙）：純於空處宕折。

次韻蓋郎中率郭郎中休官

黄山谷

世態已更千變盡，心源不受一塵侵。一作「險阻艱難親得力，是非憂患飽經心」。青春白日無公事，紫燕黄鸝俱好音。付與兒孫知伏臘，聽教魚鳥遂飛沉。黄公壚下曾知味，定是逃禪入少林。

方回：「青春白日」「紫燕黄鸝」，變體。

紀昀：此就句對，亦非變體。

紀昀：此種句法屢用，亦是濫調。○五、六兩句却對得活變。

許印芳：宋詩好作理語，往往腐氣熏人。此詩次句亦理語，而尚不惡。曉嵐抹之，未免太刻。○「黄」字、「公」字俱複。三、四自是佳句，曉嵐謂屢用亦是濫調。則凡詩皆然，不獨此一聯也。首聯一作「險阻艱難親得力，是非憂患飽經心」，與次聯調複，不可從。○原選只録後章，今全録之：「仕路風波雙白髮，閒曹笑傲兩詩流。故人相見自青眼，新貴即今多點頭。桃葉柳花明曉市，荻芽蒲筍上春洲。定知趁健休官去，酒户家園得自由。」「自」字複。此首前半蘊藉，後半亦稱，虚谷何以棄之？

次韻郭右曹

閲世行將老斲輪，那能不朽見仍雲。歲中日月又除盡，聖處工夫無半分。秋水寒沙魚得計，南山濃霧豹成文。古心自有着鞭地，尺璧分陰未當勤。

方回：「歲中日月又除盡」，景也。「聖處工夫無半分」，情也。賈島「身事豈能遂，蘭花又已開」，當一律觀。老杜「竹葉」「菊花」一聯，又「白髮」「黄花」一聯，即是此樣手段。

紀昀：「惜年光」正是情，評謬。

馮舒：村甚。

紀昀：腐氣太重。

和師厚郊居示里中諸君

籬邊黄菊關心事，牕外青山不世情。江橘千頭供歲計，秋蛙一部洗朝酲。歸鴻往燕競時節，宿草新墳多友生。身後功名空自重，眼前樽酒未宜輕。

方回：「歸鴻往燕競時節」，天時也。「宿草新墳多友生」，人事也。亦一景對一情。上面四句用「菊」「山」「橘」「蛙」四物，亦不覺冗。山谷詩變體極多，「明月清風非俗物，輕裘肥馬謝兒曹。」「功名富貴兩蝸角，險阻艱難一酒杯。」「春風春雨花經眼，江北江南水拍天。」「碧嶂清江元有宅，黄魚紫蟹不論錢。」上八字各自爲對。如「洞庭歸客有佳句，庾嶺疎梅如小棠。」「公庭休更進湯餅，語燕無人窺井欄。」則變之又變，在律詩中神動鬼飛，不可測也。

紀昀：「歸鴻往燕」，言時光之易逝。「宿草新墳」，言人事之難久。起末二句之意硬分情景，未得作者之意。○「洞庭」「公庭」，此二聯究不佳。

紀昀：山谷謹飭之作。

許印芳：此詩五、六及虚谷所引諸聯，皆就句對。即前詩三、四對法。虚谷以爲變體，曉嵐已於前批駁之，此詩原批變體云云，愚已删去。○八句皆對。「酲」從呈，病酒也。○師厚姓謝，名景初，山谷婦翁也。

次韻春懷

陳後山

老形已具臂膝痛，春事無多櫻笋來。敗絮不温生蟣蝨，大杯覆酒着塵埃。衰年此日仍爲客，舊國當時只廢臺。河嶺尚堪供極目，少年爲句未須哀。

方回：後山詩瘦鐵屈蟠，海底珊瑚枝，不足以喻其深勁。「老形已具臂膝痛」，身欲老也。「春事無多櫻笋來」，春欲盡也。前輩詩中千百人，無後山此二句。以一句情對一句景，輕重彼我，沉着深鬱，中有無窮之味，是爲變體。至如「蟣蝨」「塵埃」一聯，所用字有前例，亦佳。

紀昀：起二句殊有别味，四句野甚。

早起

隣雞接響作三鳴，殘點連聲殺五更。寒氣挾霜侵敗絮，賓鴻將子度微明。有家無食惟高枕，百巧千窮只短檠。翰墨日疏身日遠，世間安得尚虚名！

方回：「有家無食」、「百巧千窮」，各自爲對，變體也。如「寒氣挾霜侵敗絮，賓鴻將子度微明」，輕重互换，愈見其妙。一篇之中，四句皆用變體，如「熟路長驅聊緩步，百全一發不虚弦」，即此所評之變體。如「喬木下泉餘故國，黄鸝白鳥解人情」，「含紅破白連連好，度水吹香故故長」，「隱几忘言終不近，白頭青簡兩相催」，不以顏色對顏色，猶不以數目對數目，而各自爲對，皆變體也。

紀昀：重出。評語不同，却各明一義，不妨并存。

春日

張宛丘

輝輝暖日弄游絲，風軟晴雲緩緩飛。殘雪暗隨冰筍滴，新春偷向柳梢歸。可憐客鬢蹉跎老，每惜梅花取次稀。何事都城輕薄子，買懽沽酒試春衣。

方回：此亦以「客鬢」對「梅花」，皆自老杜「鬢毛」、「花蕊」一聯發之。

馮舒：「冰筍」事可用。○落句何以責之？

紀昀：調亦流美，但少深致耳。○結意太淺。

無名氏（乙）：蒼勁有情。

懷天經智老因以訪之

陳簡齋

今年二月凍初融，睡起苕溪緑向東。客子光陰詩卷裏，杏花消息雨聲中。西庵禪伯還多病，北栅儒仙只固窮。忽憶輕舟尋二子，綸巾鶴氅試春風。

方回：以「客子」對「杏花」，以「雨聲」對「詩卷」。一我一物，一情一景，變化至此，乃老杜「即今蓬鬢改，但愧菊花開」，賈島「身事豈能遂，蘭花又已開」，翻窠換臼，至簡齋而益奇也。後山「老形已具臂膝痛，春事無多櫻笋來」一聯，極其酸苦，而此聯有富貴閒雅之味。後山窮，簡齋達，亦可覘云。

馮舒：第二句，睡時不向西！〇此老尚不厭。

紀昀：次句言睡起出門，正見苕溪東流耳。馮氏以睡時不向西詆之，太苛。

許印芳：「氅」音倘，從「尚」不從「㡀」。

寓居劉倉廨中晚步過鄭倉臺上

紗巾竹杖過荒陂，滿面春風二月時。世事紛紛人老易，春陰漠漠絮飛遲。士衡去國三間屋，子美登臺七字詩。草遶天西青不盡，故園歸計入支頤。

方回：以「世事」對「春陰」，以「人老」對「絮飛」。一句情，一句景，與前「客子」「杏花」之句，律令無異。但如此下兩句，後面難措手。簡齋胸次却會變化斡旋，全不覺難。此變體之極也。

馮班：村態。不好在「三」字、「七」字。

紀昀：三、四兩句意境深微，勝「客子」「光陰」二句。○馮云「七字」二字村態，不好。

無名氏（乙）：次聯佳句縈人懷。

許印芳：馮氏此言，亦是吹毛求疵，不足爲據。

重陽

去歲重陽已百憂，今年依舊歎羈遊。籬底菊花惟解笑，鏡中頭髮不禁秋。涼風又落宮南木，老雁孤鳴漢北洲〔一〇〕。如許行年那可記，漫排詩句寫新愁。

方回：「菊花」對「頭髮」，即老杜「蓬鬢」「菊花」一聯定例。

馮舒：有何定例？

紀昀：「定」字固甚。

紀昀：「頭髮」二字不雅，此避「黄花」「白髮」耳。

無名氏（乙）：次聯粗樸，却妍細。

對酒

新詩滿眼不能裁，鳥度雲移落酒杯。官裏簿書無日了，樓頭風雨見秋來。是非衰衰書生老，歲月匆匆燕子回。笑撫江南竹根枕，一樽呼起鼻中雷。

方回：此詩中兩聯俱用變體，各以一句説情，一句説景，奇矣。坡詞有云：「官事何時畢？風雨處，無多日。」即前聯意也。後聯即與前詩「世事紛紛」「春陰漠漠」一聯用意亦同，是爲變體。學許渾詩者能之乎？此非深透老杜、山谷、後山三關不能也。

查慎行：東坡「官事無窮何日了，菊花有信不吾欺」，獨非變體而簡齋所取裁者乎？

紀昀：不必定説到此。

紀昀：結不雅。

許印芳：末句謂醉後酣眠，而措語近俗。此評甚是。愚謂簡齋好用「衰衰」字，亦是習氣。此詩第五句「衰衰」字與「是非」不甚融洽，亦劣句也。○「書」字複。

陪粹翁舉酒於君子亭亭下海棠方開

世故驅人殊未央，聊從地主借繩牀。春風浩浩吹遊子，暮雨霏霏濕海棠。去國衣冠無態度，隔簾花葉有輝光。使君禮數能寬否？酒味撩人我欲狂。

方回：此詩中四句皆變，兩句説己，兩句説花，而錯綜用之。意謂花自好，人自愁耳。亦其才能驅駕，豈若瑣瑣鐫砌者之詩哉！

無名氏（乙）：此論極合。

馮班：陳詩首首妙，句句佳，看他是何氣象？何等格局？如見太白、仲連，不敢論鄙事矣。

紀昀：次聯從杜詩「風吹客衣日杲杲，樹覺離思花冥冥」化出，却無痕迹。三、四兩句又勝「世事紛紛」一聯。○「無態度」三字不雅，未熨貼。

許印芳：此評是。愚謂第二句與前秋日客思詩重複，亦是一病。○「人」字複。

清明

雨晴〔一〕閒步澗邊沙，行入荒林聞亂鴉。寒食清明驚客意，暖風遲日醉梨花。書生投老王官谷，壯士偷生漂母家。不用鞦韆與蹴踘，只將詩句答年華。

方回：三、四變體，又頗新異。嗚呼古今詩人當以老杜、山谷、後山、簡齋四家爲一祖三宗，餘可預配饗者有數焉。

馮班：山谷著他看門，後山著他掃地，簡齋姑用捧茶。看門者雖入其家門户，然實門外漢。主人行住坐卧頗亦知之，而堂奥中事實則茫然也。掃地者，塵垢多也。捧茶頗近人，童子事耳，然頗得主人意。茶山、昌父則又從閽人問主人起居者，未必不是，實則不是也。○嗚呼，此專論七言律！

無名氏（乙）：三家固自佳，遽定爲一祖三宗，亦方氏一家説也。

馮舒：「偷生」句，史只言進食，不曾説到「漂母家」。子美有此漏逗否？

馮班：「偷生」句全不妥，不惟「家」字也。

陸貽典：「家」字湊。

許印芳：律詩前半用叠筆者，詞語不爲犯複。此詩非用叠筆，而首句清明與三句犯複，太失檢點，學者戒之。○詩家變體，非一端可盡。虚谷詩學，只於字句上用工夫，故所選律髓一書，專取字句。其講變體，但取對法活變，又但取虚實相對之一法。全卷選詩二十九首，批詞二千餘言，凡言一輕一重，一物一我，一景一情，不出虚實二字。此二字不能盡律體之變，並不能悉對法之變。學者欲窮其變，取古大家諸名篇熟讀深思，又取列代名家諸名篇參觀互勘，庶幾悉其變態耳。

睡起

范石湖

憨憨與世共兒嬉，兀兀從人笑我癡。閒裏事忙晴曬藥，静中機動夜争棋。心情詩卷無佳句，時節梅花有好枝。熟睡覺來何所欠，氊根香軟飯流匙。

方回：淳熙十四年丁未春，石湖作此詩。年六十二。可作平生詩第一。「心情詩卷無佳句」，言情思。「時節梅花有好枝」，言景物。詩變體至此不可加矣。上兩句又自不覺其冗，絶作也。

紀昀：虚谷云：「此可作平生詩第一」，亦未必然。○此變體亦無異諸人，何以獨不可加？

紀昀：語太薄弱，起二句尤滑尤濫。○「氊根」，羊也。蓋氊以羊毛爲之，而羊者毛之根也。此用入詩，終俚。○此卷分類雖未安，而所選諸詩較他卷爲完美。虚谷所評，亦不甚支離。蓋其生平學問，盡在此矣。

校勘記

〔一〕然有　紀昀：「然」字衍。　〔二〕春有暮　李光垣：「共」訛「有」。　〔三〕萬里别　馮班：「别」一作「外」。　〔四〕亦飽經　許印芳：「亦」一作「實」。　〔五〕渾漫興　查慎行：「興」當作「與」，東坡、半山俱用以叶韻。　〔六〕重陽獨酌　馮班：「獨酌」一作「少飲」。　〔七〕起登　馮班：「起」一作「豈」。　〔八〕齊山　馮班：一作「九日齊山登高」。　〔九〕淚沾衣　馮班：「淚」一作「獨」。　〔一〇〕漢北洲　按：「洲」原訛作「州」，據康熙五十二年本、紀昀刊誤本校改。　〔一一〕雨晴　紀昀刊誤本作「清明」。